異世界で半魔の子供を育てたらヤンデレに育った　上

Yuki Fukuzawa

福澤ゆき

Ruby collection

Contents

登場人物紹介
ロイ
半魔であるが故に人間から迫害を受けてきた少年。これまでの境遇から人間不信に陥っていたところに郁実と出会い、保護されることになった。
佐久間郁実
不遇の人生を送ってきたお人好しの苦労人。両親の代わりに二人の弟を育ててきたが、ストーカー化した同僚に襲われた弾みで異世界に飛んできた。
シグルド
ヘルズヘイム三大治癒魔法師に名を連ねるアンドレセン家の子息。本人も治癒師としての能力を継承する神童。普段はおちゃらけた一面を見せることが多いが…？

アントン
カールソン伯爵家の五男。落馬の大ケガを負ってアンドレセン家に治療にやってきたが…？
アマンダ
アンドレセン家の使用人でジグルドが幼少の頃から愛を注いできた。豪胆な性格で腕っぷしにも自信あり。
ヘレン
アンドレセン家の皿洗いメイドで、家の貧しさから奉公に来ている少女。ロイと年が近い。
佐久間陸斗
郁実の下の弟。反抗期がかなり激しかった。現在は大学1年生。
黒沢
郁実の同僚。郁実に優しくされてから異常なまでの執着心をもち、愛憎入り混じってストーカー化してしまう。
佐久間優斗
郁実の上の弟。国公立大学に進学して、就活も順調な大学4年生。

異世界で半魔の子供を育てたらヤンデレに育った　上

【第1章】

1．ストーカーから逃げて異世界へ

マンションの三階から飛び降りたら、見知らぬ異国の街にいた。

何を言っているか分からないと思うが、郁実《いくみ》自身が一番訳が分かっていない。人間本当に混乱すると、ただ呆然《ぼうぜん》と佇《たたず》むことしか出来ないのだと実感する。

（いや、ぼーっとしてる場合じゃないだろ。思い出さないと。えーと、なんでこんなことになったんだっけ……）

未《いま》だに早鐘を打つ心臓を押さえて目を閉じ、今起きたショックな出来事の顛末《てんまつ》を思い出そうとすると、記憶をさかのぼりすぎて幼少期まで行った。


佐久間《さくま》郁実は三人兄弟の長男だった。

父は諸事情により頼れず母も滅多に家に帰ってこないため、実質二人の弟たちは郁実が育てたようなものだ。今問題になっているヤングケアラーというやつかもしれない。

弟たちの反抗期にはひどく手を焼いたが苦ではなかった。情けない話だが、自分のやりたいことがない空っぽな人間だったからだと思う。物心ついたときから誰《だれ》かの世話をしていて、金を工面するためにバイトに明け暮れ、恋人はおろか親しい友人を作る暇もなかった。

将来やりたいことも見つからず、高校を卒業するとすぐに自宅近くの企業に就職して、平凡で忙しいだけのサラリーマンとなった。大学生になった弟たちは二人とも一人暮らしを始めてしまい、弟育てもひと段落してしまうと、寂しさを紛らわすために毎日仕事に打ち込むしかなかった。

そんな平凡な日常が壊れ始めたのは、一年前。

郁実の所属している部署に、新しく黒沢《くろさわ》という男が入った。

彼も短大を卒業してすぐ働き始めたようで、郁実よりも三つ年下だった。おとなしくて無口でコミュニケーションを得意としない彼は色々な部署をたらい回しになっていたらしく、郁実の部署の人々も最初から彼に対して当たりがきつかった。

挨拶《あいさつ》すら無視して面倒ごとを押し付けたり、帰り際に大量にシュレッダーをかけさせたり、嫌がらせと言えるような雑用をやらせているのを見てさすがに心苦しくなり、郁実は自分に出来ることは声をかけて手伝うようになった。

何より弟たちと同じ年頃で、どうしても放っておけなかったのだ。

——気にすんなよ。同じチームのよしみってことで。

以来何かと面倒を見るうちに、黒沢にひどく感謝され、時折一緒に飲みに行くようになった。

彼は酒を飲むと饒舌《じょうぜつ》になり、これまでの人生において人間関係が上手《うま》く行かなかったという悩みを切々と郁実に語ってきた。

　郁実は出来る限り相談に乗っていたが、やがて黒沢は高い頻度で郁実に電話をかけたり、会社帰りに呼び出すようになっていった。弟の学費のために副業もして忙しい日々を送る郁実にとって、黒沢の相手をすることは金銭的にも体力的にも負担になってきていたが、用事があって断ると彼はこちらが驚く程激怒した。

　そしてある日、郁実は黒沢から告白された。

「佐久間さんが好きです。付き合って下さい」と。

　郁実はひどく驚き言葉を選んで丁重に断った。男同士云々《うんぬん》以前に彼は自分にとっては仲の良い会社の同僚であり、恋愛対象としては見られなかったからだ。

　すると黒沢は「裏切られた」と逆上し、郁実に対してストーカー行為を働くようになり、待ち伏せや電話、卑猥《ひわい》なメッセージから始まったそれはやがてエスカレートしていった。

　そしてついに今日、彼は家にまで押しかけてきて郁実に交際と性行為を迫った。断ったら殺すとナイフまで携えて。

　部屋中逃げ回ったがついに追い詰められ、郁実はベランダの手すりをよじ登った。

　マンションの三階だ。落ちたら死ぬ確率も高いが、必ず死ぬという高さではない。下はコンクリートではなく芝生で、木がたくさん生えているから引っ掛かる可能性も高かった。ナイフでめった刺しにされて死ぬよりはまだ賭《か》けてみる価値がある。

　郁実は一か八《ばち》か手すりを飛び越えると、ナイフが自分の背中に刺さるより僅《わず》かに早く、そこから落ちた。

全身が粉々になるような痛みを覚悟していたが、それはいつまで経《た》っても訪れなかった。


そうして気づいたら、この見知らぬ街の中にいた。

「ってことは……ここはあの世か」

思考を整理して出てきた答えに、妙に納得が行って、郁実は頷《うなず》いた。

「いやいや、あの世だったら困る。まだ優斗《ゆうと》たちの学費払い終わってないし……」

弟たちが就職して経済的に自立するまで死ぬ訳には行かないのだ。三途《さんず》の川のような場所があったら、泳いででも生還したかった。

状況を整理して少しだけ冷静になると、ナイフを向けられたときの恐怖を今更ながら思い出して全身に鳥肌が立ち、郁実は自分で自分の体を抱きしめてしゃがみこんだ。

（黒沢……あの後どうなったんだろ）

どうしてこんなことになってしまったのか。彼に接する中で、自分は何か間違ったことをしていたのだろうか。

——あんなに思わせぶりな態度を取ってたくせに！　俺のこと好きだから仕事手伝ってくれてたんじゃないんですか!?　ただ哀れんでただけか！　裏切りやがって！

告白を丁重に断った時の黒沢の怒声を思い出した。

この世で最も憎しみを買う行為というものは、暴力でもなく侮辱でもなく〝裏切り〟だと過去に聞いたことがある。この場合の裏切りは、何も故意に信義を破ったということではない。

いい人だと思っていた。

優しい人だと思っていた。

自分のことを好いていると思っていた。

そういう、その人自身が想像して抱いていた印象と現実のその人が食い違ったときにも人は〝裏切られた〟と思うのだ。その人に対して抱いていた印象がよければよい程落差は大きくなり、それまで対象に抱いていた愛情の全《すべ》てが、オセロをひっくり返すように巨大な憎悪に変化するのだという。非常に独善的ではあるが。

（でも……じゃあ、どうすればよかったんだよ）

郁実は深い溜息《ためいき》を吐《つ》いて前髪をぐしゃぐしゃと掻《か》き乱した。

しばらくの間トボトボと三途の川を探して歩きまわっていたが、ふとすれ違った人を見て目を見張った。

顔が狼《おおかみ》だったのだ。他の街ゆく人間も西洋風の顔立ちで、日本人は一人も見当たらない。

「まさかあの世でハロウィン……やってる訳じゃないよな？」

混乱しながら歩き続けたが、やはりどこもかしこも子供の頃《ころ》に弟たちが夢中でプレイしていた中世ファンタジーが舞台のゲームそのもので、ふと、ある考えに思い至った。

「まさかここ、異世界か？」

郁実はほとんどアニメを見ないが、弟たちが見ていた、普通の学生やサラリーマンがトラックに轢《ひ》かれて異世界に行き、チートな能力で圧倒するというような内容の物が流行しているのは知っていた。マンションから落下したショックで異世界に来てしまったのだとしたら。

「……だとしたら、なんか能力とかないのか？」

そうして冗談のつもりで手を翳《かざ》してみると、足元に不思議な花の形のような紋章が浮かび上がって、辺りが温かい光に包まれたので郁実は慌てて手を下ろした。

「な、なんか出た……」

光に気づいたらしい人たちが何事かと振り返ったので、郁実はそそくさとその場を離れた。ここが一体どこなのか、どういった世界なのか分からない以上、妙な行動は避けたい。

下手《へた》したらいきなり断罪されたり投獄されるというようなこともあり得るかもしれないと、中途半端に齧《かじ》った異世界知識を思い起こしながら考えた。

実際のところは、おそらく、ここは異世界などではないただの夢の中だろう。

マンションから落ちたショックで意識不明となり病院に搬送され、その最中で夢を見ているのだと思う。

郁実はなんとしても生還することだけを考え、その夢の中を彷徨《さまよ》った。

だが、それから何日経っても、何週間経ってもその夢は覚めることがなかった。

2. 異世界つらい

――二カ月後。

郁実《いくみ》は腹を空《す》かせて街角に蹲《うずくま》っていた。

ここは夢の世界でもあの世でもない。間違いなく異世界だ。二カ月を過ごして、郁実はようやくそう考えるようになっていた。なぜなら、夢にしてはどうしようもないほど腹が減るし、疲れるからだ。雨風しのげる場所は見つかったものの……。

「やばい。もう売るものがないんだが……」

自分が身に着けていたもので売れるものは全て売って金に変えた。

ネクタイ、タイピン、特に腕時計は珍しいからと高く買い取って貰《もら》えたが、スーツの上着は細身すぎると、安くしか売れなかった。

売れる物を全て売って得た金で穀物や野菜を買って少しずつ食べて暮らしているが、決まった仕事もない現状、今の所持金と食料のストックが尽きたら終わりなので一日一食に制限している。

あとは胸ポケットに、昼休みに休憩室で飲もうと思っていたお吸い物の素が入っているが、それだけはどうしても元の世界の味が恋しくなったときのために売らずに取ってある。

不思議なことにこの世界の言葉は、日本語とはまったく違う言語だというのに、話している言葉は聞き取れるし文字も読める。

もし言葉が通じなかったらきっともっと大きな絶望を味わっていただろうと思う一方で、そんな都合のいいことがあるだろうか、やはりこれは夢なのではないだろうか、とも思う。

二カ月過ごして分かったことだが、郁実が今いるのはヘルズヘイムという国で、ここは首都から遠く離れたクルムトという街らしい。

この世界に科学はないが魔法はあるらしく、夜になると中心地だけだが街灯の明かりが点《つ》く。だが、魔法を使える人間はごく少数のようだ。そのほかは大体、郁実がイメージとして持っている中世ヨーロッパと同じような雰囲気だった。町並みも、人々の貧しさも、治安の悪さも。

元の世界に戻る方法を散々考えたが何をしても戻れず、ひとまずここで生き延びるために仕事の斡旋《あっせん》をしてくれるギルドを訪れて働き口を探したものの、戸籍もなく素性の怪しい自分が就ける仕事は体を売ることぐらいだと言われ、門前払いをくらった。仕方なく色んな家や店を周り、清掃など手伝える仕事はないか申し出てその日限りの仕事を貰っている。

大抵は断られるが、時折頼まれるのは魔石の煤《すす》で真っ黒になった竈《かまど》や煙突の掃除という過酷なものだ。おかげで顔も体も煤だらけで、夜は咳《せき》が止まらなかった。

裕福な家の殆《ほとん》どはメイドを雇っているため、郁実が仕事を貰えるのは金を貰うのが心苦しくなるような余裕のない貧困家庭ばかりで、賃金はスズメの涙ほどだ。朝から晩まで歩き回って色んな家を回って過酷な労働をしても、一日の食費にも満たないような賃金しか貰えない。

暴力的な家主も多く、賃金を踏み倒されることなど日常茶飯事で、抗議すると殴られた。けれども、民を平等に守ってくれる警察のような組織もないから泣き寝入りするほかなかった。

「異世界ってもっと楽しいとこじゃねーのかよ。なんだよこの地獄……」

弟が子供の頃教えてくれたのは、特別な能力を与えられて英雄になったり、スローライフが楽しめるところだということだった。

郁実は今のところそんな楽な暮らしが出来るような能力は授かっていない。

ただ唯一持っているのは、手に力を込めると謎の光が出るという不思議な能力だけだ。だがこの能力、色々試してみたが本当に温かい光が出るだけなのだ。

てっきり傷が治ったりするのではないかと期待していた。そうすれば、医者になれると少しワクワクしながら、ケガをした際に光を当ててみたが何も起きなかった。

対人で使ったのは、強盗に遭ったときだけだが、特に倒したりする事は出来ず光に驚いて相手が怯《ひる》んだ隙に逃げられるだけという、なんとも微妙すぎる能力だった。

(俺ってほんとーになんの取り柄もないよなぁ)

弟たちは成績も優秀で、サッカーに陸上にと才能にも恵まれていた。育てた身としては鼻が高かったが、一方で何もない自分が少し恥ずかしかった。

(優斗たち、元気かな……)

弟たちのことを思い出しながら、郁実は項垂《うなだ》れた。

元の世界では子供の頃からずっと、弟たちのためだけに生きてきた。今、彼らがいない世界に来て、自分は一体なんのためにこんな苦しい思いをして生きているのか分からなくなってしまった。

（もういいか。別にこのまま死んじゃっても……。あいつらも……もう大きくなったしな）

郁実は最後に上の弟と電話で話した時のことを思い出した。

彼は、名門の国立大学に通っており、就活を始めたばかりだった。面接など本格的な活動はまだ先だが、企業研究をしたりインターンに参加したり忙しそうにしていた。

『優斗ー？　お前就活の調子はどうだ？』

『べつに。フツー』

『何かあったらいつでも電話しろよ。話ぐらい、いつでも聞いてやるから。ちゃんと食べてるか？忙しくてもちゃんと三食……』

郁実の言葉を遮るように、優斗はうんざりとしたような溜息を吐いた。

『あのさぁ、今日インターンですごい疲れてんだよね。早く本題を言ってよ』

『わ、悪い。今年の正月さ、何日に帰って来る？　陸斗《りくと》にもこれから電話するけど、その日色々料理するのに、買い出しもしないといけないから日付教えてくれ。優斗の好物のエビフライ揚げてやるよ』

『……いいや。今年は帰らない』

『なんでだよ。お前去年も来なかっただろ？　家族なんだから、一年に一回ぐらい……』

『家族ったって俺もういい年だぞ？　陸斗もバイト忙しいのに正月だからって毎年集まるのとかうぜーって言ってた』

『うざいって……おま……』

『郁兄には本当に感謝してるけどさ……そういうの、そろそろ鬱陶《うっとう》しいんだよね。じゃあ』

『お、おい！』

電話を切られて、郁実は深い溜息を吐いた。男兄弟なんてこんなものだろう。だがやはり、長い間必死に育ててきた分どうしても思い入れが強く、親のように近況が気になってしまう。

張り切ってあれこれ菓子を買い込んで、久しぶりに会う事を楽しみにしていたのは自分だけだった。それどころかうざいと思われていたのだと思うと、ショックというより、ひどくむなしくなった。

——自分にもしものことがあったときのために、弟名義で預金口座も作っていた。元の世界に自分の死体があるのかどうか分からないが、生命保険にも入っていた。

連絡は取りたくないかもしれないが、いざ学費が足りないとなればその時は母が残りの学費ぐらいは出してくれるだろう。

経済的に問題がなければ、彼らは皆もう郁実なしでも生きていける。彼らを必要としているのは郁実の方だった。

そう思うと空腹で気の遠くなるまま、このまま倒れてしまってもかまわないと思う。自分の役目はもう終わったのだ。こんなところで眠ったら、朝になったら殺されていてもおかしくないような治安だが、それでも郁実は疲労に身を任せて目を閉じようとした。

その時だった。

「……おい、お前、いくらだ？」

そう声をかけられて顔を上げると、そこには二人組の中年の男が立っていた。

仕事の依頼かと、慌てて郁実は顔を上げた。

（やべえ……なんでこんなところで寝ようとしてるんだよ）

正気に戻ると、心臓がバクバクと音を鳴らしていた。動揺を抑えながら郁実はにこやかに言った。

「……えーと、仕事にもよりますけど、竈や煙突の清掃ならできれば五十レピー。無理だったらミジャルを一袋とモナの卵を少し分けてもらいたいです」

ヘルズヘイムの貨幣単位はレピーで統一されている。

ミジャルは米と小麦の中間のような穀物で、この世界では主食となっている。モナの卵は鶏《にわとり》の卵の二倍ぐらいはある大きさの卵で、安価なのに濃厚で美味《おい》しく、栄養価も高いらしい。

郁実はほぼ毎日、ミジャルを煮て、塩とモナの卵を加える卵粥《たまごがゆ》で食いつないでいた。

だが、出来れば現物支給ではなく金で貰えればありがたいと、祈るような気持ちで見上げると、男たちは郁実の全身を嘗《な》め回すように見て、下品な笑いを浮かべた。

「違う、お前のその可愛《かわい》いケツの値段だ。気絶するまで可愛がってやるからよ」

「…………」

（そういう目的かよ！）

この世界に来てから二カ月。仕事を探して声をかけているのに、なぜかすぐ男娼《だんしょう》と勘違いされる。

だが、思えば日本でも高校時代、バイトで夜帰りが遅くなると時折それ目当ての男性に声をかけられることがあった。

「いや、尻《しり》は売ってないので……」

困惑しながら断ると、男たちはじろじろと郁実の顔を見つめた。

「小汚いけど綺麗《きれい》なツラしてんな。珍しい髪色も気に入った。三千レピー、いや、四千出すぞ」

そんなに貰えるのかと郁実は内心驚いた。すると、その反応を了承と勘違いしたらしい男がさらに続けた。

「よし、決まりだ。しゃぶってくれたら千追加するぜ」

「すみません。……ほんと無理なんで」

郁実は引《ひ》き攣《つ》った笑みを浮かべながら慌ててその場から逃げ出した。いつもならそれで終わるが、男たちは笑いながら追いかけてくる。

この世界に法律があるのかすらあやふやで、あったとしてもおそらく機能していない。交番やコンビニに逃げ込むということができないのだ。恐喝や強姦《ごうかん》なども多いらしいので、狭い路地にはあまり入りたくないが、尻を狙《ねら》われている以上、背に腹は代えられず狭い路地を走り抜けた。

（いや、しつこすぎんだろ！）

長い間追いかけ回されて、半泣きで逃げ続けたが、ようやく気配が消え、郁実はほっと一息ついた。

狭い道の向こうに、小さな広場が見えた。

井戸があるようだ。

散々走って喉《のど》が渇いたので、少し水を飲ませて貰おうと近づいたとき、「バケモノ!!」という怒声がした。

3. 異世界で子供を拾う

何事かと、狭い路地から少しだけ顔を覗《のぞ》かせて広場を見てみると、そこには信じられないような光景が広がっていた。

広場の真ん中にはガリガリに痩《や》せた子供がぐったりと横たわっていた。その子供に大人たちが寄ってたかって罵声《ばせい》を浴びせ、激しい暴行を加えているのだ。

あまりに凄惨《せいさん》な光景に、郁実《いくみ》は思い出したくもない記憶がフラッシュバックして、思わず口を押さえた。

――おとうさん、やめて！　おかあさんのこと殴らないで！

信じられないことに、子供を取り囲んでいる人たちは皆、笑っているのだ。同じ年頃の子供を抱えた女性までもが、その子供をバケモノと呼んでさげすんでいる。

やがて、一人の男が子供に向かって斧《おの》を振り上げた時、郁実は我に返って慌てて叫んだ。

「やめろ！」

思わず路地から飛び出すと、暴行していた男の一人が言った。

「邪魔すんな。こいつは魔物と人間の間に生まれたバケモノだ。この角《つの》を見てみろ」

そうして男の指差す先を見てみると、ぐったりと倒れている子供のワインレッドの髪の間から、ヤギのような黒い角が二本生えていて、閉じた口からは牙《きば》のような犬歯が見える。

確かに、普通の人間ではないようだ。

「……だからなんだ。こんな子供に寄ってたかって、どうかしてるぞ」

するとそこにいた人たちは、郁実を頭のおかしい人間を見るような目で見て、不思議そうに顔を見合わせて言った。

「なんだお前。ここらへんでは見かけない顔立ちだがよそ者か？」

「魔物の血を引いた子供は、たとえ聖女様が育てたって残忍で狂暴で邪悪に育つ。だから大人になる前に殺すんだ。いいからそこをどけ」

そうして男はもう一度斧を振り上げたが、郁実は黙ったまま子供の前に立ち続けた。

すると、この残酷なショーを途中で止められてフラストレーションが溜《た》まっていた群衆の怒りが、ついに郁実に向けられた。

「どけっつってんだよ！」

「お前も殺されてえのか！」

どこからともなく石が飛んできて、こめかみに当たった。それを皮切りに、あちこちから石が飛んできて、やがてそれは殴《なぐ》る蹴《け》るの暴行へと変わった。

「いっ……」

郁実は必死に子供に覆い被《かぶ》さりながら、このままでは殺されると思った。この世界では自分の身は自分で守るしかない。

郁実は咄嗟《とっさ》に手を翳《かざ》し、思い切り力を込めた。あの微妙な能力の光だ。

全身全霊をかけて力を込めると、辺りは閃光《せんこう》に包まれた。

「なっ……」

眩《まぶ》しさに皆、目を瞑《つぶ》って後ずさる。だからと言って、何かが起きる訳ではなかったが、目くらましぐらいにはなったようだ。

「なんだ今の光は」

「聖光？　いや、まさか……」

皆が驚いて口々に何か言っているが、郁実はそれどころではない。皆が怯《ひる》んでいる隙に、ぐったりとした子供を抱え、脱兎のごとく駆けだした。

滅茶苦茶に蹴られたせいで鼻血がだらだらと止まらない。蹴られた背中や腹もズキズキと痛み、吐き気もする。

子供はかろうじて息をしているが、散々殴られたせいか飢えのせいか、意識はないようだった。すぐにでも医者に診《み》せたいけれども、殺されてしまうリスクを考えるととても出来なかった。

ひたすら走って森の中に逃げ込み木々に密《ひそ》かに付けた印を辿《たど》って、ねぐらとしているあばら屋に戻った。

――この小屋を見つけられたのは、本当に幸運なことだった。

一カ月前までは路上で眠っていたが、治安が悪すぎて何度も強盗に遭いそうになったり、犯されそうになったりと寝られたものではなかった。

反対に夜の森は魔物が出るからと、地元の人間は寄り付かない。どんなに柄の悪い大男もだ。だからこそ、郁実は街で寝るよりは安全だろうと、森に入って寝ることにしていた。

しばらくして森の中で、何か食べられそうな果物はないかと探していた時に、この廃屋を見つけたのだ。

――一体誰が住んでいたのだろう。狭いが、竈《かまど》なども造られていて、ボロボロで不安定ではあるものの机や椅子もある。落ち葉を集めてボロ切れを被せて作っただけのベッドの上に子供を寝かせると、安価で売られていた魔石で竈に火を点《つ》けて、近くの小川で汲《く》んできた湯を沸かして部屋の温度を上げる。一通りのことを終えたが、誰かが探しに追ってくる気配はなかった。

ようやく逃げ切れたのだと、極度の緊張から解放された郁実は、深い溜息《ためいき》を吐《つ》いて床にへたり込んだ。ほっとした途端、忘れていた全身の痛みがぶり返す。無我夢中で気づかなかったが、体中あちこちケガをして、シャツが血だらけになっていた。

(あーあ、一張羅なのに……)

川で洗わなければならないが、今はその体力がなかった。

床にへたりこんだまま、昏々《こんこん》と眠り続ける子供を見つめる。額に手を当ててみると熱があるようだったので、濡《ぬ》らした布を額に当てるために前髪をかきあげた。

(それにしても……すっっごい美少年だ……)

街の人々は魔物の子だと言っていたが、宗教画から抜け出てきた天使のような美少年ぶりに、今置かれている状況も忘れて感動してしまった。

黒い角も、その人間離れした美貌《びぼう》によく似合っている。

しばらく側《そば》で見ていると、不意に少年の長いまつ毛が動き目を開いた。その瞳《ひとみ》の色は血に染められたような真紅で、瞳孔《どうこう》は針のように細かった。

「あ、目、覚め……」

目覚めた？　と聞くより先に子供に思いきり突き飛ばされた。子供とは思えないものすごい力だ。郁実は吹っ飛ばされ、壁に激突して低く呻《うめ》いた。

起き上がろうとしてもがく郁実の元に子供は一歩ずつ近づいてくると、足で肩を踏み、床に押さえつけながら言った。

「誰だお前は」

子供は警戒心を剝《む》き出《だ》しにして言った。

当然だ。大人からリンチされて目覚めたところに知らない大人が側にいたら、それは怖いだろうし警戒もするだろう。郁実は痛みを堪《こら》えながら冷静に状況を説明した。

「俺は、たまたまあの場に居合わせた者だ。……君はケガをしていたし、あの場にいるのは危険だったからここに連れて来た。帰るうちがあるなら教えてくれ。……君の熱が下がったらすぐに一緒に連れていくから。それまでここで安静にしていてくれ」

だが子供は郁実の言う事など聞かずに外へ出て行こうとしたので、慌ててドアの前に立ちふさがる。

「夜の森は危険だ。せめて明日の朝まで出て行くのは待ってくれないか？」

郁実はかがみこんで視線を合わせて言った。

「俺、佐久間《さくま》郁実。君の名前は？」

出来る限り安心してもらえるよう、自分に出来る精一杯の笑顔を浮かべて話しかけたが、子供は何も話さない。

郁実の言う事を信じていないのだろう。「お母さんのところへ連れて行く、保護をする」などと言う名目で児童を連れ去る事件は、日本でもあるから、信じられないのも無理はない。

これまでも人間に騙《だま》されてきたのだろうと、憎悪に満ちた子供の目を見てそう思った。

「……今まではどこで誰とどうやって暮らしてた？」

「…………」

みなしごだろうか。その割には顔立ちに妙に品があり、まだ子供だというのに自然と傅《かしず》きたくなるようなオーラがある。いずれにしろ保護者を見つけるまでは、この子供は自分が責任を持って預かるしかないだろう。

その時ふと、子供が郁実をまじまじと見て、訝《いぶか》し気《げ》に言った。

「……念のため聞いておくが、お前女じゃないな？」

今まで女性に間違われたことなどないが、この世界では細身な体型だから、そう見えたのだろうか。

戸惑《とまど》いながら、郁実は笑って言った。

「え？　ああ。もちろん。しがないおじさんだよ」

「……なら遠慮なく行く」

途端、少年の体の周りに黒い炎のような物が立ち上った。正直、めちゃくちゃ怖い。だがそれでも、ここをどく訳には行かなかった。

「ごめん。君がちゃんと安全にすごせる場所があるって分からない限り、ここから出してあげられないんだ。だから……がっ、……あっ……」

黒い炎を押し付けられ、郁実はあまりの痛みに声を上げる。不思議と熱くはなかったが、今までの人生で感じたことのないような激痛が体に走った。

（やばい……）

気が遠のいてその場に倒れ込んでしまい、郁実は呻《うめ》いた。

子供は、蹲《うずくま》る郁実の横を通り抜けてドアの取っ手に手をかけたが、郁実は咄嗟にその細い足首を摑《つか》んでいた。

「……まだ死んでないのか」

驚いた様子で手を止めたその隙に、郁実は必死に訴えた。

「たのむ……なにも、しない。傷つけない、から……朝まで、せめて……」

「しつこい。薄汚い人間が俺に触るな！」

少年が再び黒い炎を郁実に浴びせた。

「う、あああっ……」

あまりの激痛に意識が朦朧《もうろう》とし、生理的な涙が零《こぼ》れた。

もうダメかと思ったが、その時ふと金色の光に包まれた。あの手から出る謎の光と同じ、温かい光が全身を包み、黒い炎から守ってくれる。

「お前は……」

子供は驚いて目を見開いたが、より一層の憎しみを込めて黒い炎を燃え上がらせた。だが、その瞬間、不意に少年はドサッとその場に倒れた。

「お、おい！」

少年の黒い炎が消失するのと同時に、郁実の体を守るように覆っていた不思議な光も消えた。

どこか傷つけてしまったかと思ったが、少年は疲労困憊《こんぱい》といった様子で倒れている。それでも、譫言《うわごと》のように「さわるな、ころす」と繰り返しており、憎まれ口を叩《たた》く元気があることに安堵《あんど》した。

郁実は完全に眠りの底に沈んだ少年を運んでもう一度落ち葉のベッドの上に寝かすと、途方に暮れた様子でその隣に座り込んだ。

あの時は無我夢中で走って、ここに連れてきてしまったが、この子に帰る場所がなかったらこれから一体どうしたらいいのだろう。

こんな得体の知れない世界で、自分ひとり生きていくこともままならない生活の中、人間ですらないこの子供を守って行けるのだろうか。

（いや、そうじゃないよな）

守れるかではない、守るしかない。無我夢中だったとはいえ、保護した自分にはその責任がある。

郁実は精も根も尽き果てたというように眠る少年の手を、そっと握りしめた。


その晩、郁実は寝ずにドアの前に座り込んで過ごしたが、子供は日が高くなっても目を覚まさずにいた。きっとよほど疲れていたのだろう。

（寝顔は天使みたいに可愛《かわい》いなー。昨日《きのう》の凶悪さが嘘《うそ》みたいだ）

寝顔を眺めながら思わず笑ってしまった。毛布（といっても拾い物のボロ布だが）をかけ直してやっていると、不意に子供の目が薄く開かれた。

「おはよう。よく寝てたな」

郁実がそう声をかけると、子供はまだ寝ぼけているのか、しょぼしょぼと瞬きを繰り返していたが、やがて勢いよく起き上がり、ギラッと目を鋭くさせて黒い炎を身に纏《まと》わせた。

「そ、それだけは勘弁してくれ。昨日やられた時すごい痛かったからな」

両手を上げて笑いながら眉《まゆ》を下げて言うが、少年は郁実を押しのけ、ドアに向かって歩き出した。

郁実は緊張を滲《にじ》ませながらも、ドアを塞《ふさ》ぐようにして立ち、手に力をこめてあの不思議な光を纏わせた。昨日よりも遥《はる》かに強い黒い炎に襲われたが、郁実は必死に光で壁を作り、応戦した。

子供の体力は昨日よりも随分回復しているだろう。一方、郁実は昨日負ったケガが癒えておらず、夜も寝ずに見張っていたため疲弊しきっていた。この状態が長く続いたら、いずれ力負けしてしまう。

根競べのようにドアの前を塞いでいると、意外にも子供はすぐに諦《あきら》めて炎を消した。よく見ると、額に微《かす》かに汗が浮かんでいる。やはりまだ本調子ではないのかもしれない。

（………よかった）

ホッと胸を撫《な》でおろしたが、子供は郁実を睨《にら》むように見上げて言った。

「何が目的で俺をこんなボロ小屋に閉じ込める？　殺すなら、寝てるうちに殺しておけばいいだろう」

「だから殺すつもりも、傷つけるつもりも一切ない。保護してるだけだ。お前が今までどこでどうやって暮らしてきたのか教えてくれたら、今すぐにでもそこへ連れていく。もちろんそこが、安全な場所ならだけどな」

「じゃあその光はなんだ？　俺を殺す魔法じゃないのか？」

郁実は肩を竦《すく》めた。

「俺が聞きたい。コレってなんなんだ？」

子供は少し呆気《あっけ》に取られたように目を見開いた後、こいつとは話しても無駄だと言うように口を噤《つぐ》んだ。

「………」

「とにかく、ここから出たいなら、今までどこでどうやって生きて来たか俺に話すしかないんだよ」

「だんまりなら、このまま俺とこのボロ小屋で暮らすしかないな」

郁実が笑いながらそう言うと、子供は冗談じゃないというように眉を顰《ひそ》めて嘲笑《あざわら》った。

「はぁ？　冗談だろ。薄汚い人間の中でも特に汚い浮浪者の、それも男と暮らせって？」

「汚いってお前、失礼な奴《やつ》だな……」

確かに部屋は汚いし、郁実自身も一応川で水浴びはするようにしているが、煤《すす》汚れなどはどうしても水では落ちない。石鹸《せっけん》のようなものもこの世界に売ってはいるが、高額で買えないのだ。だから確かに顔中真っ黒でひどく小汚い。

さすがに恥ずかしくなり、ゴシゴシと頬を擦って少しでも綺麗《きれい》にしようとしていると、子供は不意に郁実の胸倉を思い切り掴み、グイッと下へ引っ張った。

まるでキスするかのように近くまで顔を近づけられ、郁実はたじろいで目を逸《そ》らせた。

「……俺をここに住まわせることで、お前にどんな利益があるのか正直に言ってみろ。何か隠してるんだろう」

疑心と憎しみに満ちた視線に、郁実は胸が苦しくなった。今までどんな人生を送ってきたのだろうか。

「利益っていうか、子供を一人で放り出す訳に行かないだろ。それだけの話だ。俺の生まれた世界……いや、国では、子供は保護者の元で暮らすっていう決まりがある」

ここが日本なら当たり前のことだ。最も日本なら、迷子《まいご》は警察に連れていくが。

だが、そんな常識も法律もないであろうこの世界では、なんの利益にもならない行動には何か裏があるのではないかと不気味に感じるのかもしれない。

こちらに悪意がないことを証明するのは、この様子では長い時間がかかるだろうと思った。

「……もっと元気になったら、お前は俺みたいな下等な人間なんか一瞬で倒せるんじゃないか？　どうしてもここが嫌だっていうなら、早く元気になって俺を倒して出てくんだな」

郁実はそう言って笑うと、「あ」と思い出したように手を叩《たた》いた。

「……そうだ。腹減ってないか？　お前が目を覚ましたらと思って、さっき作ったんだ」

そう言って、拾い物のひび割れた鍋《なべ》に入った物を一度火にかけて温めると、同じく拾い物の木の器に入れて、子供の前に差し出した。

ミジャルを煮てどろどろにふやかして、ケガに効く野草とモナの卵（安価で流通している）を加え、お吸い物の素を入れて煮込んだ粥《かゆ》だった。

何日も、いや、何カ月もろくに食べていないような痩《や》せ具合で、ケガも負っている体に、いきなり普通の食事は負担になると思ったからだ。

子供は目の前に差し出されたそれを見てギョッとした後に、派手に顔を顰《しか》めた。

「……いらない。なんだこのゲロ。家畜でももっとマシな物を食べるだろう」

「ゲロじゃない。お粥っていう俺の生まれた国の料理だ。美味《おい》しいから、食べてみてくれないか？」

作った時に一口だけ味見したが、お吸い物の素がいい働きをして、とても美味しかった。郁実自身も気が遠くなりそうな程腹が減っていたので、久しぶりにダシの効いた優しい味の食事に、味見だけでは止まらなくなりそうになるくらいに。

「そんなものを食うぐらいなら死んだほうがマシだ」

「なら、俺が貰《もら》うぞ」

郁実は半ば本気で言った。

日本にいたときも、弟たちに自分の好物を譲ったり、食費に困った時は自分の分の食事を弟に回したりすることがあった。今思えばあれはきっと、少しは余裕があったから出来たことだろう。

ここまでの飢えを、元の世界では体験したことがなかった。

茶碗《ちゃわん》一杯の薄い粥の匂《にお》いを嗅《か》いで、ひどく精神が揺らいでしまう。これを全部食べて胃を満たしたい。だが目の前にはガリガリに痩せて飢えた子供がいる。

――郁兄《いくにい》のごはん食べたくない。いらない。

――弁当、まずかったから残した。ママのお弁当が食べたい。

反抗期の弟に言われていた言葉を思い出すと、郁実はさらに心が揺らいだ。

(ゲロだ、食べたくないって言うなら……俺が食べたっていいじゃないか。腹が減って……目が回りそうだ)

飢餓感《きがかん》から来る葛藤《かっとう》を断ち切るようにズイッと子供の方に近づけると、食欲をそそるいい匂いが鼻先を掠《かす》めたのだろう。

子供はひどく嫌そうな顔をしていたがついに極度の空腹に耐えかねたようだ。

恐る恐るそれを口に入れたかと思うと、ほんの一瞬瞳《ひとみ》を揺らし、それから無我夢中で掻《か》きこむように食べ始めた。

「……っ」

食べながら、子供は途中で大粒の涙を浮かべたかと思うと、不意にポロポロと涙をこぼした。

ずっと我慢していたのだろう。

温かい食べ物を食べて、ほっとしたのかもしれない。

声一つ、嗚咽《おえつ》一つ漏らさず泣くその姿に、郁実は胸が苦しくなったが、やがて子供の頭を優しく撫でた。

不思議と、先ほどまでの狂おしいほどの飢餓感は収まっていた。

「……やっぱりおなか空いてたんだな。いっぱい食べて、早く元気にならないとな」

4．子供を抱えた異世界暮らし

子供はそれから郁実《いくみ》と暮らすことになったが、最初の内はひどく気が立っていて、何度も脱走をしようとしたり、郁実をなじったりと荒れていた。最近はケガもすっかり治って元気になり、ようやく気持ちも落ち着いてきたようだが、だからといって郁実のことはまだまったく信用していないようで、急に近づいたりすると、黒い炎を纏《まと》わせて威嚇《いかく》される。

威嚇するということは、郁実を、人間を恐れているということだ。本人は絶対に認めはしないが、そういうことだろう。

だから出来るだけ、彼とは適切な距離を保って生活するようにしていた。

食事をきちんと取って、危険なことさえしなければ何をしていても構わない。この年頃の少年がいかに難しいか分かっていたし、信頼関係を築くのには時間がかかるということも十分分かっているつもりだ。

（ほんと、家があってよかった……）

家というのも烏滸《おこ》がましいボロ小屋だが、他の人間たちは魔物を恐れて森の奥には近づくこともないため、安心して半魔の子供を育てられる。郁実も念のため夜の間は小屋から出ないようにしているが、不思議なことに、今のところ一度も魔物に遭遇したことはない。一度、大きな鳥の魔物に上空から襲われそうになったことはあったが、あの謎の光を浴びせると驚いて逃げて行った。

だからここは、魔物に襲われる心配も少なく、人間に子供を殺される心配もない、一番の安全地帯なのだ。

（目下の問題は生活費だよなぁ）

郁実は最近、ようやく毎日決まった仕事を見つけることができた。

安い酒場の下働きで、清掃や料理の下ごしらえ、酒樽《さかだる》運び、それから大量の皿洗い。さらにはなぜか雇い主の靴磨きやら着替えの手伝いまでありとあらゆる雑用込みで、朝から晩まで働いて賃金は僅《わず》か三十レピーだが。

雇い主である店主のバルブロはひどく気性の荒い大男で、毎日殴られてばかりだが、それでも子供を抱えている現状、毎日必ず金が貰えるという安心感は何物にも代えがたい。

だが、それだけでは足りないので、小物売りをしている市場の店主に度々仕事がないかと声をかける、時折簡単な内職の仕事を貰っていた。

そのため、日によっては帰宅後も内職をして翌日市場に仕上げた物を届けに行った。

文字通り朝から晩まで働いても、二人で暮らしていくとなると心許ない。

このボロ屋だって、嵐《あらし》にでもあったら倒壊してしまうかもしれないし、せめて子供にはもう少しまともで安全な暮らしをさせてやりたい。これから本格的な冬が来るというのに、この小屋では隙間風だらけで寒すぎる。

昨日《きのう》は子供が高い熱を出した。おそらく夜、急に冷え込んだからだろう。そろそろ冬支度をしようと思っていた矢先の、急激な冷え込みだった。

ヘルズヘイムでは、日本のようにゆっくりと季節が移り替わるのではなく、ある日急に、急転直下するように気温が下がるらしい。

「寒いから一緒の毛布（というのもおこがましいボロ切れ）で寝よう」と言ったが汚いから嫌だと冷たく断られた。

仕方なく郁実は自分の毛布を子供にかけてやったが、それでも朝起きた時、彼は風邪《かぜ》を引いていた。半魔も人間と同じように寒ければ風邪を引くようだ。

昨日は慌てて市場へ薬やら栄養の付く食べ物やら古物の毛布を買い足しに走った。幸いにも、ただの風邪だったようでその晩には彼はケロリとしていたが、仕事を半日休んでしまったので、当然バルブロは烈火《れっか》のごとく怒り狂い、いつも以上に執拗《しつよう》に殴られた。その上、半日分の賃金もくれなかった。

クビにならなかっただけありがたい。子供が風邪を引いたのは、元々は財布の中身の心許なさに冬支度を遅らせてしまった自分の落ち度でもある。

だが、だからと言ってここ最近、暴力が行き過ぎている気がする。暴力というものは必ずエスカレートすると、郁実はよく知っていた。

バルブロを見ていると、幼い頃《ころ》にしまいこんだ嫌な記憶がよみがえってくる。

ストレス発散に使われている気がするし、これ以上エスカレートする前に、どうにかもう少しだけでも、穏やかな仕事はないかと探していた。

(でも……マジで何もないんだよな)

——お前のその可愛《かわい》いケツの値段だ。気絶するまで可愛がってやるからよ。

——三千、いや四千出すぞ。

ふと、以前街で男たちに言われた言葉が頭をよぎる。それだけの金が定期的に手に入れば、ずっとマシな暮らしが出来る。ちゃんとした家だって借りられる。

自分の空腹も疲労もどうにか我慢できる。しかし、そのためだけに、身売りなどするつもりはなかった。

だが今は絶対に飢えさせてはならない子供を抱えている。それなのに金がないということが、これまで考えたこともなかった一線を越えさせるほど、不安を増幅させていた。

少しの時間我慢するだけで、効率よく稼げるなら……。

(いや、ダメだダメだ。それだけはダメだ)

するとその時、昼食を取っていた子供が、不意にスプーンを口に運ぶ手を止めて、郁実の顔をじーっと見つめていることに気づいた。まだガリガリだが、心なしか顔色がよくなってきたような気がする。

(うーん、やっぱりすごい美少年だ。将来が楽しみだなぁ)

「どうした?　美味しい?」

思わず話しかけると、少年は少し慌てた様子で顔を逸《そ》らして舌打ちし、こちらを睨《にら》みつけ、再びスプーンを動かしはじめた。

弟たちは、幼い頃は「郁兄の料理は世界一おいしい」と可愛いことを言ってくれていたのに、反抗期になると、まずいだの母の料理と比べて味が薄いだの散々文句を言っていた。

反抗期を通り越すと、今度は無関心期になり、何を作って出しても食事中もスマホを弄《いじ》るばかりで無反応になってしまった。だから郁実は料理にはあまり自信がなかったのだが、この子供は口が悪い割に味については特に何も言わないで毎回残さず綺麗《きれい》に食べてくれる。

（残さず食べてくれると、嬉《うれ》しいよなぁ）

弟たちによく食事を残されて長年悲しい思いをしていたので、たとえミジャル一粒でも残さずに食べてくれるのを、よしよしと思わずニコニコとして眺めながら、郁実はふと思った。

（マナー……いいよな）

最初に食べさせた時はよほど飢えていたのか、貪《むさぼ》るように食べていたが、本来彼はとても所作が綺麗だ。

誰《だれ》に育てられたのかは分からないが、ちゃんとしたテーブルマナーを教えられたに違いない。

だとすると、やはり保護者がいるのではないだろうか。

それも、かなりしっかりした家柄の。

半魔ということは、片方の親が人間だというのは間違いない。人の言葉も話せるし、人間を憎みながらも人間社会で暮らすための一通りの作法は身に付けている。

何か嫌なことがあって、家出してきてそのまま迷子《まいご》になり、飢えて倒れてしまったのだとしたら、ガリガリに痩《や》せているのも分かる。家の人たちも心配して探しているかもしれない。

郁実自身も実際、弟が反抗期の時に家出をされて、徹夜で探し回ったことがある。

たとえば半魔ということでひどい扱いを受けていたとか、虐待を受けて逃げてきたということなら何があろうと彼を返すわけにはいかないが、もしただの家出なら、逆に絶対に保護者を探し出さなければならない。

逆の立場で考えたら、胸が潰《つぶ》れそうになる。だが、街の人々には聞くことはできない。彼らはこの子を何の躊躇《ためら》いもなく殺そうとしていた。危険すぎる。

この子自身の口から聞くしかないだろう。

（もうちょっと打ち解けないと無理だな……）

そんなことを考えて苦笑していると、子供が珍しく口を開いた。

「強盗にでも遭ったのか？」

「……？」

「顔がますます汚くなってる」

郁実は最初なんのことか分からなかったが、指差された方の頬に触れてハッとした。

昨日店主に殴られたところが腫《は》れていたのだ。いつも顔や頭は殴られないように庇《かば》っているが、昨日は不意打ちだったのでまともに食らってしまった。

冷水で冷やして朝には大分腫れはひいていた。青あざになってはいたが、どっちにしろ煤《すす》だらけであまり目立たないだろうと思っていたから、子供が気付いたことに驚いて慌ててしまった。

「昨日仕事中、ボーッとしてたら壁に激突してさ。心配してくれてありがとな」

「は？　心配？　苦情だ。朝から汚い面で俺の前に座るな」

「ごめんごめん」

謝りながらも、郁実は子供の前から席を立つこともなく言った。彼が初めてまともに口を利いてくれたことが無性に嬉しかった。

5．君は明日への生きる希望

その日仕事に行くと、きっとバルブロは意味もなく難癖をつけて殴りかかってくるだろうと思ったが、馴染《なじ》みの客が来てくれていたこともあり、意外にも朝から上機嫌だった。

バルブロは嵐のように気性の荒い男だが、客に対しては非常に愛想がいい。

郁実《いくみ》を殴るのは客がいないところでだけだった。

今日はよほど機嫌がよかったのか、郁実は特に殴られることもなく最後まで仕事を終え、店じまいをして掃除もし終えた。給料も、いつも通り三十レピー渡して貰《もら》えた。

(よかった……機嫌がいい日だ)

三枚の十レピー硬貨を大事にしまい、挨拶《あいさつ》をして帰ろうとすると、不意にバルブロが言った。

「そうだ。昨日、半日分働いてくれた分をまだ払ってなかったな」

驚いた。ハナからくれないものだと諦《あきら》めていた。

「あ……でも……迷惑かけてしまったので」

もちろん、給料は喉《のど》から手が出るほど欲しい。だがよく見ると、バルブロはひどく酔っているようで、嫌な予感がする。郁実はとにかくこの場を早く離れて帰りたかった。

彼は赤ら顔を破顔させ、優しいと言える声で言った。

「いや、昨日はやりすぎた。ごめんな」

「いえ……急に休んだりしてすみませんでした」

「……ケガしたんじゃないか？　見せてみろ」

そう言うなりバルブロは郁実の胸元に手を伸ばし、シャツのボタンを外し始めた。郁実はしばらく唖然《あぜん》としていたが、やがてハッと我に返ると慌てて後ろに飛びのいた。

「な、何を！」

「ケガの具合を見るんだよ」

「大丈夫です。……大したことないので」

「いいから見せろっつってんだよ！」

急に椅子が蹴《け》り倒され、郁実はその激しい音に硬直してしまった。その隙に引きちぎられるようにシャツの前が開けられた。

「……ッ」

「チッ、なんだよ。ガリガリで痣《あざ》だらけじゃねえか……気持ち悪いな。ま、いいか。どうせ使うのは下だけだ」

ブツブツと文句を言いながらバルブロが自分のズボンの前に手をかけたとき、郁実は彼が何をしようとしているのか悟った。

首を横に振りながら後ずさると、バルブロは郁実の目の前で銀貨をチラつかせた。

「おい、いいのか？　昨日《きのう》の給料に便所代も上乗せしてやるぜ」

「……いりません。帰ります」

「何澄ました顔してんだ。ロクな働きもしねえで〝バルブロさん、賃金は？〟が口癖の意地汚いドブネズミちゃんがよ。金のためならそんな汚い体売るぐらいどうってことないだろ」

黙っていると賃金が支払われないことがあるから、聞いているだけだった。

いつも苛立《いらだ》って投げつけるように渡されるコインが地面に転がるのを、這《は》いつくばって拾っていた。

「給料の三十レピーだけで結構です。もう今日は帰ります」

冷静を装ってそう言って横を足早に通り抜けようとするが、思い切り腹を殴られてそのまま引きずり倒された。

「おい、ふざけるな！　離せ！」

「すぐ終わるんだ。便所らしく大人しくしてろ」

「いやだ！」

必死に暴れて抜け出そうとするが、身長二メートル近くはありそうな巨漢にのしかかられたらどうしようもない。

それは絶望的なほどの圧倒的な力の差だった。

熱い塊が腹に押し付けられたとき、えずきそうなほどの不快感に襲われ、郁実は咄嗟《とっさ》に夢中で手を伸ばした。そして、床に転がっていた酒の空瓶が指先に触れると、必死にそれを掴《つか》んで振り回した。

（しまった……！）

パリン、という音を聞いて、一瞬で顔が蒼白《そうはく》になる。

それは本当に、無意識に行ってしまった後先考えない行為だった。

「ぐあっ……」

バルブロが頭をかかえて蹲《うずくま》った。その隙に郁実は必死にその巨体の下から這い出すと、ガクガクと震える膝《ひざ》を叱咤《しった》して、走り出そうとした。

「お前、こんなことをしてタダで済むと思うな。逃げたって必ず見つけ出して、後悔させてやる。ドブネズミらしい死に方を用意してやるよ」

ゾッとするような声でバルブロが言ったが、郁実はそれでも足を止めずに店を飛び出した。


どこをどう走ったのか分からないが、郁実は夢中で家に戻った。

随分遅くなってしまった。子供はもう眠っているようで、部屋の中は暗い。昨日買ってあげた毛布をかけずに、ボロ布だけで壁の方を向いて眠っている。

「ったく、また風邪《かぜ》引いたらどうすんだよ……」

少し呆《あき》れながらも、無性にホッとして、郁実は子供に毛布をかけてやった。

色々やることはあったが、もう何もする気も起きずに、そのまま子供の隣に倒れ込むように体を横たえた。

(明日からどうしよう……)

死ぬ思いでようやく見つけた、安定して毎日金を貰える仕事だったのに。

もう二度とあの店には近寄れない。それどころかあの近辺一体には、当分近寄らない方がいいだろう。

自分一人で暮らしていたなら、むしろスカッとしていたかもしれない。ずっとバルブロの店は辞めたくて辞めたくて仕方がなかった。郁実は何よりも暴力が嫌いなのだ。

だが今は、仕事を失ってただただ途方に暮れるばかりだ。

子供の薬や、毛布などの買い出しをしたため、ただでさえ手持ちが少なくなっていた。子供のために、我慢するべきだったんじゃないかと、心の中の誰かが責め立てる。我慢してバルブロに体を預けていたら仕事も失わず、千レピーまで貰えた。

(そんなものいらない。絶対に我慢できない。我慢すべきじゃない)

――お兄ちゃんなんだから、我慢しないと。

昔から幾度となく言われた言葉だ。大抵のことなら我慢できるが、時にはどうしても我慢できないこともある。

もう立派な大人だというのに、郁実は無性に誰《だれ》か、誰でもいいから縋《すが》り付いて泣きたくなった。

今までの人生でも、何度もそんな時はあった。途方に暮れたとき、誰か大人に思い切り縋り付いて泣いて、抱きしめて欲しかった。そして一度もそれは叶《かな》わなかったが、それでもいつも一人でなんとか乗り越えられていた。

だが今日は乗り越えられないかもしれないと初めて思った。乗り越えられなかったらどうなるのか。考えるのも恐ろしい。

寝ころんだまま手をきつく握りしめていると不意に乱暴に、グイッと腕を引かれ、何か温かい物のなかに引きずり込まれた。

「？」

一瞬、何が起こったのか分からなかったが、しばらくしてようやく、子供に毛布の中へと引きずり込まれたのだと分かった。

「……ど、どうしたんだ？」

戸惑《とまど》っていると、子供が牽制《けんせい》するように言った。

「お前が一緒に入ると寒くなくなるって言ったんだろ。寒いから入れただけだ」

「でも……汚いの嫌なんだろ？　今日一日竈《かまど》掃除してたから煤《すす》くさいし、服汚れるぞ」

子供はわざとらしく派手に顔を顰《しか》め、溜息《ためいき》混じりに言った。

「寒さと汚さを比較して、汚さを我慢することにした。それ以上近寄るなよ」

背中を向けられたまま言われた言葉に、郁実は信じられない思いで呆然《ぼうぜん》としていたが、やがて不意に瞼《まぶた》が熱くなるのを感じ、慌てて目元を押さえた。

（やばい、年かな……）

温かさに顔を埋《うず》めて、ありがとなと礼を言っても、子供はそれ以上何も答えなかった。長い沈黙が訪れたが、まだ子供は起きているようだ。

　もう少しだけ話せないかと、郁実はところどころ穴が空いている天井を見上げながら言った。

「なあ、そろそろ名前ぐらい教えてくれないか？　不便だし」

「……」

「言わないと勝手に付けるぞ。タロウとかジローとか……ああでもお前、美少年だからもっとこう……雪《ゆき》之丞《のじょう》とかがいいかな」

　ネーミングの引き出しが日本人名しかなく、あれこれ微妙なセンスで名前を挙げていると、子供はしばらく黙って聞いていたが、やがて自嘲《じちょう》気味に言った。

「……バケモノ」

「え？」

「糞《くそ》女にはバケモノって呼ばれてた。バケモノのロイ」

「糞女……？」

「母親」

　郁実はしばらくの間言葉を失くしていたが、やがて微《かす》かに目を伏せて言った。

「……じゃあロイって呼ばせてもらう」

　母親が子供をバケモノと呼ぶなんて、そんなことがあるだろうか。もし本当なのだとしたら、そんな風に呼ぶ親の元には絶対に返す訳にはいかない。

　郁実は覚悟を決めるように手を握りしめた。

（俺がこの子の保護者になる。楽な暮らしはさせられないけど……大きくなるまでは、なんとしても……どうにか安全で、幸せな生活を送れるようにするんだ）

バルブロの店で働けなくなったなら、いくらでも代わりの仕事を探そう。どんなことをしてでも、この子を守っていこう。

自分が異世界に飛ばされたことに理由があるとするなら、この子を守るためではないだろうかと、ふと思った。

6. 揺れ動く

ロイが目を覚ますと、忙しそうに歩き回るパタパタという足音。くつくつという鍋《なべ》の煮える音。少し調子外れの鼻歌。そこはまるで、世界中の優しい音を掻《か》き集めたような部屋だった。体の上にかけられているのはボロ毛布なのに、羽毛でくるまれているように温かく感じる。

そのわざとらしいぐらいの優しさにロイは妙に苛立ち、毛布を剥《は》ぎ取るようにして起き上がった。竈の方を見てみると、自分を〝助けた〟人間がせっせと朝食を用意している。

人間は「郁実《いくみ》」と名乗っていた。奇妙な名前だ。

こんな奇妙な人間を見たのは初めてだった。まず、見た目からして見たことがない種族だ。髪は黒く、顔は汚れすぎていてよく分からないが、少し切れ長の目元。だが、笑うととても柔らかい表情になる。口元には小さな黒子《ほくろ》があり、それがなんとなく、彼を妙に艶《つや》やかに見せていた。時折服から覗《のぞ》く細い腕や足はバターを溶かしたような色の肌をしている。

こちらの視線に気づくと、郁実は鍋を掻き回す手を止めて、こちらを振り返って笑った。

「……お、目覚めたか？　メシ出来てるから食え」

机の上に並べられているのは、ミジャルで作られたパンと、野菜と、モナの卵の目玉焼きが一人分だけだ。

郁実はあまりロイの前で食事をしない。夜、早く帰ってきたときは同じタイミングで食べるが、朝は「ロイが起きる前に食べた」と言って食べないことも多い。

最初のうちロイは、人間というものは、食事を少量しか食べなくても生きていけるものなのだろうと思っていた。郁実がロイの前では一切、空腹そうな様子を見せなかったからだ。

だが、夜寝ているときに郁実がよく腹を鳴らしているのが聞こえるから、おそらく随分我慢をしているのだと思う。

「よし、じゃあ俺は仕事行ってくる。昼メシは鍋の中に入ってるから、温めて食えよ。焦がさないように魔石の量気をつけてな。あーそうそう、今日の夕飯はな、ハンバーグの予定だぞ。元のせか……えーと、俺が生まれた国じゃ牛と豚の合挽《あいびき》で作ってたから、モナ肉のハンバーグは美味《うま》いかわかんないけど……目玉焼きのっけて、お子様ランチみたいにしてみるよ。月一で、スペシャルメニューデーにしような」

何が楽しいのか分からないが、郁実はニコニコしながらロイにそう話した。

ここに来るまで、ロイは極度の飢えと疲労で、魔力すらロクに使えない程弱っていた。彼はそんな自分を引き取り、泥だらけで破れていたロイの服を丁寧《ていねい》に洗って繕《つくろ》い、毎日腹が一杯になる程の食事を与えた。

最初の頃《ころ》は、郁実に対してかなり乱暴な態度を取っていた。物を投げつけたり、食事をひっくり返したり、仕事を終えて疲れて帰ってきた彼を部屋に入れないように締め出したり、散々な目に遭わせた自覚はある。

どこまで攻撃したら、彼がドス黒い本性を見せるのか、知りたかった。

だが何をしても彼は、怒りはするものの決してロイを家から追い出したりせず、変わらず温かい食事を用意した。

古物市で買ってきたという子供向けの本やら玩具《がんぐ》やらも少ないながらに買い与えられ、ロイはまるで、人間の子供のように、いやおそらく街で暮らしているどんな人間の子供たちよりも大切に育てられていた。

反対に郁実は、いつまでもみすぼらしい姿のままだった。それどころか、最初に会ったときよりもさらに痩《や》せたような気さえする。顔は前以上に真っ黒に汚れていた。

最初の内は、朝仕事に出かけて夕方には帰ってきていたが、最近は夜まで働いているようで、いつもフラフラになって帰ってきている。

彼に、手をかけて子供を育てられるだけの余裕がないことは火を見るよりも明らかだった。金持ちが慈善活動という名目の世間体と道楽で孤児を引き取るのとは訳が違う。

だからこそ、どうしても分からない。

一体なんの利益があって郁実は自分を保護するのか。

ロイは郁実という人間に対して、油断をしつつあるという自覚はあった。

ここ数日は、一緒の布団で寝ることまで許している。

あの夜帰ってきた彼は、何かいつもと様子が違っていた。細い背中が、小さく震えているのが見ているだけでひどく寒々しく、苛立《いらだ》ちに任せて自分の毛布に引きずり込んでしまい、以来当たり前のように一緒に寝るようになってしまった。

それでも、ロイは未《いま》だに郁実を信用してはいなかった。

悪人であればあるほど善人の顔をして近づいてくることを、ロイはこれまでの人生で嫌というほど知っていた。

物心ついたばかりの頃は、まだそれが分からなかった。

バケモノと呼ばれて閉じ込められ、寒さと飢えに泣いていたロイに優しい言葉をかけて温かいスープを飲ませてくれた人間に毒を盛られてからというもの、ロイはようやく、人間という生き物がどれだけ残忍で卑劣か思い知った。

それでも何度か、人間を信じようとしたことはあった。信じたかったのだ。魔物にもなりきれない自分は、いつも孤独で、せめて人間の仲間になりたかった。

だがその願いは、ことごとく裏切られた。

魔物は残忍で血も涙もないと言われるが、嘘《うそ》を吐《つ》くことはない。人間は優しい顔で反吐《へど》が出るほど残酷な嘘を吐く。だから郁実が、ここまで献身的に自分を匿《かくま》うのには、彼にとって何か利益になることがあるからだと思う。そのために、ロイをこうして生かして何か利用しようとしているのではないか。

何より、不可解なのが郁実の持つあの光の力だ。〝黒炎〟と呼ばれる魔物の放つ瘴気《しょうき》は、人間の魔法の力では防ぐことは出来ないと言われている。

（神殿の人間か……その割には恰好《かっこう》がみすぼらしすぎる。それも、俺を欺《あざむ》くためか？）

考えれば考えるほど、答えが出なかった。だからもう少し、様子を見ようと思った。もし彼が自分を騙《だま》して何かに利用しようとしているのだとしても、殺そうと思えばいつでも殺せる。黒炎が効かなくても、魔物の力は人間の何十倍も強く、あの細い首など片腕一本で絞め殺せる。

どうせ、ここを出て行っても行く当てなどない。

体力も魔力も戻った今、また人間共にリンチに遭うようなヘマはしないだろうが、飢えたらまた、魔力を失う。人間に騙されて死ぬなんて滑稽《こっけい》な死に方だけはしたくないが、もう少し様子見でここで暮らしてみてもいいだろう。

だが、もし。

もし、彼が自分を何一つとして欺いていないのだとしたら。

「ん？　……どうした？　寂しいのか？」

無意識にじっと、出かける支度をする郁実を見つめていたらしい。彼は心配そうにロイの顔を覗き込んだ。

「は？　そんな訳ないだろ。さっさと視界から消え失せろ」

「はいはい。……今日もなるべく早く帰ってくるから」

郁実は少しすっきりした顔で言った。そう言えば、ここ数日、帰りが少しばかり早くなった。あの様子がおかしかった夜を境にだ。

「……実は前の仕事先、色々あってクビになっちゃってさ。でもな、この間ロイが風邪引いたときに、薬買った店の人がすごく親切にしてくれて。しばらくの間だけだけど、他に仕事が見つかるまで雇ってくれるって」

「…………」

「俺、頑張って金稼ぐよ。そんで、ちゃんとした家買う。ロイに似合うかっこいい服も、いっぱい買ってやるから、楽しみにしてろよ」

郁実は心から嬉《うれ》しそうに微笑《ほほえ》んで言った。その笑顔に、ロイは微《かす》かに胸の奥に柔らかい棘《とげ》が刺さったような、形容しがたい感情に襲われた。

無償の愛なんて、そんなものがある訳ない。人間は総じて、下等で醜悪な生き物だ。

優しい顔をして、平気で裏切るのだ。

（そうだ……、証拠を摑《つか》めばいい）

郁実が街へ出かけたのを確認すると、ロイはフードを目深に被《かぶ》って角を隠し、後をつけていくことにした。街には絶対に出るなと言われているが、彼が自分を何に利用するつもりなのか突き止めてやろうと思ったのだ。

郁実は特に怪しい動きをすることもなく、仕事場に向かう前に市場に寄り、前日行っていた内職で作った品物を渡していた。露天商の男がその出来栄えをチェックしながら、郁実にわずかばかりの金を渡す。彼はそれを大事に受け取ると、今度こそ仕事場に向かおうとしたが、その前にふと、古本が並んだ露店の前で足を止めた。

「えっ、この本全部一レピーなんですか!?」

「ああ。そうだよ」

「あ、あの、冒険小説とかあります？　小学校高学年ぐらいの……あー……いや、十〜十二歳ぐらいの子供が読んで楽しめるような……」

「これなんかどう？　少年たちが魔物を倒す旅に出る話」

　郁実はなんとも言えない苦い顔で「ハハ」と笑った。

「〝魔物を倒す〟っていうのはちょっと……宝を見つけるとか、そういう方がいいんですけど」

「じゃあこれだな。伝説の財宝を求めて、少年たちが旅をする」

「いいですね。表紙もすごく綺麗《きれい》だ。ちょっと中見てもいいですか？」

「ああ」

　郁実は素早く中を確認すると、「面白そうだ、買います」と言った。

「……楽しんでくれるといいな、あいつ」

　郁実はそう言って、コインを店主に一枚差し出した。その横顔は本当に嬉しそうだった。

　あれはきっとロイに与える本だろう。

　定期的に郁実から買い与えられるそれを、ロイはいつも読んでいないふりをしていたが、彼の留守中に読んでいた。どの本も古くてボロボロだが、確かに暇つぶしにはなる、まあまあ面白いものばかりだった。

　郁実は他には特に寄り道することもなく薬屋へと向かうと、彼は店主に指示されるまま何かを手伝っていた。

特に尻尾《しっぽ》は摑めそうもないと、半ば安心しながら帰路につこうとして、ふと、郁実が前に働いていた仕事場が気になった。

彼はロイに何も言わなかったが、そこでよく暴力を振るわれていたようだ。その痣《あざ》を見る度に、ロイは言いようのない激しい怒りに駆られていた。

広場に続く目抜き通りの近くにある、安い酒場だと一方的に聞かされた郁実の話を思い出しながら、ロイは道を辿《たど》っていく。安い酒場はいくつかあったが、意外にもすぐにその店を発見することが出来た。

――店主さんがさ、すっごい大きい人なんだよ。二メートルぐらいあるんじゃないかな？　ロイもこれからどんどんおっきくなってくんだろうな。

……郁実が言っていた、絵に描いたような大男がいたからだ。

子供が酒場をうろついていたら目立ってしまう。ロイは裏口を見つけると、そっと中に侵入した。中は安い酒の嫌な匂《にお》いや、葉巻の匂いが充満していて、ロイは顔を顰《しか》めた。客はそこそこいて店内は賑《にぎ》わっており、大男は顔に似合わない笑顔を浮かべて大ジョッキに酒を入れて出している。

だが、カウンターに座っているのは、客ではなく大男の知り合いのようだ。

「あれ？　ドブネズミちゃんいないじゃん。ついに死んじゃった？」

「あーあーあんなに毎日ボコボコ殴るから」

大男は大きな声でそう言った知人たちに慌てたように「シッ」と人差し指を立てた。

「あのドブネズミ、逃げたんだよ。俺のこと殴って、店の金持って」

（郁実が……？）

彼を信用していない自分がこういうのもなんだが、彼が泥棒などするとは思えなかった。

「ご愁傷様。懲《こ》らしめないの？」

「懲らしめるに決まってるだろ。昨日《きのう》後を尾《つ》けて家も突き止めた。あいつ、森に住んでるみたいだ」

ロイはハッとした。

昨日、あのボロ屋のひび割れた窓にべったりと、大きな手形がついているのを見たのだ。内側ではなく外側からつけられたものだった。

人間はあの森にはめったに入ってくることはない。郁実が人間にも拘《かか》わらずあの森で暮らせているのは、あの瘴気を封じる力のせいで、魔物が寄ってこないからだろう。

だから不思議に思っていた。

「……それで、ちょっと面白いもん見つけたんだ。今日お前らを店に呼んだのはそういう訳だ。協力して欲しい」

大男はさらに声のトーンを落とした。

「あのネズミ、半魔のガキを家に置いてたんだよ。やけにご機嫌取って母親みてえに面倒見てよ」

「なんでまた……半魔のガキは見つけ次第殺すって決まりだろ？　第一ドブネズミにガキの面倒見る余裕あんのか？」

すると大男はニヤリと笑い「ここからが本題だ」と続けた。

「それがな、ある半魔のガキがこの辺の街で行方《ゆくえ》をくらましたのをとあるお偉いさんが探してて、保護して王都に連れてきた奴《やつ》には百万レピー渡すって言ってるらしいんだ」

「百万!?」

「声がでけーよ！　……あのドブネズミがどこでガキを拾ったのか分からねーけど、貧乏人のくせにわざわざ半魔のガキを家に置いて世話してるんだ。懸賞金がかかってるガキで間違いねえと思う。やけに小綺麗《こぎれい》なガキだったからな」

「つまり、そのガキを捕まえれば百万レピーか。……いや、でもなんで、それならネズミちゃんはすぐにガキを王都に連れてかねえんだ？」

「多分、船を待ってるんだろ。貧乏人でも乗れる首都行きの格安船がこの辺境の街に来るのは、四十日に一度だ。それまでガキを生かして、大人しくさせておかなきゃならねえ。だからご機嫌取ってんだろ」

（やっぱり、そういうことかよ……）

ロイは妙に冷静に男の話を聞いていた。だが、その赤い瞳《ひとみ》にはギラギラとした憎しみの炎がくすぶっている。

自分に懸賞金を懸けている可能性のある〝お偉い〟とやらには心当たりがあるし、確かにそれなら郁実があれだけ苦労して自分を家に置いておくのも分かる。

「船が来るのは明日の朝だ。ドブネズミが連れて行っちまう前に、ガキを捕まえたい。今日は早めに店を閉めるつもりだ。日が暮れちまうと森は魔物が出るからな。いくらガキでも半魔だ。猟銃を持っていくが、瘴気《しょうき》にやられたら動けなくなるし、出来れば無傷で捕らえたい」

「そこで俺たちの出番ってワケか」

「ああ。懸賞金はきっちり三等分する。……どうだ？」

「乗った！」

男たちが祝杯を挙げるようにジョッキをぶつけ合った。

ガハハという笑い声を聞きながら、ロイはそっとその場を離れ、それからふらふらと森とは反対の方角へ歩き出した。

自分はまた、人間の甘言に騙されたのだと思うと、郁実に対して激しい憎悪が湧《わ》き手が震えた。

（聖人ぶって騙しやがって）

絶対に認めたくないが、心の底では、今度こそ信じられると思っていたのだ。郁実の側《そば》で、この生活が続けばいいと思っていた。

これから、あの男たちは郁実の家を襲うと言っていた。ロイがあの家に戻らなかったら、彼らは郁実をどんな目に遭わせても居場所を吐かせようとするだろう。

あの痩せ細った体であの巨漢の男たちにリンチにあったら、彼は死んでしまうかもしれない。

（……それも当然の報いだ）

ロイは心の中でそう呟き、手を握りしめた。

だがもし、郁実が懸賞金のことなど、何も知らなかったら。

そんな訳ない。懸賞金目当てという方がよほど納得できる。そうじゃなかったら、どうして自分をあんなに必死に育てるのか。

――いっぱい食べて大きくなるんだぞ。

――新しい服縫ってみたから、袖《そで》通してみてくれ。ああ、やっぱりお前、似合うなぁ。

――一緒に寝ると、あったかいな。

――俺、頑張って金稼ぐよ。そんで、ちゃんとした家買う。ロイに似合うかっこいい服も、いっぱい買ってやるから、楽しみにしてろよ。

頭の中には、郁実のただ優しいばかりの声が何重にもなって聞こえて、ロイは長いこと迷い、その場に佇《たたず》んでいた。

7. おかえり

郁実《いくみ》は元の世界で好んで聞いていた曲を鼻歌まじりに歌いながら、機嫌よく夕暮れの帰路についていた。

新しい仕事も、決して楽な仕事ではなく、全身を泥のような疲労が襲っている。賃金も前と変わらないが、むやみに殴られることがないだけ天国のようだった。

（モナの挽《ひ》き肉《にく》も卵とセットで買うって言ったら大分値切れたし……この世界でも大分買い物上手《じょうず》になってきたな）

「今日はお子様ランチを作るぞー」

元の世界にいたとき、弟たちがお子様ランチを作ると喜んでくれたのを思い出し、前からやってみようと思っていた。

喜んでくれるかどうかは分からないが、少しでも楽しんでくれたらいい。ロイの笑った顔を、いつか見てみたかった。そのために、思いつく限りのことはやってみようと思った。

半魔という存在をどういう風に育てるべきかは分からない。

この世界では、半魔だろうが魔物だろうが、いずれも退治すべき存在としてしか扱われておらず、成長の過程で気を付けるべきことなどはどの本にも載っていない。

（図書館とかあれば勉強できるんだけど……）

一冊だけ、魔物に関する本が古本で安く売られていたのを読んだ。そこには、なぜ半魔は子供の内に殺すべきなのかが書かれていた。

その本によると、半魔は成人すると、完全な人間の姿に変身できるようになるらしい。だが、中身は残虐な魔性を帯び、正体を隠して人間を殺したり襲うようになるため、人との区別がつく子供のうちに殺さなければならないという話だ。

（そんなの……半魔だからって必ず残虐に育つとは限らないじゃないか。人間だって、他の人間に暴力を振るう奴《やつ》はいっぱいいるんだ）

郁実はバルブロや、自分の父親のことを思い出しながら考えた。

いずれにせよ、半魔の子供の育て方の正解は分からないのだから、郁実は自分の信じるようにロイを育てようと思っている。

（学校にも行かせてやりたいけど……さすがに無理だよな。そもそも貴族しか通えないだろうし……）

せめて同年代の、気兼ねなく遊べる友達が出来るといいと思っていた。しかし今のように隠れ住んでいるのではそれを叶《かな》えるのは難しいだろう。

そんなことをあれこれ考えながら森を抜け、帰宅した。

「ただいまー、ロイ。今日は予告通りハンバーグのお子様ランチだぞーって……あれ？」

室内は真っ暗だった。夜はいつもランプの明かりを点《つ》けている。安い燃料のため大して明るくはないが、半魔のロイにとっては煌々《こうこう》とした明かりよりも少し薄暗いくらいの方がいいらしい。狭い室内だから、いるかいないかは一目で分かる。

こんな時間から寝ているのだろうかと、毛布を捲《めく》ってみたがそこにロイの姿はなかった。

（嘘《うそ》だろ……どこに……）

心臓が、途端にバクバクと音を立てた。

最初の頃《ころ》は何度か脱走しようとするのを止めたことはあったが、ここ最近の彼は自分から外に出ようともしなかった。何度か一緒に朝日を浴びに外に出ようと誘ったが、半魔の彼には太陽の光が煩わしいらしかった。

まさか、家出だろうか。

青ざめて、ひとまず周辺を探しに行こうと駆けだそうとしたとき、不意に背後で小屋のドアが開く音がした。

「ロイ！　よかっ……」

た、と言って振り返ろうとしたとき、何者かに後ろから羽交い絞めにされた。

強い酒の匂《にお》いが鼻を突《つ》く。その匂いだけで誰《だれ》なのかすぐに分かり、郁実は蒼白《そうはく》になった。

「なっ……」

「よお。帰りを待ってたぜードブネズミちゃん」

「ば、バルブロさ……」

なぜここにと、郁実は声を震わせた。

あの晩以来、郁実は一切バルブロの店には近寄らなかった。利用する市場も変えたし、帰り道も気をつけていた。

いつの間にか家まで尾けられていたのだ。それもこんな、森の中に入ってきてまで。

よほどの用がない限り、この街の人間は回り道をしてでも森を通ろうとはしない。どうしてもやむを得ない時は、隊を組んで、昼間の内に移動する。

そんな危険を犯してまで、この家を突き止めるなんて、恐ろしい執念にゾッとした。

「俺はねえ、お前のこと気に入ってたんだよ？　殴ってたのは愛情だよ。なのに恩を仇《あだ》で返しやがって」

耳元で囁《ささや》かれ、喉元《のどもと》に猟銃を突き付けられ、郁実は急速に体温が冷えていくのを感じた。

（まさか、ロイはこいつらに……！）

「おい！　ロイをどこにやった!!」

郁実は渾身《こんしん》の力でもがきながらバルブロを睨《にら》み上げた。すると同時に、バルブロの仲間らしい男たちに思い切り殴り飛ばされ、郁実は床に倒れ込んだ。

買い物かごの中から、モナの卵が転がり落ち、ぐしゃりと音を立てて潰《つぶ》れる。

バルブロはそれをブーツの底で踏みにじると、郁実の頬に足をのせて言った。

「それはこっちのセリフだ。お前あのガキをどこにやった？」

バルブロはかなり苛立《いらだ》っているようだった。

彼がなぜ、ロイの行方《ゆくえ》を気にしているのか分からないが、いずれにしろ彼もロイの居場所を知らないようだ。ということは、ロイは銃で殺された訳ではない。そのことに、全身の力が抜ける程安《あん》堵《ど》して、涙が浮かんだ。

（よかった……）

なぜロイがいなくなったのか、その理由は分からない。家出かもしれないが、とにかく、彼がこの場に居合わせなくて本当によかった。

「おいおい、何ぼーっとしてんだ？　どこやったんだよ、あの金のなる木をよ」

「金のなる木……？」

「とぼけるなよ。知ってんだぜ。あの半魔のガキに懸賞金がかかってるって。王都に連れていったら、百万レピーが貰《もら》えるんだってな」

懸賞金？　そんな話は初めて聞いた。

初めて会ったとき、ロイは街の人々に殺されかけていた。懸賞金がかかっていたのなら、どうしてあんな目に遭わされていたのか。

その話が真実にしろデマにしろ、ロイに百万レピーがかかっているとバルブロに思われたままにするのはまずい。彼は執念深く、ロイを探し出して捕まえるかもしれない。

郁実は拳《こぶし》を握りしめると、おかしくてたまらないというように笑い出した。

「あ？　なんだ、気が変になったか？」

急に笑い出した郁実にバルブロは怪訝《けげん》な顔をしたが、構わず挑発的な笑みを浮かべたまま答えた。

「お前らも、そんなデマを信じてるのか？」

「何？」

「俺も最初は、そのつもりであのガキを捕まえたさ。王都行きの船に乗ろうと思ったが、金がない。だから、船員に懸賞金を貰ったら三分の一は渡すからタダで乗せてくれって取引を持ち掛けた。そしたら大笑いされたよ。そんな話は嘘だって。同じこと考えて、半魔のガキ捕まえて似たような話を持ち掛けてきた貧乏人が前にもいて、王都にいざ行ったらそんな話はないって門前払いだったってさ。俺たちみたいな馬鹿がいっぱいいるってワケだ」

もちろん、全《すべ》て口から出まかせだったが、バルブロたちは顔を見合わせた。

彼らもきっと、内心この話がデマかもしれないという不安はあったのだろう。

「……おいおい、独り占めしようったってそうはいかないぜ。じゃあなんで、未《いま》だにガキを世話してんだ？　お前みたいな貧乏人がよ」

バルブロがそう言うと、他の男たちも頷《うなず》いた。

「命が惜しいなら、ゲロった方がいいぜ」

「こんな森の奥でドブネズミが一匹死んでたって誰も気づきやしねえ」

「……俺は森で暮らしてるんだぞ。魔物が出た時のための用心棒代わりに置いといてるだけだ。ガキでも十分に黒炎を出すからな」

「じゃあガキは今どこにいる」

「さあ？　逃げ出したみたいだ。どこにいるのかは知らないし、追って捕まえたところで一レピーにもならないぞ」

郁実がそう言い切ると、バルブロたちはしばらく言い合いになった。聞いてない。話が違う。いや、郁実が嘘を吐《つ》いているに決まっていると。

やがて、彼らは苛立ちを滲《にじ》ませたまま郁実の方を見ると、ポキポキと指を鳴らした。

「……まあいい。その船乗りとやらに真偽を確かめに行こうにも、ガキを探しに行こうにも、もうすっかり夜になっちまった。夜の森は出歩けねえから、今夜はここに泊めてもらうぜ。朝まで可愛《かわい》がってやるよ」

「賛成だ。……朝までこいつが生きてるか、賭《か》けをしよう」

彼らの最悪な暇つぶしの方法にゾッとして、咄嗟《とっさ》に手に力を込めて光の力で目くらましをしようと思ったが、それよりも先に誰かが郁実の腹に蹴《け》りを入れた。

「ぐっ……っ」

床に倒れたところを、めちゃくちゃに蹴られ、郁実は意識が朦朧《もうろう》としてきた。

今死ぬわけにはいかない。ロイがなぜいなくなったのか分からない以上、彼の身の安全の保証はない。森に出て、迷子《まいご》になっているのかもしれない。

(はやく、はやく、さがしにいかなきゃいけないのに……あいつ、おなかすいて、ないてるかも……)

――迷子？　迷子じゃないよ。家出してただけ。……なんで？　そんなの、郁兄《いくにい》が嫌だからに決まってんじゃん。

弟の声がして、涙がじわりと浮かんだ。

朦朧とした意識の中、痛みで感覚を失くした手を必死に宙に向けて伸ばそうとしたが、空を切って床に落ちた。

「なんだ？　もう無反応か？　死んだ？」

「情けねーなー。ドブネズミの意地見せろよ」

「……まだちょっと息があるな。殺す前に、ヤッていいか？」

「そうするか。あんまり早く殺しちまうと、朝まで持て余すからな」

もう指先すら動かせなかった。霞《かす》む視界の中で、郁実はロイのことだけを考えていた。

（はやく、かえってこい……今日の夕飯は、スペシャルメニューなんだから……）

——またハンバーグ？　もういい加減飽きた。いいよ毎日メシ作んなくて。外で友達と食ってくるから。

（ダメだ……もう、無理だ）

ギリギリのところで、保っている意識の糸が、切れかかりそうになった。

切れてしまったら、自分はそのまま死んでしまうような気がした。

ロイを探しにいけなくなる。

それでも、それ以上保つことが出来そうになくて、意識を手放しそうになったその時だった。

「ぐあああああああああああああああああああああ」

物凄《ものすご》い悲鳴と共に、自分に覆い被《かぶ》さろうとしていたバルブロが倒れ込んできた。だが、その巨体が郁実を押しつぶす前に誰かがその体を掴《つか》み上げ、まるで玩具《がんぐ》か何かのように壁に投げつける。

「ぐっ……あ……」

視界の端に、黒い炎が燃え、バルブロの体を包み込んでいるのが見えた。

「ロ、イ……？」

「ひっ……ガキだ！　半魔のガキだ！」

「この、バケモノ！」

猟銃を構える音に、郁実は最後の力を振り絞って男たちの足にしがみついて止めようとした。

だがその前に、一瞬で黒い炎が彼らを覆いつくすと再び悲鳴が上がる。

それからしばらく、断続的に男たちの悲鳴と呻《うめ》き声《ごえ》が聞こえてきた。

どれほど時間が経《た》っただろうか。耳が痛くなるほどの静寂が訪れた。

郁実は仰向けに倒れたまま、必死に瞼《まぶた》を押し上げた。涙でぼやけた視界の向こうに、窓から差し込む月明かりと、真紅の瞳《ひとみ》が自分を覗《のぞ》き込んでいるのが見える。

その瞳には激しい怒りが浮かんでいたが、郁実にはロイが今にも泣き出しそうな顔をしているように見えた。

「ロイ……お、前……どこ、いってたんだ。……本当に、心配、したんだからな……」

おかえり。

譫言《うわごと》のような声を絞り出し、郁実は意識を手放した。

8. 天才治癒師のはた迷惑な患者

噎《む》せ返るような血の匂《にお》いの中、ロイは頬についた汚れた返り血を手の甲で拭《ぬぐ》い、壊れてボロボロになった人形のように動かない郁実《いくみ》を見下ろしていた。

もう死んでしまっているのではないかと思う程、凄惨《せいさん》な姿だったが、まだ微《かす》かに胸が上下している。

このまま放っておいたら、間違いなく死ぬ。

——俺も最初は、そのつもりであのガキを捕まえたさ。

——俺は森で暮らしてるんだぞ。魔物が出た時のための用心棒代わりに置いてるだけだ。ガキでも十分に黒炎を出すからな。

郁実はあの大男にそう言っていた。

（やっぱり、騙《だま》してやがった。利用するつもりだったんだ）

激しい怒りが湧《わ》いた。そのまま引き返そうとも思った。

それでも、目の前で郁実が嬲《なぶ》られているのを見たときは我を忘れ、訳の分からない感情に飲まれて夢中で助けてしまった。

ロイにとって、人間の命など何の価値もなかった。ましてや郁実は、自分を騙して懸賞金と引き換えに売り飛ばそうとしていた。

（こんな奴《やつ》……死んだってどうでもいい）

そう思いながら、どうしてもその場を離れられずにいた。

しばらくの間、その場に立ち尽くしていたが、やがて、郁実が苦しそうな呼吸を繰り返し、目に見えて顔色が悪くなったのを見ると、ロイは弾《はじ》かれたように郁実を毛布にくるんで抱きかかえ上げた。

魔物は子供でも、人間よりはるかに力が強い。自分より背の高い大人でもかかえることが出来る。だが、それでも郁実の体は驚くほど軽かった。

フードを目深に被って角を隠すと、ロイは森の中を駆け、一心不乱に街へと走った。

クルムトの街に、高度な魔法が使える治癒師は少ない。民間伝承の怪しいまじないや、薬草など、気休め程度が出来る者たちならいくらでもいるが、治癒師は基本的に高額で、上流階級の客しか取ることはなかった。

もちろん、ロイはそんなことは知らない。だが、今の郁実が、まじないなどでは治る訳がないという事は分かる。

街に出ると、ロイはすれ違った男に声をかけた。

「……おい。お前」

「なんだお前……ガキか？　こんな時間に……って、うわっ、なんだ!?　それ死体か!?」

腕に抱えたぐったりと動かない郁実を指差し、男が言った。

「治癒師のいる屋敷はどこにある」

「治癒師？　お前みたいなクソガキ相手にしねーよ。あいつら貴族様しか診《み》ないんだ。貧乏人はまじないババアのとこに行け。どうせそいつ、もう死んでんだろうが」

馬鹿にしたように大笑いした男の顎《あご》を思い切り摑み、ロイは赤い目をぎらつかせ、睨《にら》みつけながら言った。

「余計なことをしゃべるな。場所だけ教えろ。五秒以内に答えないと、このまま顎を砕く」

「ひっ……わ、分かった！　言う！　言います！　この道をずーっと歩いていくと時《と》計台《けいだい》がある。そこを左に曲がって、そのまま道なりに進んだ丘の上の屋敷だ！　時計台まではかなり遠いが、この街では一番の……いや、国中でも評判の治癒師だ」

ロイは男の顎を離すと、郁実を抱え直して再び走った。

腕の中の郁実の体がどんどん熱を持っていく。高熱を出しているようだ。

どれほど走ったのか分からないが、やがて男が言っていた丘の上の屋敷に辿《たど》り着《つ》いた。

正面の門は固く閉ざされ、物々しい甲冑《かっちゅう》を着た門番が立っている。

不意打ちで瘴気《しょうき》を浴びせかければ倒せないこともないが、一刻の猶予を争っているときに騒ぎは起こしたくない。

ロイは郁実を肩に担ぐと正門とは反対側に回り、城壁のような壁をよじ登って敷地内に侵入すると、窓に強い瘴気を浴びせた。腐るように黒く変色し、木枠が溶け、出来た隙間《すきま》から窓を押しあけて中に侵入し、階段をかけあがった。おそらく最上階の奥に、屋敷の主人の寝室はあるだろうと踏んだのだ。

　だが、奥の部屋のドアを開け放つと、中には栗色の髪の、自分と同い年ぐらいの少年がナイトキャップを手にベッドに入り、眠ろうとしているところだった。

　おそらく、治癒師の息子《むすこ》だろう。アテは外れたが、子供なら人質にするにはちょうどいい。

　一方、突然侵入してきたロイに気づいた少年は小さな欠伸《あくび》をしようとしていたのを途中でやめ、あんぐりと口を開いた。

「えっ、な、何!?　賊!?　誰《だれ》かー！　見るからにやばそうな奴が僕の部屋に入ってきてるんだけどー！　門番仕事してる!?」

　少年が慌ててベッドから飛び降り、馬鹿でかい声を上げて助けを呼びに行こうとしたので、ロイは片手で胸倉を摑んで壁に叩《たた》きつけるように押し付けて黙らせた。

「なに、なんなの？　人攫《ひとさら》い？　……ってよく見たらガキじゃん。ここは施しはやってないからおうち帰りな」

　壁に押し付けられたままの少年は幾分安心したようにシッシッと手でロイを追い払う仕草をした。

「……おい、お前の父親はどこだ？」

「は？　お父さま？　お父さまは隣国の難病にかかってる王子の治療に向かっていて、二カ月ぐらい帰ってこないけど」

「この屋敷に、他に治癒師は？」

「僕だけど」

少年が当然のように答えたので、ロイは睨《にら》みつけた。どう見ても、自分と同い年ぐらいの子供だ。

「ふざけるな」

「いや、マジで。お父さまの留守中は僕が代わりに治癒師の仕事してんの。お父さまにはまだ負けるけど、僕も十分天才だから。……てか、何その汚い人！」

少年はロイが抱えている郁実に気づくと、うわっと後ずさった。

「治癒師なら、こいつを治せ！」

そう言って郁実を差し出すと、少年は心底馬鹿にしたように鼻で笑った。

「……いやいや、冗談でしょ？　あのねえボク、ここをどこだと思ってるの？　アンドレセン家と言えばヘルズヘイム三大治癒魔法師の一人と言われているぐらいの名門。お父さまは国内のみならず、世界各国からその腕前を必要とされているぐらいの神の手を持つ男だよ？　なんでその一人息子の神童、シグルド様がそんなきったない浮浪者を診なきゃなんない訳？　美人のオネーサンなら貧乏でも無料で治してあげるけどさー。死んだらそれが、その人の寿命だよ」

つまみ出されたくなかったらさっさと帰れと追い払おうとする少年の前で、ロイはゆっくりと自分のフードを取った。

シグルドの青い目が、ロイの頭から生えた角《つの》を捉《とら》え、驚愕《きょうがく》に見開かれる。

ロイは黒い炎を纏《まと》わせながら、シグルドに近づき、その首に手をかけ、脅すように軽く力を込めた。

「ごちゃごちゃうるせーんだよ。死にたくなかったらさっさと治せ。こいつを死なせたら、お前を殺す」

「ま、ま、マモ……マモ……ッ」

シグルドは「魔物――――っ」と悲鳴をあげようとしたが、ロイの殺意に満ちた目を見て、さすがに殺されると思ったのか、既《すんで》のところでグッと堪《こら》えた。

「わ、分かった。分かった。治療します。絶対助けるから。殺さないでマジで……ね？　僕まだ女の子とデートもしたことないんだから」

シグルドは心底怯《おび》えた顔で降参とでも言うようにロイに向かって両手を挙げた。

黒炎を纏ったロイに脅されたシグルドは、そっと自室のドアを開けて廊下に誰もいないことを確認すると、向かいの部屋にロイたちを連れていった。

そこには大きな魔方陣があり、その中央に診療台のようなものが置かれていた。

「汚したらお父さまに猛烈に怒られるんだけど、お風呂《ふろ》入れたら死んじゃいそうだからもういいや。ここにその人のせて」

そっと郁実の体を台の上に横たえると、シグルドはその全身を見て顔を顰《しか》めた。

「……これはひどい。ちょっとダメそうかも」

弱気なことを言いながら郁実の服をナイフで切り開こうとしたので、ロイは思わず派手に黒炎を上げた。

「おい、何で郁実の服脱がしてんだ！」

「いやいや、ケガの具合見ないとどうしようもないでしょーが。……てか何その反応。この人もしかして女の人なの？」

　ここまで痩《や》せちゃってるともはや性別もよく分からないと言いながらシグルドは慣れた手つきで郁実の服を裂いて肌を露出させたが、まごうことなき平らな胸にがっかりしたように溜息《ためいき》を吐《つ》いた。だが、その表情はすぐに深刻になった。服の中は、痣《あざ》とケガで、見るに堪えないほど酷《ひど》い状態だったからだ。

　シグルドは「これはひどい」ともう一度呟《つぶや》くと、その肌に触れた。

　瞬間、魔方陣が光り、シグルドの手から青白い光が放たれ、郁実の体全体を包み込む。

「あーあーあばら何本折れてんのこれ。……内臓の損傷もひどい。こないだ治療した馬車に轢《ひ》かれた子供よりひどいや。この人……イクミくん？　は、魔物にでも襲われたの？　……って、あーごめんなさい。悪気はないんです」

　シグルドは治療を続けたままロイの方をちらりと見て、その黒い角に目を向け気まずげに言った。

「……魔物じゃない。人間だ。頭のイカれた大男たちに暴行された」

「この痩せ具合で殴られたらひとたまりもないかもね。ケガも深刻だけど……何より重度の栄養失調だ。肺も煤《すす》だらけで真っ黒だし、炎症を起こしてる。煙突掃除夫なの？」

「こんなひどいの初めてだ」と顔を顰めたシグルドに、ロイは思わず独り言のように呟いた。

「こいつは、死ぬのか……？」

「いや、死なないよ。この人死んだら僕は魔物に殺されちゃうんでしょ？」

「……」

「それにねえ、僕は治癒師だから、状態がヤバければヤバいほど燃えちゃうんだよねー。こんなに治しがいのある患者は初めてだよイクミくん。貴族相手だとなかなかここまでのは来ないからね」

そう言いながら、シグルドは心底楽しそうに腕捲りをした。

どうでもいいことをペラペラと話すシグルドに苛立《いらだ》ったが、ロイは気づいたら拳《こぶし》を握り締めて呟いていた。

「……頼む。助けてくれ」

人間に対して頭を下げたのは生まれて初めてだった。

シグルドは魔物が頭を下げたことに驚き、そして笑いながら言った。

「おまえら運がいいね。他の治癒師のところに連れていってたら死んでた。……でも僕なら治せる。天才だから」

それからシグルドは、おしゃべりをやめ、額に汗を浮かべて郁実に魔力を注ぎ込んでいた。

治療は一晩中続いたが、ロイは一睡もせず、年端も行かない小さい子供のように部屋の隅で膝《ひざ》を抱えてうなだれていた。

やがて窓から白い朝の光が差し込んできた頃《ころ》。

「あー終わったぁ」

シグルドが疲労困憊《こんぱい》と言ったように椅子に座り込んだ。

ロイはその言葉にハッとして顔を上げると、まるで幽霊のような足取りで診療台に近づき、寝かされたままの郁実を覗《のぞ》き込んだ。

　昨夜ひどく苦しそうにしていた息は落ち着いていたが、その穏やかさが、まるで死んでいるようにも見えてゾッとした。

「……なんで目を覚まさないんだ？」

「ケガと肺炎は全部治した。でも、まだまだ非常に危険。この先はイクミくんの生命力次第」

「なんだと？」

「僕にもどうしようもない。まー僕としても、治癒師としての意地があるし、死なれたら困るから出来る限りのことはする。何せ患者の死亡率ゼロが僕のウリなんだから死なれたらマジ迷惑なの。という訳で、迷惑患者のイクミくんはしばらくうちに入院ね。……ただ」

「？」

　シグルドは青ざめた顔をして、急に年相応の子供のような顔になりブルブルと震え出した。

「……アマンダにばれたら、殺される」

9．アマンダ

　アマンダって誰《だれ》だというよりも早く、廊下の方からドスドスと誰かの歩いてくる音とともに「坊ちゃまー！　起きていらっしゃいますかー！」という野太い声が聞こえてきた。

　途端に目に見えて、シグルドの顔が青ざめる。

「やばっ……」

　彼が悲鳴にも似た声を上げると同時に、向かいの部屋のドアが豪快に開け放たれる音がした。

「坊ちゃまー!!　今日もお寝坊ですかー？　……え？　大変！　ぼ、坊ちゃまがいない!!　坊ちゃまがいないわ！」

　その後もドスドスという足音は続き、「廊下に泥だらけの足跡がある」「賊に攫われたんだわ」と野太い悲鳴が立て続けに上がる。

「ちょっ、とりあえずフード被《かぶ》って！」

「？」

「いい？　とりあえず誤魔化《ごまか》してみるけど、もし見つかっても、何があっても絶対黒炎は出さないでね。病人はともかく魔物がいるってバレるのはさすがにヤバい。殺されるから……お前が」

「俺が？」

ロイは首を傾《かし》げた。なぜ人間の女が魔物と一対一で戦って魔物が負けることがあるのか。

するとシグルドは大真面目《まじめ》な顔で言った。

「アマンダはマジで強いから。子供の頃、僕、小さい竜の魔物に襲われそうになったことあったけど、その時素手で倒してたから。お前の黒炎なんて吹き飛ばすよ」

「そんな人間がいるのか……」

もしアマンダに殺されそうになったら、即座に郁実《いくみ》を連れて逃げなければならない。

そう考えて張り詰めた緊張感に息を潜めていると、シグルドはドアを少しだけ開け、廊下でパニックになっているアマンダに話しかけた。

「や、やあ。ご機嫌ようアマンダ。今日もキレイだね。心配しないで。僕はもうとっくに起きてるから」

アマンダと言うのは、どうやら使用人の女らしい。

ドアの隙間《すきま》から訝《いぶか》し気に顔を覗かせた彼女は、ひどく背の高い、恰幅《かっぷく》のいい大柄な女だった。ヘルズヘイムは男女共に長身で体格のいい者が多いが、こんなに大きな女性を見るのは初めてで、確かに魔物も倒せそうだと思うほどに圧倒されてしまった。

万が一彼女が部屋に侵入してきたときに備えて、ロイは郁実を守るように診療台の前に立ちはだかった。

「坊ちゃま！　なぜ朝から診療部屋に？　いつもは逆さまにして振り回したって起きないのに」

「たまには僕だって早起きするよ。せっかく早起きしたんだから、仕事しないとね」

「……何か悪い物でも召し上がられました？」

「まさか！　何も食べてなくてもう腹ペコだ。さ、美味《おい》しい朝食を持ってきて、アマンダ」

アマンダはまだ訝し気にしていたが、すぐに朝食を持ってくると言って立ち去ろうとした。

だがすぐにピタリと足を止め、ドスドスと足音を立てて部屋に戻ってきたので、シグルドはまるでオバケでも見たように飛び上がった。

「……やっぱり。なんだか、この部屋ものすごく煤くさいわ。それにあの泥だらけの足跡は、坊ちゃまの部屋に続いているし……」

「え～、き、気のせいじゃ……」

「坊ちゃま。私に何か隠してらっしゃいますね」

「なんで？」

「後ろめたいことがあると坊ちゃまはいつも私に〝今日もキレイだね〟とおっしゃるんです。普段は〝今日もおおきいね〟なのに」

「そうだっけ!?」

アマンダは扉を閉めようとするシグルドの首根っこをひょいと持ち上げると、部屋の中にずかずかと入ってきた。

そして、診療台の前に立《た》ち塞《ふさ》がるロイと未《いま》だ目を覚まさずに眠り続ける郁実を見つけると、「いやあああ」と野太い悲鳴を上げた。

「なんですかこの者たちは!!」

「……ぼ、僕の患者。……と、その弟？　なのかな。どういう関係なのかよく分かんないんだけど」

持ち上げられたまま観念したように力なく答えたシグルドに、アマンダはカンカンに怒った様子で目を吊《つ》り上《あ》げた。

「患者を勝手に診《み》てはいけないとお父様に言われているでしょう！　坊ちゃまがお父様の留守中に診ていいのはアンドレセン家と交流のある家柄に限られているのですよ！　そうじゃなければ、どんな輩《やから》が患者の振りをしてやってくるか分かりませんからね！　ああ恐ろしい」

「でも、えーっと……昨日《きのう》の夜、星空を眺めてたら屋敷の敷地内でこの人が行き倒れてるの見つけちゃってぇ……そんでこの子に『お兄さんを助けて』って泣きながら頼まれちゃったらさすがに放っておけなくてさぁ。……ケガと病気は治したんだけど、目を覚ます気配がなくて……」

「それがその男の寿命ですよ。まるで枯れ枝じゃないですか。とにかく、今すぐメイドたちを呼んで、この部屋を綺麗《きれい》にしてもらわないと。疫病が伝染《うつ》りそうだわ」

ロイは怒りを覚えて咄嗟《とっさ》に黒炎を上げようとしたが、シグルドが大慌てでそれを手で制し、堪えるように小声で言った。

「……ないよね」

「え？」

「アマンダは優しいから、こんなに痩せて意識もないような病人を外に摘《つま》みだしたりしないよね？　お父様にチクッたりもしないよね？」

「………」

シグルドにうるうるとした目で見上げられ、アマンダは「ぐっ」と呻《うめ》いた。

「僕はね、アマンダ。金持ちでも貧乏人でも、貴賤に関係なく助けてあげられる治癒師になりたいんだ。それで、自分が一度でも携わった患者は元気になるまで見届けたい。僕の信念は……間違ってるのかな」

「………」

目に涙まで浮かべて訴えるシグルドに、アマンダは根負けしたように溜息を吐き、郁実の側《そば》に近づいた。

ロイが牽制《けんせい》するように真紅の瞳《ひとみ》で思い切り睨《にら》むが、それをものともせずに彼女は郁実を、まるで荷物でも担ぐかのようにヒョイと持ちあげた。

「どこに連れていく！」

「まず、この男を洗います。この部屋はすぐにメイドたちに隅から隅まで綺麗にさせます」

「えっ!?　でもその人安静にしないと……」

「安静にさせるために洗います。丸洗いして死ぬのならそれがこの男の寿命です」

「ふざけるな！　郁実を離せ!!」

ロイは咄嗟に取り返そうとしてアマンダに飛びかかろうとしたが、先ほどのシグルドと同じように首根っこを掴《つか》まれて持ち上げられてしまった。

「ダメだ。その人は僕の患者だし、勝手なことされちゃ困る。死んだら僕の救命率百%が、九九・

九％になるんだよ。一件でも失敗したらもう二度と、百％は名乗れなくなるんだから」

　シグルドが抗議すると、アマンダは再び目を吊り上げた。

「こんな汚い煤だらけの真っ黒なナリをしていたら、治る病気も治りません。清潔なシーツの上に寝かせてあげることもできません。弱り切った人間には清潔な環境・栄養のある食事・十分な休息。それがない限りはどんな名治癒師がついていても治りませんよ。坊ちゃまたちに、この者を寝かせるためのベッドメイキングが出来ますか？　栄養のある温かいスープを作れるのですか」

　ロイとシグルドが黙り込むと、アマンダはフンと鼻を鳴らし、もう一度郁実を肩に担ぎあげた。

「出来ないのなら、後は私共にお任せください」

「……あ、ま、待って。その子供も洗うの？」

　シグルドは少し慌てたように、未《いま》だ首根っこを摑まれたままのロイを指差した。

　丸洗いされたら、ロイが魔物だとバレてしまう。

「ええ、ついでですから」

　まるで洗濯物を洗うかのように言う彼女に、シグルドはしどろもどろに言った。

「それはやめてあげてよ。その子はそんなに汚れてないし、多分この子、僕と同じ年頃だと思うから。思春期にさーアマンダみたいな綺麗な女性に洗われちゃうのは恥ずかしいと思うよー」

「まあ！」

　おませさんねーと笑いながら、アマンダは仕方なさそうに子供を離した。

「なら、後でメイドたちにお湯の用意をさせますから、自分で洗いなさい。少しでも汚れていたら、私が洗い直しますから。いいわね？」

ロイにそう言うと、アマンダはバタンとドアを閉め、慌ただしく出て行った。途端に廊下にいた使用人たちがざわつき始める。廊下からは、アマンダが清掃や風呂《ふろ》の準備など指示する大きな声が聞こえてくる。

残されたロイは、ただただ圧倒された様子で、呆然《ぼうぜん》としてシグルドの方を見た。

シグルドは「な？　すごいだろ」と肩を竦《すく》めて笑った。

10. バケモノの血

郁実《いくみ》は最初自分が元の世界に戻ってきたのかと思った。そこは幼い頃《ころ》からずっと暮らしていたマンションだったからだ。

だが、すぐにそうじゃないと分かった。

部屋の隅には、まだ幼い自分がいて、涙を流して怯《おび》えているさらに幼い弟たちを抱きしめていたからだ。

『大丈夫。兄ちゃんついてるから……大丈夫だからな』

そう言って肩を摩《さす》る。内扉一枚を隔てて向こうの部屋では、大人が聞いても竦みあがるような怒号と、皿の割れる音、そして母の悲鳴が上がっていた。

（なんだこれ……走馬灯か？）

それは紛れもなく、郁実自身の幼い頃の記憶だった。

父が些細《ささい》なことで荒れて母に暴力を振るうので、郁実はいつも弟たちを隣の部屋に連れていって、嵐《あらし》のような時間が過ぎ去るのを待っていた。

父が殴るのは母だけだ。実の子供たちにはむしろ優しい父だったが、郁実のことは嫌っているようだった。

郁実が、母と前の夫との間に出来た子供だったからだと思う。

嵐が過ぎ去ると、郁実はいつも泣いている母の元に行き、ただ黙って手当した。

大丈夫？　と聞くのはこの場では無神経なことだと幼心に思っていた。大丈夫な訳がない。だが、まだ小学生の郁実にはどうしたらいいのか分からなかった。

『……あのね、おかあさん。優斗と陸斗がね、週末お母さんと公園行きたいって』

『嫌よ。そんな気力ない。あんたが連れていってよ』

『でも……ママと行くって聞かないんだ』

母は郁実が器用にガーゼを当て、包帯を巻いていくのを見つめながら溜息《ためいき》を吐《つ》いた。

『……行かない。私怖いの。あの子たちが』

『な、なんで？　優斗も陸斗もいい子だよ。可愛《かわい》いよ』

『あの子たちにはあの男の……あのバケモノの血が入ってんのよ。絶対にまともに育つわけないじゃない。いつかあの男みたいになるかも……』

『そんなことないよ！　優斗も陸斗もおかあさんのこと大好きだよ。どうしてそんなこと言うの』

郁実が必死に訴えると母は顔を歪《ゆが》め、郁実の胸倉を摑んで揺さぶった。

『あんたは子供だから分からないの!!　どんな環境でどう育ててもどうにもならない、生まれつき頭のイカれてるバケモノはいるのよ！　あの男みたいに』

『ご、ごめんなさい』

母の剣幕に謝って黙り込むと、母は郁実を見て力なく笑った。

『あんたはいいわよね。あいつに殴られないんだから。……私が毎日どんな思いをしてるか、教えてあげようか？』

『おかあ、さん……？』

悪夢のような走馬灯から逃れるように両手で顔を覆うと、まるで映画の場面が切り替わるように景色《けしき》が変わった。

これはあの日だ。

郁実がマンションから落ちて異世界へと行った日のことだ。

同僚の黒沢が、すさまじい形相で郁実を押し倒し、抵抗するとナイフを首に突き付けてきた。

『……な、何考えてる。相手が自分の思い通りにならないからって、殺すなんて、どうかしてるぞ』

『そうかな？　クマのオスなんか、メスとセックスするために邪魔な子グマを平気で殺すよ』

『お前は人間だろ』

『じゃあ俺は、人間じゃなくて、バケモノなのかも』

黒沢は手の中でナイフを遊ばせながら『ねえ佐久間さん』と言った。

『愛情に飢えたバケモノに手を差し伸べるっていうのが、どれだけ危険なことか分かる？』

『……？』

『みんな好き好んでヤバい奴《やつ》、ヤバそうな奴には近寄らないだろ？　人間に備わってる当然の防衛本能だ。だからバケモノはいつも独りぼっちなんだよ。親にも誰《だれ》にも理解されず、愛してももらえず、寂しくて愛情に飢えてる。ほら、大昔の人体実験であったじゃん？　赤ちゃんを育てるのに、食事とおむつ替えだけして、一切言葉を交わさずスキンシップも取らず育てたらどうなるかって実験。どの赤ちゃんも、体は健康だったのに、心が飢えて全員死んじゃったんだよね。……俺もずっと餓死寸前だったけど、佐久間さんと出会って、初めて満たされた。佐久間さんは俺がどんな話をしても引かずに聞いてくれたし、自分も忙しいのに夜遅くまで仕事を手伝ってくれた。俺のこと、好きになってくれる人がやっと現れたんだって思ったよ。だってそう思うのも無理ないだろ？　俺みたいな嫌われ者を助けるなんて、全く自分の利益にならないことしてくれるんだから、何かきっと下心があるんだって思うじゃん。でも違ったんだな。アンタは誰にでもいい顔をしているだけだった。騙《だま》しやがって！　そうやって自己満足で中途半端に手を差し伸べるなら、どんなことになっても、責任取れよ！』

　黒沢がそんなことを考えていたなんて、微塵《みじん》も気づいていなかった。

　自分のしていたことは中途半端だったのだろうか。自己満足だったのだろうか。だから弟たちも、成長するにつれ、自分から離れていったのだろうか。

　郁実は涙ぐみながらも必死で訴えた。

『俺を殺して何になるんだよ。お前の人生が壊れるだけじゃないか』

『佐久間さんのこと、誰にも取られたくないから。取られる前に、殺すんだよ』

　暴論と一緒にナイフが振りかざされると、郁実は必死でそれをかわしてベランダに飛び出し、一か八《ばち》か手すりを飛び越えると、ナイフが自分の背中に刺さるより僅《わず》かに早く、そこから落ちた。

今まで映画を見ているような感覚だったのに、急速に意識と記憶が同化していく。

郁実はまるでスローモーションのように、自分の体が落下していくのを感じながら思った。

（やっぱりこの時、俺、死んだのかな……今までのこと全部、夢だったのかな）

地面に叩《たた》きつけられる直前、誰かが物凄《ものすご》い力で自分の腕を摑み、引っ張り上げる感覚がして、郁実の意識は急速に浮上した。

11. 目覚め

薄く目を開けると、青い空に、純白の羽を生やした子供が飛び回っているのが目に入った。

「天使がいる……ここ、天国か？」

ついにあの世に来てしまったのだろうかと思ったが、よく見るとそれは天井画だった。

郁実《いくみ》はしばらくの間ずっと、それをぼんやりと眺めていた。ここは一体、どこなのだろう。

必死に記憶を辿《たど》ってみても、記憶は、バルブロたちにめちゃくちゃに殴られたあの日の夜でぷっつりと途絶えていた。

（……あれからどうなったんだ？　ロイは大丈夫なのか？　何も、思い出せない……どうしよう）

とにかくロイを探しに行かなければとなんとか起き上がろうとすると、不意に視界一杯に誰かの顔がドアップで映り、郁実は思わず「うわっ」と悲鳴を上げてしまった。

「……あら、驚いた。目を覚ましたのね。すごい生命力」

自分を覗《のぞ》き込んでいたのは、とても大柄なメイド服姿の女性だった。

「あの……ここは？」

「残念、私は天使じゃないわよ」

「え……」

「ま、私を天使と見間違えるのも、ここが天国だと思うのも無理はないわね。あなたは三日間も眠ってたんだから」

「三日も？　ロイは、……っ！」

体を起こそうとしても、体が鉛のようにだる重く、動けなかった。だが不思議と、痛みや、長いこと煤《すす》で喉《のど》をやられて息苦しかったのが随分と軽くなっている。

体を包み込むような温かい毛布。お日さまの匂《にお》いがするシーツ。やはりここはあの世ではないだろうか。

「……それにしても驚いた。あなた綺麗《きれい》な顔をしてたのね。よく洗ったかいがあったわ」

「あ、洗った……？」

そう言われて初めて気づいた。

灰にまみれてごわごわになっていた髪も、噎《む》せ返るような煤の匂いもしない。すごく、体がさっぱりしていた。着心地のよい真っ白の寝巻も着せられている。

そのことに、郁実は瞼《まぶた》がじわりと熱を持つのを感じた。元の世界では当たり前だったことだ。ただ清潔であるということが、こんなにも嬉《うれ》しいことだなんて、知らなかった。

「……ありがとうございます。なんとお礼を言ったらいいのか」

「助けたのは私じゃないわ。ここは治癒魔法師アンドレセン様のお屋敷ですよ。あなたのことは坊ちゃまが助けて下さったのよ」

治癒魔法師？　一体どうして自分が、そんな高度な魔法治療を受けられたのだろう。

いや、それよりも。

「あのっ、ロイは⁉」

そう聞こうとしたときには、彼女は「坊ちゃまに診《み》てもらわなきゃ！」と慌ただしく大きな足音を立てて部屋を出て行ってしまった。

後を追いたくても、まだ身を起こせそうにない。数分ほどで、彼女は栗毛の可愛《かわい》らしい子供を連れて戻ってきた。

「僕の患者が目を覚ましたんだって？　………って、えっ、ど、どちら様⁉」

子供は郁実を見ると、目を見開いて大げさなほど後ずさった。

「坊ちゃまが助けたあの行き倒れですよ」

「えっ……えええ⁉　なんか汚い塊みたいな感じだったじゃん。丸洗いした中身がこの人なの？　うわあ惜しいな、女の子だったらな……」

「それはもう、収穫したての泥だらけの芋を洗うより大変でしたよ」

「…………お、お手数をおかけしました」

自分でも汚いとは思っていたが、客観的に見てそんなに汚かったのかと恥ずかしくなり、郁実は頬を赤くした。元の世界にいた時は、これでも結構綺麗好きだったのだ。あまり容姿に手をかける方ではなかったが、身だしなみだけは丁寧に整えていたし、風呂が大好きだった。

「……君が助けてくれたのか？　本当にありがとう」

郁実が瞳《ひとみ》を揺らして礼を言うと、子供は微《かす》かに頬を赤くした。

「い、いや……まあ、治癒師として当然の人助けを……したまでなんで」

照れくさそうに言う子供の後ろで、女性が慌てたように郁実に言った。

「ちょっと、あなた。この方はアンドレセン家の一人息子《むすこ》のシグルド様ですよ。口の利き方に注意なさい」

「いや、いいよいいよ。僕、フレンドリーに話してくれる方が嬉《うれ》しいなぁ」

つい、子供に話しかけるような調子で話しかけてしまったことにハッとして郁実は慌てて深く頭を下げた。

「も、申し訳ありません。助けて下さり、本当にありがとうございました。それから……」

「アマンダよ」

「アマンダさん。本当にありがとうございました」

深々と頭を下げた後、郁実は恐る恐る切り出した。

「あの……すみません、ロイは？　子供が一緒にいませんでしたか？」

彼らはきっと、心優しい人たちだと思う。

だがロイは半魔だ。

この国ではそういう決まりになっているなら、魔物として、殺されてしまったのではないかと気が気ではなかった。心臓がバクバクして、胸元で無意識に手を握りしめる。

「ロイ？　あー、あいつ、ロイっていうんだ！　うん。いたよ。っていうかいるよ。昨日《きのう》までずっと、『いつ起きるんだ』ってブツブツ言いながら冬眠明けのクマみたいにこの部屋の中をウロウロしてたけど、アマンダに摘《つま》み出された」

「当然です。放っておくと飲まず食わずでこの部屋にいるんですから」

「では、ロイも今このお屋敷に？　ケガはしていませんか？」

「擦り傷一つないし元気だよ。今日は朝から仕事もしてるし……アマンダによる強制労働だからすごい不機嫌だけど」

「強制労働……？」

不穏な言葉に、郁実は眉《まゆ》を寄せた。

「治癒費が払えないなら、この屋敷で働いて返すしかないでしょう。あなたは当分動けないのだから、代わりにあの子供に働いてもらいます」

「そ、そんな……お金のことは、本当に申し訳ありません。動けるようになったら、明日にでも俺が働きますから……子供は勘弁してやってくれませんか」

必死に訴えると、シグルドは落ち着かせるように言った。

「君が働くのはしばらくドクターストップだよ。どれだけひどいケガだったか分かる？　僕が見てきた中で断トツのひどいケガだった。まあ、それを治したことで僕の治癒師としての技術は各段に上がったから、よい検体になってくれたってことで、治療費は払わなくていいんだけど、アマンダがそういうの厳しいからね。大丈夫。彼女は郁実くんがしてきたみたいな過酷な労働はさせないし。ちょっと診療に使う魔術道具運ぶのを手伝ってもらったり、そんぐらい」

「あの子、子供なのに私と互角ぐらいに力が強いのよね。あの服も、そろそろ洗いたいのに絶対に脱がないのよ。いくら引っ張って無理やり脱がそうとしても抵抗するのよねえ。すごい力で」

アマンダが少し不思議そうに呟《つぶや》くと、シグルドがギクッとして言った。

「あーちょっと、郁実くんと二人きりで話したいんだけど、アマンダ席外して貰《もら》える？」

「坊ちゃま」

「分かってる。僕らの間に隠し事はナシって言いたいんだろ？　でもさぁ、男同士でしか出来ない話ってあるんだよ。乙女《おとめ》の前では言えない話がね」

「まっ、乙女⁉」

アマンダは少し嬉しそうに笑って、「しょうがないわね」と言って、席を外してくれた。

シグルドはアマンダが確かに部屋を出て行ったのを確認し、さらにドアを開けて、アマンダが立ち聞きしていないか確かめると、つかつかと郁実のベッドサイドに歩み寄った。

「それでね、聞きたいことって言うのは……」

シグルドはコホンとわざとらしい咳《せき》をして、困ったような笑みを浮かべて言った。

「あいつ、魔物だよね？　君たちどういうご関係？」

その問いに、郁実は息を呑《の》んだ。ロイの正体がバレている。そう思うと、全身の毛穴から冷たい汗が噴き出した。

「……ご存じ、だったのですか？」

「当然。そもそも、真夜中に死にかけの君を抱えたあいつが〝コイツを治さないとコロス〟って脅してきたんだから。黒炎ゆらゆらさせてさぁ。マジ殺されるかと思った……」

「なっ……もっ、申し訳ありません!!」

「ほんとだよ。どういう教育してんのー？」

どうして自分がここで治療を受けることが出来たのか見当もつかなかったが、まさかロイがそんなことをしてくれたなんて。信じられない気持ちと、申し訳なさで、頭を下げると、シグルドは「うそうそ」と笑った。

「いーよ別に。あいつのおかげで君っていう興味深い検体に出会えたし。あとタメ口でいいから。アマンダにも後で言っておく」

「いや、でも」

さすがにまずいだろうと、豪奢《ごうしゃ》な室内を見回すとシグルドは肩を竦《すく》めて言った。

「じゃ、命の恩人かつ、君より上の身分の者として命令ね。敬語禁止」

「わ……わかった」

郁実はぎこちなく頷《うなず》くと、これまでの経緯を説明した。

ロイは魔物と人間のハーフであること。街の人間に殺されそうになっていたところを保護して、一緒に暮らしていたこと。彼とはまだ打ち解けておらず、その出生については何も分からないこと。元雇い主とトラブルになり、あの夜、暴行を受けたこと。

「なんというか……すごいね。じゃあ、本当になんの縁もゆかりもない半魔の子供なのか。よく育てようと思ったね」

「……俺がいた世界……いや、国には魔物なんていなかったから、魔物の危険さとか、よく分からないんだよ」

「いや、半魔じゃなくても……さ」

シグルドは郁実の枯れ枝のように痩《や》せた腕を見下ろして痛まし気に呟いた。

「元雇い主……ってことは、今はちゃんとした雇い主のとこで働いてんの？　給料は？　どれぐらい？」

「殴ったりしない優しい人だよ。給料は三十レピーだけど……前の仕事ほどきつくないから」

ただ、三日間眠っていたということはその間ずっと無断欠勤になってしまっているということだ。クビになってしまったかもしれない。本当は今すぐ、這《は》ってでも謝りに行きたいが、さすがにまだ体が動かない。

「さ、三十レピーって……」

シグルドはあんぐりと口を開けたまま、なぜか考え込み、黙り込んでしまった。

沈黙を持て余した郁実は、気になっていた疑問をシグルドにぶつけた。

「……この屋敷の人はみんな、ロイが魔物だって知ってるのか？」

「まさか！　そんなこと知られたら、屋敷中パニックになるし、メイドたちは怖がって全員辞めちゃうと思うよ！　何よりアマンダに殺される！　あいつが」

「じゃあ、他の誰《だれ》にも言わないでくれたのか。……君は怖くなかったのか？」

「そりゃ怖かったよ！　まだデートもしたことないのに死ぬわけにはいかないし！　でも僕はあい

つにどんな重症を負わされても自分で治せるだけの技術を持ってるし、……同じ年頃のよしみで郁実くんが目を覚ますぐらいまでは、フォローしておいてやろうかなって思って。僕は心に余裕のあるよく出来た子供だからね」

郁実は少し呆気《あっけ》に取られて目を見開いていたが、やがて頬を緩めて笑った。

「……ありがとう。君は強くて、いい子だな」

「…………。〜〜っ」

「？」

突然赤くなった顔を俯《うつむ》けて肩を震わせたシグルドに首を傾《かし》げていると、やがて落ち着きを取り戻した彼が顔を上げて言った。

「あのさぁ、郁実くんだけなら、ここの屋敷の使用人として雇ってあげられるんだよ。君真面目《まじめ》そうだし、いい人そうだからアマンダも絶対歓迎する。給料も十分に出すし、ちゃんとした衣食住も保証する。……どう？」

「え？　どうって……」

物凄《ものすご》くありがたい話だが、「郁実だけなら」という前提が引っかかって戸惑《とまど》っていると、シグルドが続けた。

「こんな優良な職場は他にないんだけど、あいつとお別れするって選択肢はない？」

反射的に首を横に振ると、彼は再び溜息《ためいき》を吐《つ》いた。

「僕、魔物は怖くないけどアマンダは怖いんだ。正確に言うとアマンダに怒られるのがね。そもそも、治癒師の家に魔物が出入りしてるなんて知れたら大問題だし、お父様にバレたら僕が勘当されちゃう。君が退院するまであいつはこの屋敷に置いておくけど、半魔ってことは隠し通したいし、そこは君と協力し合いたい。ただ、その後は……この屋敷からは出て行ってもらうことになる。郁実くんのこと……うちで雇えたらって思うけど……あいつと一緒にこれからも生きてくつもりなら無理。助けてあげられなくてごめんね」

シグルドは、子供とは思えない程の葛藤《かっとう》を抱えた表情をしていた。

まだ小学校に通っているような年齢の子供に、そんな顔をさせてしまったことに、ひどく胸が痛む。

「何謝ってるんだ。もう十分、助けてくれただろ？　命を救ってくれただけで、感謝しきれないぐらい感謝してる。俺、体すごい丈夫で、それだけが取り柄だって思ってるぐらいなんだけど、今回ばかりはさすがに死んだかと思ったから。あれを治せるなんて、君本当にすごいな」

そう言って笑うと、シグルドはまだ何か言いたげに郁実を見ていたが、やがて元の明るい表情に戻って言った。

「当然。だって僕は神童だからね。……ああそうだ。肝心なこと忘れてた。今の状態、ちょっと診せてもらってもいいかな？」

「ああ」

シグルドは手を翳《かざ》そうとして、少し困ったようにその手を下ろした。

「あのう、その……非常に申し上げにくいけど、服、上だけ脱いで貰ってもいいかな？　診るだけで、見ないようにするから。僕、紳士だし」

「？　もちろん」

（こっちの世界じゃ、同性同士でも裸は見ちゃいけないのか？）

真《ま》っ赤《か》になって顔を背けられていると、なんだかこちらまで恥ずかしくなってしまうが、郁実は寝巻の前のボタンを外した。

シグルドは、顔を背けたまま郁実の腕に手を翳した。白い光がぼんやりと郁実の体全体を包み込んでいく。

「うん、うん、命に関わるような損傷は全部治ってる。打撲の痣《あざ》が多すぎて、全部治しきれてなかったのが残ってるけど、念のためもうちょっと体力が回復してからにしとくね～。君、生命力が強いなぁ。治癒魔法って、その人の生命力を使って無理やり再生させるから、瀕死《ひんし》の状態で急いで治すと下手《へた》すると死ぬんだよ。でもちんたらしてるとケガで死ぬから、その辺の匙《さじ》加減が、治癒師の技術が問われるところなんだけど……君、あんな状態だったのに結構無茶しても死ななかった」

「頑丈なのが一番の取り柄だからな」

自慢げに言うと、シグルドが釘《くぎ》を刺すように言った。

「あのねぇ～、生命力が強いってだけで頑丈とは限らないよ？　……僕は〝出来た子供〟だから、知ってるんだ。大人って、僕らが思ってるほど強くないって」

「シグルド……？」

何かあったのかと思わず名前を呼ぶと、彼はハッとして、すぐに笑みを浮かべて取り繕った。

「てゅーか、あいつなんで来ない訳!? 僕ちゃんと郁実くん目を覚ましたよって伝えてあげたのに。この三日間ず————っと郁実くんの周りウロウロしてて鬱陶《うっとう》しかったくせに目を覚ましたって言ったら〝そうか……〟ってすかしてんだよ? うざいよね～ちょっと呼んでくる!」

そう言って駆けだそうとする小さな背中に、郁実は慌てて声をかけた。

「……あ、そうだ! ごめん、もう一つだけ」

なに?」

「半魔に、懸賞金がかかってるっていう噂《うわさ》、聞いたことあるか?」

「え!? うーん、僕は知らないけど。あいつにかかってるの?」

「分からないんだ。多分、ただの噂だと思うけど……元雇い主はその噂を聞きつけて、ロイを売ろうとしてたからちょっと心配で……」

「半魔は子供のうちに即殺すのが基本だから、懸賞金がかかるってことは滅多にないと思うけど……なんか分かったらすぐ教えるよ。あとなんか、他に欲しい物とか食べたいものある? 少なくともキミ、あと三日は寝たきりだから暇つぶしになるもん持ってきてあげる」

「あ……じゃあ本を……」

「本ね! おすすめのやつ貸してあげるよ! 恋愛小説と官能小説!」

ウキウキとどっちがいい? と聞かれて、郁実は笑いながら首を横に振った。

「ええと、小説じゃなくて、魔物についての本、持ってたら貸してくれないか。勉強したくてさ」

「え～～何それ萎《な》え萎えなんですけど～～」

　シグルドは呆《あき》れたように言ったあと、何とも言えない顔で続けた。

「………魔物についてはボロクソに書いてあるのばっかりだよー？　読んだら、この先あいつのこと育てるのやんなっちゃうかも」

「それならそれで、覚悟を決められる。なんか参考になるかもしれないし」

「…………はぁ。郁実くんさぁ………まだ若いのにさあ」

「な、なんだよ？」

「なんでもない。……こんな人生棒に振ってる、つまらない大人にだけはならないようにしようって思っただけ」

「……それ、よく言われる」

　郁実はなんとも情けない気持ちで笑った。

「まあいいや。僕のオススメ小説と一緒に魔物本、あとで嫌ってほど部屋に届けてあげる」

　そういうと、今度こそシグルドは部屋から出て行った。

12. 決別

その日、ロイは朝早くからアマンダに掃除するよう指示されていた部屋で、無心に箒《ほうき》を動かし続けていた。

郁実《いくみ》が昨日《きのう》、目を覚ましたらしい。

その話を聞いてから、ロイは一度も郁実の眠るベッドルームを訪れていなかった。

「……もういいから、郁実のお見舞いに行ってやりなさい。ずっと目を覚ますの待ってたんでしょう？」

アマンダがロイから箒を取り上げようとしたが、ロイはそれを手放さず、埃除《ほこりよ》けに口を覆っていた布を下げて言った。

「あといくらだ？」

「？」

「あいつの治療費。あとどれだけ働けば返せる」

アマンダは少し考え込んで、微笑《ほほえ》んだ。

「……もう、ここまででいいわよ。坊ちゃまはそもそも、治療費はとらないと言ってるんだからね。

あんたがあまりにも寝室から離れないから、ちょっと体を動かして貰《もら》おうと思ったの。でも、よく働いてくれたから助かったわ。やっとあの子が目を覚ましたんだから、付き添ってやりなさい」

ロイはそれを聞くと、無言でゴミを片付け、箒を元の場所に戻した。治療費を払い終えたら、この屋敷を出ていく。そう心に決めていた。

「なんでお見舞い行ってあげないの？　郁実くん、昨日からずっとお前のこと呼んで、寂しがってるよ」

廊下に出た途端、不服そうな声をかけられて振り帰ると、分厚い本を抱えたシグルドが立っていた。

それを無視して立ち去ろうとすると彼は「無視はイヤぁ〜〜」と気色悪い声を出して追ってきた。

「……ねえ、お前のお父さんってさ、ベルケルスって魔物？」

「……」

反射的に、ピタリと足を止めた。

「郁実くんに貸す本、ちょっと見てたら、お前の角《つの》に似た形状の角の魔物のことが書かれてて、これかなーって」

それは子供向けの魔物辞典だった。ヤギの獣頭をしたおぞましい男の絵の下に、説明が記述されている。

――ヤギの頭をした魔物。知能指数が高く力が強い。好色にして残虐。高貴な血筋の人間の女を好み、見目麗《うるわ》しい青年に化けて誘惑して森に連れ込み、強姦《ごうかん》し、嬲《なぶ》り殺して食べる。

「すっごいねぇ〜まさに極悪非道」

「……殺されたいのか」

瘴気《しょうき》をまとわせて睨《にら》みつけると、「どうどう」と笑いながらシグルドがバカにしたように落ち着かせた。

「煽《あお》ってるわけじゃなくて。もしこれが本当なら、君のお母さまは、高貴な身の上の女性なんじゃないかなって思ってさぁ。……お母さまの名前を教えてよ」

「なんでそんなこと、お前に言わなきゃいけないんだ」

「郁実くんが気にしてたんだよ。この街のとある半魔に、懸賞金がかかってるっていう噂があるって」

「！」

（あいつ……やっぱり。まだ諦《あきら》めてなかったのか）

ロイはギリッと拳《こぶし》を握りしめた。魔物特有の鋭い爪が、手のひらに食い込んで血が滲《にじ》んだが、シグルドは構わず続けた。

「もしお前の母方の血筋が高貴な身分なら、逃げ出した半魔の子供を、懸賞金をかけてまで捕まえたい理由も分かる気もするし、そうなってくると、ちょっと厄介だ。アンドレセン家の患者は、みんな然《しか》るべき家柄だから、もしかしたらお得意様の中にお前を探してる人がいるかもしれないってことじゃん？　お父様が留守にしている以上、今この屋敷の主《あるじ》は僕なんだから、面倒ごとを抱え込みたくないわけ。……という訳で、愛《いと》しの郁実くんを助けてあげた恩もあるんだし教えてくれてもいいんじゃない？」

「……今夜、俺はここを出て行く。だから何も問題ないだろ」

するとシグルドは大げさなぐらいに驚いて、あんぐりと口を開いた。

「は？　郁実くん、まだ歩けないよ？　えー、まさか捨てて出ていくの？　あんなに世話になったのにサイテーだね！　さすが極悪魔物！」

「なんとでも言えよ。人間にどう思われようとどうでもいい」

そう言って立ち去ろうとすると、シグルドは溜息《ためいき》を吐《つ》いて言った。

「まあいいや。怖い魔物の番犬もいなくなることだし、郁実くんは僕の治癒魔法の被験体にしちゃおうっと」

「……？」

「生身の人間で試したい魔法いっぱいあるんだよね〜。でも、アンドレセン家が診《み》るのは高貴な血筋の人たちだけ。気兼ねなく新しい魔法とか試せないじゃない？　その点、郁実くんは死なせちゃっても文句言うような身寄りもいないし、丈夫だし、何度も痛めつけてケガさせて、色んな治癒魔法を試して……って繰り返しても、結構長く生きられそうだからなぁー被験体にはピッタリだ」

狂気の計画を瞳を輝かせて語るシグルドを、ロイは睨《にら》みつけた。どうせハッタリだ。そう思ったが、シグルドはうすら寒い笑みを消して続けた。

「勘違いしないでくれる？　僕が郁実くんを助けたのは、魔物のお前に脅されたからで、僕の意思じゃない。お前が郁実くんを見捨ててどっか行くっていうなら、もう彼をどう使おうと僕の勝手でしょ？　そうだ。今目の前で、実践してみせてあげよっか」

シグルドはそう言って廊下に置かれた騎士の甲冑《かっちゅう》像から剣を抜き取ると、郁実の眠る部屋へとまっすぐに歩いて行った。

「おい……っ」

慌てて後を追うと、シグルドは部屋の扉を開いた。ベッドの上では、まだ体が自由に動かない郁実が眠っている。

シグルドは、その上に、剣を振りかざした。

「ごめんねー。ちょっと痛いかもしれないけど、すぐ治してあげるから」

「変態野郎が……っ」

郁実に剣が振り下ろされるよりも前に、ロイはシグルドに飛び掛かった。

「えっ、待って待ってこの剣レプリ……っ」

彼が何か言うよりも早く、ロイの手が首にかかり、締め上げる。

同時に、シグルドが手にしていた剣が床に落ち、激しい音を立て、その音に、郁実がハッと目を覚ました。シグルドの首を締め上げるロイの姿を目にすると、彼の顔色はみるみる青ざめていった。

「ロイ！　ダメだ！　やめろ」

そう叫んでベッドから身を乗り出すと、郁実はバランスを崩してそのまま転がり落ちた。

「うっ……」

ベッドの支柱に頭を打ったのか、彼は低く呻《うめ》いた。それに気を取られて力を緩めた一瞬の隙に、シグルドは思い切りロイの腹を蹴《け》り上げ、逃げ出した。

「げほっ、げほっ……マジ死ぬかと思った」

「シグルド。大丈夫か!?」

郁実は真っ青な顔で、咳《せ》き込むシグルドの背中を摩《さす》った。

「ロイ！　お前、なんてことをするんだ！」

「……」

舌打ちして黙り込むと、シグルドがバツの悪そうな顔で言った。

「ごめん、今のは僕が悪かったんだ」

「え？」

「僕が先に郁実くんのこと、剣で切り刻もうとしたからこいつがキレたの」

「はぁ!?」

郁実は訳が分からないというように、しばらく床にへたり込んだままこめかみを押さえていたが、やがて珍しく強い口調で言った。

「お前ら、喧嘩《けんか》はせめて口でしろ。何かあったときに、暴力で解決しようとするのは最低の人間のやることだからな」

「はーい……」

シグルドが気まずげに返事をしたが、ロイは黙り込んだまま郁実を睨みつけた。すると郁実は、目を吊《つ》り上《あ》げて言った。

「ロイ！　返事！」

「……俺を保護するって言って売ろうとしてた下衆《げす》野郎のくせに善人ぶって説教してんじゃねーよ」

郁実はまたしても訳が分からないというように目を丸くした。

「お前を……売る？　なんの話だ」

「懸賞金。それ目当てに俺を引き取ったってあの大男に言ってただろ。何が、〝保護〟だよ」

驚いた顔をして、彼は口に手を当てた。

「聞いてたのか……？」

「ああ、全部な。ずっとおかしいと思ってたんだ。お前みたいな貧乏人が、なんで俺を引き取ったのかって」

「……あ、あれは……、バルブロがまたお前を狙《ねら》いに来たらまずいと思って話を合わせただけだ。デマだって思わせなきゃ、あいつは俺を殺した後、またお前のことをしつこく探すと思ったんだ。……信じてくれ」

——私がそんなことするわけないでしょう？　信じて、ロイ。

「信じない。人間は嘘つきだから。今日でお前ともお別れだ」

ロイの言葉に郁実は目を見開いた。

「こいつ、郁実くんを置いて屋敷を出てこうとしてたんだ」

シグルドが呆《あき》れたように口を挟む。

「……なん、で。信じてないなら、なんで助けた。信じてくれたから、俺をここに連れてきて、助けてくれたんじゃないのか？」

　ロイは何も答えなかった。自分でも理由が分からなかった。長い沈黙のあと、郁実は幾分厳しい表情で告げた。

「悪いけど、俺の元を一人で離れるのは絶対に認められない。お前はまだ子供だ。誰《だれ》か他に、頼りになる大人がいないなら……」

「いる」

　郁実の目が、大きく見開かれた。

「……それはどこの、誰だ？」

「……俺の母親。グランフェルト公の娘だ」

「グランフェルト公!?」

　シグルドが驚愕《きょうがく》の声を上げた。グランフェルト公は現国王の弟なのだから、当然だ。

「クソ女……母親は俺を殺したがってたけど……ジジイはなぜか俺を生かしておきたがった。懸賞金をかけて探してるのは、多分ジジイだ。だから俺は、王都に戻る」

　郁実はしばらくのあいだ、理解が追いつかないというように押し黙っていたが、やがて静かに口を開いた。

「でも……そこがどうしても嫌だったから、逃げ出したんじゃないのか？　そこに戻って、お前は幸せになれるのか？　事情が分からないから話し合いは必要だけど、お前のことをバケモノなんていう親の元にお前を返す訳には……」

尚《なお》も自分に手を伸ばそうとする郁実を、今度こそ断ち切るように言った。

「……お前と一緒に暮らすよりはマシだよ。クソ寒くて汚いボロ小屋に住んで、浮浪者みたいな汚い奴《やつ》と一緒にゲロみたいな飯食う生活はもううんざりなんだよ」

郁実の長いまつ毛が、ほんの一瞬震え、ひどく悲しげに歪《ゆが》んだ。

その表情に、胸を抉《えぐ》られるような痛みを覚えた。シグルドが、殺意にも似た視線を、自分に向ける。刺すような胸の痛みから逃れるように手を握りしめて立ち上がると、郁実が少し掠《かす》れた声で言った。

「分かった。俺はまだ歩けないから……今、お前を力ずくで引き止めることが出来ない。でも、だったらせめて、王都に戻る路銀を持っていけ。あの森のボロ小屋の、裏の木の根元に、僅《わず》かだけど貯めてた金がある。金がないと……本当に大変だから。また飢えて倒れて、人間なんかに殺されそうになるなよ」

郁実はそう言って、力なく笑った。あんなに必死に働いて貯めた僅かばかりの全財産すら、自分に渡そうとする彼が、どうして自分を騙《だま》そうとするのだろう。

全部分かってる。答えは分かっているのに、受け入れられない。

——騙されるなよ。何かの罠《わな》だぞ。

——そうやってずっと、人間に騙されてきたんじゃないか。

——極悪人ほど、優しい顔をしてるんだ。

頭の中で、過去の自分が警告を出す。

それに従うようにして足を踏み出すと、郁実が懇願するように言った。

「もうお別れなら一つだけ。最後に、ちょっとだけこっち来てくれないか？」

ロイはしばらくの間、足を縫い付けられたようにその場に固まっていたが、やがて吸い寄せられるように、郁実の側《そば》に寄った。

郁実は「ありがとう」と言うと、ロイを包み込むように抱きしめた。

その体は、ひどく痩《や》せて骨ばっていて、決して心地《ここち》いいとは言えなかったのに胸はとても温かくて、ゆっくりとした鼓動を聞いていると安心して泣き出してしまいそうになった。反射的に、縋《すが》りつくように手を回してしまうと、郁実はロイの背中をぽんぽんと撫《な》で、優しい声で言った。

「なあ。どうしてそんなに信じることが怖いのか。どうしてそんなに傷ついているのか、最後に俺に話してみてくれないか？」

「…………」

「もう、二度と俺と会うこともないなら、いいじゃないか。人間の悪口、好きなだけ発散していけよ」

13. 痛みを分かつ

ロイは長いこと黙っていた。郁実《いくみ》も何も言わなかった。ただ黙って、促すようにロイを抱きしめ続けてくれた。

そのまま一体どれほどの時間が経《た》ったのか。

やがてロイはその温かい胸の中に、喉《のど》の奥に誰にも言えないまま溜《た》まっていた血膿《ちうみ》を吐き出すように、その忌《い》まわしい記憶を語った。

人間は物心つく以前の記憶はないというが、ロイはこの世に生まれ落ちた瞬間から、すでに鮮明な記憶があった。

〝バケモノ！　バケモノ！〟

血だらけのシーツの上で泣き叫ぶ母親。メイドたちの悲鳴。それはまるで地獄のような光景だった。

母は現国王の弟、グランフェルト公の一人娘だった。彼女は当時十六歳の美しい少女で、メイドたちの目を盗んで一人抜け出し、屋敷の敷地内の外れにある小川の辺《ほとり》で遊ぶのが好きだった。

そんなある日、彼女は美しい若者に声をかけられた。若者に誘われるまま、敷地の外へと抜け出し、絶対に近寄ってはいけないと言われていた森に入ってしまったのだ。

するとたちまち若者は、おぞましいヤギの頭をした魔物に姿を変えた。その正体は、ベルケルスという魔力の高い、凶悪な魔物だった。

悲鳴をあげて逃げ惑う母をベルケルスは捕まえて強姦《ごうかん》した。ベルケルスが人間の女との間に子供を残すことは珍しい。ほとんどの女を殺してしまうから。だが、母はなぜか殺されずに解放され、ロイを身ごもった。その理由は、未《いま》だに分からない。

母はバケモノの子を宿したことに絶望し、何度も、子を流す毒薬を飲み続けたが、ロイは母の胎内で成長し続けた。

それから一年が経《た》ってロイが生まれたが、黒い角《つの》を生やし、血のように赤い瞳《ひとみ》をした我が子を、母はバケモノと呼んで抱きあげることを拒絶した。

〝何をしてるの！　早くそのバケモノを殺して！〟

魔物と人間の間に生まれた子供は、見つかり次第殺すことになっているが、ロイは殺されなかった。

母の父親である、グランフェルト公が殺してはいけないと命じたからだ。グランフェルトの屋敷には、息子《むすこ》がいなかったからかもしれないが、その真意は謎のままだ。

そうしてロイはまだ赤ん坊のうちから手足を鎖で繋《つな》がれ、人目を避けるように地下の檻《おり》の中に入れられた。水も食べ物も、三日置きにしか与えられない生活。殺す訳にはいかないものの、ギリギリまで弱らせておかないと魔物は子供でも力が強く危険だからという理由だった。

人間だったらすぐに死んでいただろうが、魔物の血が、そう簡単に自分を死なせてはくれなかった。

ロイは生まれた時から常に孤独で、恐ろしく飢えていた。

気が遠くなりそうな程腹が減っていたが、パンを貰《もら》うよりもたった一言でいいから、誰かに話しかけて欲しかった。

自分の中に半分流れる人間の血が、人の愛情に飢えていたのだ。

多くの赤ん坊がそうであるように、誰でもいいから自分を抱き上げて、髪を撫でて欲しかった。

だが、母親は自分を産み落とした日以来、一度もロイの姿を見に来ることもなく、世話係の使用人は数日置きに硬いパンを投げつけるようによこすだけだった。

言葉が話せるようになれば、誰かが相手をしてくれるかもしれない。

時折廊下を通りかかる使用人たちの話し声を盗み聞きながら、ロイは必死で言葉を覚えた。狡猾《こうかつ》な魔物の知能は人間よりも遥《はる》かに高い。やがてロイは誰にも言葉を学ばずに、ごく普通に喋《しゃべ》れるようになり、それが一層、使用人たちを不気味がらせた。

——そんな生活が何年も続くと、ロイはもう諦《あきら》めていた。

自分はこのまま、餓死寸前の苦しみを味わい続けたあげくに、闇《やみ》の中で孤独のまま死ぬのだと。

せめて一度でいいから、母の腕に抱かれてみたかった。温かさを味わいたかった。

しかしある日、世話係がソフィアという少女に変わった。

彼女はロイを不憫《ふびん》がり、自分が食べる分のスープを分けてくれた。メイドの彼女は、自身も満足な食事を摂れていないのに、それでもロイに食事を分けて食べさせてくれたのだ。

『いっぱい食べていいのよ』

ロイは毎日、ソフィアが来るのを待ち続けた。彼女がこの地獄の底に手を差し伸べる女神にさえ見えた。彼女を母親のように信じ、慕っていた。

だが、その頃《ころ》から、ロイは体調を崩すようになっていた。嘔吐《おうと》したり、高熱を出したりするようになった。

『大丈夫？　ついててあげるから。ほら、お薬を貰って来てあげたから、飲んで。大丈夫よ。あなたは絶対に私が助けるわ』

ソフィアから貰った薬を飲んでも少しも楽にならず、むしろ逆に悪化していった。

その頃には、薄々気づいていた。彼女から分けてもらう食べ物や水はいつも、微《かす》かに薬のような匂《にお》いがした。そしてそれを口にすると、具合が悪くなる。さらに風邪薬《かぜぐすり》として渡される薬もまた、同じ匂いがした。

その匂いの正体を、ロイは知っていた。母の胎内にいた時、いつも流し込まれていた毒薬と同じ匂いだった。

『これを飲めば、治るから。あなたはいい子だから、神様がきっと治してくださるわ』

だが、ロイはソフィアの言うことを信じ、薬を飲み続けた。その薬を飲まなくなった途端に、具合がよくなってしまうのが怖かった。

それはロイにとって、死ぬことよりも辛《つら》い事実を知ることになるからだ。自分は重い病気で、彼女がくれた薬を飲んでも治らないのだと、そう思いたかった。

それから間もなく、ロイはついに指一本も動かせないぐらいに衰弱した。冷たい床に伏しながら、ロイはせめて最期に、ソフィアに会いたいと願った。彼女の顔を一目見て死にたかった。ろくでもない、バケモノらしい生涯だったが、一人だけでも自分を大切に愛してくれた人がいたのだということが、唯一の救いだった。

やがて、待ち望んだ靴音がして、檻の向こうからメイドたちの話す声が聞こえてきた。

――やっと死んだの？　三カ月もかかるなんて。

――バケモノなんだから、そう簡単に死なないわよ。それに、急に死なせたら旦那《だんな》様に怪しまれるし、何よりお嬢様が出来るだけ長く苦しめてから殺すようにって。長く持たせれば持たせる程、報酬を弾んで下さるっておっしゃったの。

ソフィアの声だった。

――お嬢様も気の毒だものねえ。旦那様はあんなバケモノの子供を生かしておけだなんて、何を考えているのかしら。……ねえ、それで、報酬はいくら貰ったの？

ソフィアが嬉《うれ》しそうに、ひそひそと金額を同僚のメイドに耳打ちした。

――そんなに？　もうメイドなんてやらずに暮らせるじゃない！

羨《うらや》ましそうに言う同僚に、ソフィアは無邪気に笑っていた。彼女は母に金を渡され、ロイを殺すように頼まれていたようだ。

——でも、あなたもなかなかひどい女ね。食べ物まであげて、あんなに懐かせてたのに。いくらバケモノだからって、苦しんでるのを見て、可哀相《かわいそう》にならなかったの？

——ひどい？　どうして？　可哀相だと思ったから、死ぬ前にちょっとはいい思いさせてあげようと思ったのよ。私があげた〝おくすり〟をイイコにちゃんと毎日飲んでたわ。泣きながら、〝ありがとう、ソフィア〟って！

ソフィアは悪気のない笑みを見せた。

その笑みを見た時、ロイは全身の毛が逆立つような怒りを覚えた。

毎日毎日、寒い檻の中で震えながら、彼女が来るのを待っていた。自分の出生を思えば、母が自分を、どうしたって愛せないだろうということは分かっていたから、せめて彼女が自分を、母親のように愛してくれているのではないかと期待していた。

どうせ殺すなら、ただ残酷に殺してくれればよかった。

そうすればこんな風に身を引き裂かれるような胸の痛みを味わうことなく死ねたのに。ロイはどうしても抑えられない怒りに、最後の力を振り絞って立ち上がった。無茶苦茶に暴れると、痩せすぎて緩くなっていた鎖が、片腕だけ外れた。

『きゃああああああ』

同僚のメイドが絶叫し、その場から逃げ出した。ソフィアは何事かと振り返り、目を見開いた。

『えっ、うそ……』

まだ生きていたの？　と彼女は怯《おび》えて後ずさった。ロイは足を引きずりながら、近づいた。

『待って、違うの。誤解よ！』

『何が誤解だ？　俺のメシに笑いながら毎日毒を盛ってたことか？　薬って言って、毒を飲ませてたことか？』

『私がそんなことする訳ないじゃない！　信じて、ロイ。彼女に話を合わせただけ……あなたを本当に愛していたわ。違うのよ……本当に違うの』

『…………ッ』

今の会話を全《すべ》て聞いていて、信じられる訳がない。だがそれでも、ロイは彼女を信じたかった。

彼女の首に向けて伸ばしかけていた手を、ぴたりと止めた。

その時、メイドの悲鳴を聞きつけた他の使用人たちが、駆け付けた。

『おい、大丈夫か!?』

『助けて……！　あのバケモノが、いきなり私に襲い掛かってきたの！　はやく、早く殺して！』

ソフィアはそう叫んでロイを指差した。

その瞬間、ロイは激情に任せてソフィアの背中を鋭い爪で裂いた。

耳をつんざくような悲鳴と共に、生温かい血が、ロイの頬にかかる。

『ひっ、バケモノ……！』

彼らは返り血で顔を赤く染めたロイを見て、怯えを滲《にじ》ませたが、ロイは他の人間たちには、何もしなかった。彼女が自分を殺そうとしたから許せなかった訳じゃない。

自分を裏切ったということが、何より許せなかったのだ。

――そこまで話した時、ふと、自分を抱きしめる郁実の腕が震えているのに気づいた。その頬には、幾筋もの涙が伝っていて、ロイの頬まで濡《ぬ》らしていた。

郁実が泣いているのを見るのは初めてだった。

「……結局ソフィアのことは、ジジイが治癒魔法師を呼んで跡形なく傷を治した。多額の口止め料を支払って別の屋敷に行かせたらしい。……それからは俺のことはジジイが面倒を見るようになって割とまともな生活になった。ちゃんとした部屋が用意されて、毒見係が毒見をしてから飯が出されるようになった」

「グランフェルト公は……、お前を大事にしてくれたのか？」

郁実が涙声で問いかけた。

「……〝教育〟はしてくれた」

「教育？」

「ジジイは何か企《たくら》んでた。俺をバケモノから人間にするって言って、毎日人間のマナーとルールと教養を身につけさせた。俺が少しでも反抗的な態度を取ると、〝教育係〟たちに徹底的に俺をボコらせた。今後は絶対に人間にケガを負わせないように、痛みで躾《しつ》けさせるって」

人間は自分をバケモノだと呼ぶが、ロイにとっては彼らがバケモノのように思えた。

やがて成長して強力な黒炎が出せるようになったある日、ロイはついに隙を突《つ》いて彼らを打ち負かして屋敷を逃げ出した。そこからは逃げて逃げて、逃げ続けた。

大抵の人間は、ロイを見つけると殺そうとしたが、ほんの時折、可哀相にと手を差し伸べてくれたこともあった。ロイはソフィアの一件から、その親切を疑うようになっていたが、それでも極限まで飢えると、つい温《ぬく》もりを求めて縋《すが》ってしまった。だがそれはいつも、罠《わな》だったのだ。

「……無理だ」

郁実が不意にそう呟《つぶや》いた。それはそうだろう。今の話を聞いて、誰《だれ》が自分を世話しようと思うだろうか。

ソフィアの身を裂いたときの、真《ま》っ赤《か》な鮮血と悲鳴を今でも生々しく思い出す。

バケモノは人間になれない。人間に、バケモノは育てられない。

そう思い、郁実の腕の中から身を引こうとすると、彼はロイを抱きしめる腕に力を込めた。

「やっぱり、お前をグランフェルト公の元には返せない。このまま絶対に、離さないからな」

「……は？」

腕の中に閉じ込めるようにぎゅうぎゅうに抱き締められ、ロイは混乱した。

「ふざけるな。〝もう二度と会わない〟って言っただろ」

「……残念だったな。お前はこれからも、毎日ゲロみたいな飯くって、寒いボロ小屋の中、汚い浮浪者みたいなオッサンと毛布を分け合って暮らすんだ」

「ふざけるな！　離せ！」

自分を抱きしめる腕は細く、振り払おうと思えば一瞬で振り払えた。だがロイにはどうしてもそれが出来なかった。

「可哀相だけど、運命だと思って受け入れろ。その代わり、俺は絶対寂しい思いはさせないぞ。うざいぐらいずーっと一緒にいてやる。それから、絶対飢えさせない。ゲロみたいな料理でも、腹いっぱい食わせてやる。まあ……もうちょっとその辺は向上するように努力するけど。とにかく、ずっと側《そば》にいる。約束だ」

ご愁傷様と、彼は笑っていたが、その目からは涙が溢《あふ》れていた。

これまで生活がどれだけ苦しくても泣き言一つ言わず、涙一つ見せなかった彼の、嗚咽《おえつ》を殺して話すその声が、腕が、あまりに温かくて、ロイは今まで自分の中に溜《た》まっていた悲鳴のような感情がドロリと溶け出していくような気がした。

もう二度と人間を信じないと思っていたのに、どうしても、もう一度だけ、心の底から信じたいと思った。

「……俺はソフィアを殺そうとしたんだ」

「？」

「俺を裏切ったらお前のこと、殺してしまうかもしれない。今度こそ、抑えられる自信がない。それに……成長したら、魔物の血が濃く出るかもしれないし、これからどうなるのか、自分でも分からない」

裏切られて傷つくこと以上に、それが怖かった。もし郁実に裏切られたら、今度こそ本当に人間の心が粉々に壊れてしまうに違いない。

我を忘れたら、自分を抑えられずに彼を殺してしまう気がした。

「こんなバケモノと、お前は本当に一緒に暮らせるのか？」

そう問いかけると、郁実はなんということはないというように笑った。

「暮らせる。俺は絶対にお前を裏切らないから」

一瞬の躊躇《ためら》いもなく返されたその答えに、ロイは呆然《ぼうぜん》として目を見開いていた。

バケモノでもなく、人間でもない自分は、この世のどこにも居場所などないのだと思っていた。

やがてロイは顔を歪《ゆが》ませると、温かい腕の中で、生まれて初めて声を上げて泣いた。

14. 愛を伝えること

その晩、郁実《いくみ》はロイが勝手にいなくなってしまうことを心配して離さず、寝るときも一緒のベッドで眠った。

(こいつ……寝るの早すぎだろ)

目を閉じて三秒程で寝息を立て始めた郁実を、信じられないという目でロイは見つめていた。

まだケガも完治していないし、これまでの疲労も溜まっているのだと思うが、仮にも魔物と至近距離で一緒に寝て、少しぐらいは緊張したり恐怖を覚えたりはしないのだろうか。

呆《あき》れながら間近でその寝顔を見つめていると、郁実のまつ毛が頬に影を落としているのに気づいた。

(まつ毛長いな……)

こんな顔をしていたのかと今更ながら思った。

煤《すす》で真っ黒になっていたから、長いこと彼がどんな顔をしているのか分からずにいた。こうして間近で見てみると、やはり彼は今までに見たことがない顔立ちをしている。一体彼は、どこの国の出身の人間なのだろうか。交易所など他国の人間が多数いるところでも、こういう顔の系統は見たことがなかった。バターを溶かしたような肌の色も珍しい。

ロイには彼のその顔が今まで見たどんな人間よりも綺麗《きれい》に見えて、ドキドキと鼓動が早くなるのを感じた。

「…………」

郁実が自分を騙《だま》しているとはもう思わない。懸賞金目当てで、ここまで出来る訳がないという事も本当はずっと分かっていた。万が一にも裏切られることが怖くて、信じたくなかっただけだ。

彼は本当に、赤の他人の、人間ですらない子供を育てる気なのだ。

（こいつ……大丈夫かよ）

不意にロイは、彼の深い愛情と優しさが猛烈に心配になってきた。

この世の中は悪意に満ちている。よからぬことを考えて近づいてくる人間など、星の数程いる。

郁実の優しさはそういう人間たちの餌食にされないだろうか。

数日前バルブロに殴られ、虫の息になっていた郁実のことを不意に思い出すと、全身に鳥肌が立ち、思わず彼の細い体を抱きしめた。

郁実には言わなかったが、あの時ロイはバルブロたちを皆殺しにした。確実に息の根を止めなければまた郁実を狙《ねら》いに来るかもしれないと思ってはいたが、それ以上に怒りで我を忘れていた。

死に向かう郁実を前にしたときに感じた絶望と焦りは、生まれて初めてのことだった。もう二度と、あんな思いはしたくない。

「？　ちょ、ロイ……どうした？　寝られないのか……？」

気づくと力を込めて抱きしめていたらしく、郁実が目を覚ました。彼は心配そうにこちらを見ていたが、やがてうっと呻《うめ》いた。

「い……っ、痛い痛い。馬鹿力やめろ」

彼は身を捩《よじ》ったが、ロイの魔物の力は子供といえども圧倒的で、びくりともしない。

「お、おい……マジで苦しいから、離せって」

眉《まゆ》を寄せて自分を見る目が、苦しさに僅《わず》かに潤んでいる。

自分たちの間にある力の差を思い知った時、ゾクリとする妙な感覚が背中を這《は》い上がった。

ふと、〝好色な魔物〟という父のことを思い出し、ロイはハッとした。

（いや……人間の〝女〟を好むんだから、こいつは大丈夫だろ……）

自身に言い聞かせるようにしながら、ロイは慌てて郁実に背を向けた。

「何だよ。別にいいんだぞ？　力を緩めてくれさえすれば」

郁実はロイの肩に毛布を掛け直しながら少し残念そうに言ったが、ロイが返事をしないでいると、睡魔に襲われたのかすぐにまた、規則正しい寝息を立て始めた。

結局ロイは、一睡もできないまま朝を迎え、まだ眠っている郁実を起こさないようにしてベッドを出た。

郁実が動けるようになるまでやれることはない。歩けるようになっても、しばらく無理はさせられないが、郁実は少しでも体が動くようになったら働こうとするだろう。

　力仕事など、何か少しでも金になる仕事がないかアマンダたちに交渉してみようと廊下を歩いていると、途中でばったり、シグルドに出くわした。

「朝の診察に来たんだけど、郁実くんまだ寝てんの？」

「寝てる」

　それだけ言って歩き出そうとすると、不意に彼は強くロイの肩を摑《つか》んで引き止めた。

「？　なんだよ」

　怪訝《けげん》な顔で睨《にら》みつけると、シグルドは笑顔で言った。

「僕のお母さまさー、三年前に死んだんだ」

「……いきなりなんなんだよ。興味ねーよ」

　肩にのった手を振り払うと、シグルドは小バカにしたように笑って言った。

「お前が昨日《きのう》、郁実くんにヨシヨシされながら延々と不幸自慢してたから、僕も対抗しようと思って」

「は？　殺されたいのか？」

　さすがに苛立《いらだ》って青筋を立てながら口の端を吊《つ》り上《あ》げ、胸倉を摑み上げると、シグルドは両手を挙げた。彼はいつも通りふざけた笑みを浮かべていたが、表情とは裏腹にロイに対して、強い怒りを抱いているようだった。

　まあ聞きなさいと、有無を言わせず、彼は一人で話し始めた。

「……お母さまって言っても、三年前に亡くなったのは二人目のお母さまなんだけどね。僕を生んだ本当のお母さまは、僕が五歳の時に死んだ。お父さまは不治の病を抱えた女しか娶《めと》らないんだって。妻って言うより治癒師の被検体なんだろうねぇ。まあとにかく、その二人目のお母さま、すごいいい人でさ、僕のことも実の子供みたいに可愛がろうとしてくれたんだ。でも、僕ガキだったから、自分のお母さまは一人だけ！　って思ってひねくれてたんだよね。顔合わせる度に機嫌取られるのがウザくて、あからさまに避けてひどい態度を取ってたんだ。お母さまは僕が何を言っても、いつも笑ってた。僕はそれがまたムカついちゃってさー。こっちがウザがってること気づいてないんだって思ってエスカレートしちゃったんだよねぇ。そんである日、〝あんたを家族だと思うことはこの先も一生ない〟って言ったら……その時お母さま、昨日の郁実君みたいな顔してた」

――……お前と一緒に暮らすよりはマシだよ。

あの時、ほんの一瞬だけ見せた郁実の悲しい顔を思い出し、ロイは思わず拳《こぶし》を握りしめた。

「……それから半年後、お母さまは死んだ。病死じゃなくて、自殺だった。僕が最初に発見したんだ……部屋の奥からずーっと水音がしてて、嫌な予感がして見に行ったら、バスタブで手首をナイフで切ってた。まだ命があったから、どうにか助けようって必死に魔法をかけたけどダメだった。治癒魔法をかけるときに一番大事な生命力がなかったんだ。生きたいっていう力が、全然なかった。ごめんなさいって何度も何度も謝ったけど、お母さまは戻ってきてはくれなかった」

淡々と語られるその話に、ロイは背筋が冷たくなるのを感じた。

「僕だけが原因じゃないと思ってるよ。お父様とのことも、治る見込みのない病の苦しみも、全部が原因だったんだと思う。でも僕も間違いなくその一因で……一番の原因だったんじゃないかって思うと、今でも夜中に夢を見て飛び起きる。僕はお母さまを殺しちゃったんだって」

シグルドは廊下の窓枠に頬杖《ほおづえ》を突《つ》いて遠くにかかる雨雲を見つめながら続けた。

「大人ってさぁ、よく怒るくせにあんまり泣かないじゃん？　何言っても傷つかないと思っちゃうんだよねえ。多分、本人たちも思ってるんだよ。子供の戯言《たわごと》に傷ついちゃいけないって。……でも、普通に弱いし、自覚なく傷ついてる。その心の傷は治癒師にも絶対に治せないから、マジで気を付けてね。郁実くんは彼自身が思ってる程、図太くないと思うんだ」

「……どうすればいいんだ」

反射的にそう聞くと、シグルドは少し驚いた顔をして振り返った。

「……郁実くんには〝ごめんね〟とか〝好きだよ〟とか、〝今日も可愛《かわい》いよ〟って言ってあげればいいんじゃない？　素直に」

「ふざけた回答してんじゃねーよ」

「ふざけてないけど。愛を伝えるって大事だよー？　お前の代わりに僕が郁実くんに言ってあげようかな～」

無言で黒炎を出すと、シグルドは慌てて両手を挙げた。

「まあ、口で言えないならあれだ。態度で示すしかないよねぇ。抱きしめるとか、毎日おはようのキスをするとかさ！　言葉か行動か。出来る方をやってあげればいいんじゃない？　どっちも出来ないなら、僕が喜んで代わってあげるよー。郁実君の顔、好みだし」

「そんなことしたら、ぶっ殺してやるからな」

「え～、じゃあお前に出来るの？」

「出来るに決まってんだろ」

ロイはシグルドに中指を立ててそう言うと、郁実の眠る部屋へと戻った。

「え、マジ？　やるの？」

シグルドが興味津々と言った様子で後ろからついてくる。

郁実はちょうど目を覚ましたようで、少し痛そうに顔を顰《しか》めながらも、なんとか身を起こそうとしていた。

「あ、ロイ。悪い。俺寝坊して……おは……」

おはようというよりも前に、つかつかと早足で歩み寄ると、ロイは郁実の体を抱き起こした。

「悪い。ありが……」

彼が礼を言い終えるよりも先に、ロイはそのまま思い切り自分の方に彼の体を寄せて抱きしめた。

「はっ？　え……？」

何事かと混乱しているその顔を掴み、今度は頬と耳にキスをした。

何かの作業手順のようにハグとキスを終えて体を離すと、そのままくるりと背を向けて、部屋を再び出てドアを乱暴に閉める。

「……終わった」

シグルドにそう告げると、彼は「あのさぁ」と呆《あき》れたような声を上げた。

「なんか僕がイメージしてたことと全然違うんですけど!?」

「はあ？　何が違うんだよ」

「もっと優しく！　もっと甘く！　何今の。あれじゃ郁実くん、朝から驚かされただけじゃん。はぁ〜これだから魔物って無神経だなぁもう。僕がもっとスウィートな見本を見せてあげようか？……って、冗談だから黒炎やめて」

そう言ってシグルドは逃げるように、診察のため郁実の部屋に入って行った。

「……え、郁実くん顔真《ま》っ赤《か》！」

驚きの声が部屋の中から上がるのを聞くと、ロイは急に照れくさく落ち着かない気分になってフードを目深に被《かぶ》り直した。

15．これからの生活

目を覚ますと、いつも体が痛くてそっと身を起こすのが癖になっていたが、近頃はさほど痛みが走らなくなっていた。それでも、寝たきり生活が続くと、起き上がるのも一苦労だ。

(もう少し、元気になったらちょっと体鍛えないとな……)

そう思いながら、腕に力を込めてゆっくりと体を起こそうとしていると、やや乱暴にドアが開いて、ロイが部屋に入ってきた。

「勝手に起きてんじゃねーよ」

そう言って彼は速足でベッドに歩み寄ると郁実《いくみ》の体を抱き起こした。さすが魔物の血が混じっているだけあり、郁実よりもまだ背も低いのに、本当に軽々と起こされてしまう。

「お、おはよう。ロイ。ありがとな」

(なんか……介護されてるみたいだ)

少しいたたまれない気持ちになりながら、郁実は言った。

「そろそろ、動けるようにならないとなぁ。一日中寝てばっかりだ」

元の世界では一度も入院などしたことがなく、バイトも仕事も休んだのは弟が高熱を出した時だけで、自分の体調不良で休んだということは一度もない。風邪《かぜ》も引かなければ熱も出さない、超が付くほどの健康優良児だった。

ゆえに、こんなに何日も寝てばっかりというのは落ち着かない。

「痛みがあるうちは無理をするなって、バカが言ってただろ」

「こら。友達に、〝バカ〟なんて言っちゃダメだろ」

おそらく〝バカ〟とはシグルドのことだ。彼らは同じ年頃で、ロイはあからさまに鬱陶《うっとう》しがってはいるものの、仲はそんなに悪くないようだった。シグルドは明るくておしゃべりで賢く、とても優しい子供だ。

郁実は、ロイに同い年の気の置けない、素晴らしい友達が出来たことが何よりも嬉《うれ》しかった。

（このままここで働かせて貰《もら》えたらな……）

屋敷の人々は皆温かく、特にアマンダは本当によくしてくれていた。恩返しということを考えても、ここで働けるのなら一生懸命働きたかった。

――郁実くんのこと……うちで雇えたらって思うけど……あいつと一緒にこれからも生きてくつもりなら無理。

シグルドの言うことは尤《もっと》もだ。彼はとても大人びていて、自分の立場をよく理解している。

ロイは半魔であり、これからどうなっていくか分からない。郁実はこの世界にはなんのしがらみも繋《つな》がりもないからロイのことだけを考えられるが、シグルドは今、臨時とはいえこの屋敷の主《あるじ》であり、使用人たちや他の患者の身の安全を守らなければならない。その上、ロイの母親が国王の弟の娘だと知って、さらに困っている様子だった。

いつまでもここにいるのは迷惑だ。

だからこそ、一日も早く動けるようになって、何より金を稼げるようにならないといけない。

（ここの入院費用も……少しずつでも返さないと）

治療費はいらないと言ってくれたが、こんなふかふかのベッドで寝かせて貰って、三食出して貰っているのだ。これまでの暮らしから考えると、一体いくらになるのか考えるのが恐ろしいくらいだ。

そんなことを考えていると、不意にロイに体を抱き寄せられ、頬にキスをされた。さらに前髪を指で掻《か》き上げられ、額にもキスを落とされる。

「………」

（……この間から、どうしたんだ？）

郁実は頬を押さえながら首を傾《かし》げた。

ロイはここのところ毎日、朝起こしに来ては必ず郁実を抱きしめてキスをするようになった。元の世界でも欧米人などはこういう挨拶《あいさつ》は普通にするようだし、きっと彼なりの朝の挨拶なのだろう。

最初のうちは機械的なぎこちないものだったのに、最近はまるで映画のワンシーンのように慣れた仕種《しぐさ》でキスをされる。

（将来、女たらしにならないといいけど……）

美しく整ったルックスを見つめながら、郁実は赤くなった頬を俯《うつむ》けた。

恋人など一度も作ったことがなく、友達も、学校で話す程度の浅い付き合いしかしたことがない郁実は、スキンシップがあまり得意ではないため、照れくささが勝ってしまう。

決して嫌な訳ではなく、むしろ嬉しいのだが、挨拶のお返しはまだ当分、出来そうもなかった。

「あれ？　ロイ。その服どうしたんだ？」

ロイは角《つの》を隠すため、いつもフード付きの服を着ていた、洗おうとするアマンダと毎日攻防していたらしい。どうにか新しい服を着せてやりたかったが、動けない郁実にはどうすることも出来ず、いつかロイの正体がばれるのではないかと心配していた。だが今日は、魔術師のローブのような服に着替えている。

「あのバ……クソ野郎がくれた。元の服はアマンダが洗ってくれてる」

「友達に〝クソ野郎〟もダメだぞ。お前ら、身長も同じぐらいだもんな。ピッタリだ」

「俺の方が高いからこの服も窮屈だ」

少しムッとしたようにロイが言うので、郁実は思わず笑ってしまった。弟たちもそうだったが、子供の頃《ころ》は身長の伸び具合に一喜一憂するものなのだ。

（後でシグルドと、アマンダさんに礼を言わないと……）

その時、コンコンとドアがノックされた。

「どうぞ」と言うと、銀のトレーを持ったアマンダが身をかがめながら部屋に入ってきた。

「おはよう。朝食よ。食べられそう？」

「おはようございます。すみません、ありがとうございます」

「いいのよ。たくさん食べなさい。お代はこの子がしっかり働いて払ってくれているから気にしないで」

　バシンッと背中を叩《たた》かれて、ロイはぐっと低く呻《うめ》いた。

「え、ロイが……？」

「治療費分はもう働いてもらったからいいって言っているんだけどね。……入院中の食事代とか、あなたが後々気にするだろうからって。気兼ねなく食べて欲しいんだって」

「そこまでは言ってない」

　ロイがムスッとしてアマンダを睨《にら》んだ。

　このところ、あまりこの部屋に顔を見せなかったのはそういう事だったのかと、一日中寝ている自分の代わりに子供を働かせてしまっていることに罪悪感を覚えて俯く。

「この子、本当にすごいのよ！　どんな重い荷物も片手でひょいって運んでくれるし、記憶力も抜群で器用だし、今まで半日がかりだった仕事も、朝の内に終わっちゃってみんな助かっているのよ。正直、いないと困っちゃうぐらいだわ」

　アマンダは少し興奮気味に言った後、真剣な顔で言った。

「あなた、体治ったらうちのお屋敷で働かない？　ここは働きやすいわよ。旦那《だんな》様は少し難しい方だけど、世界中を飛び回っていてあまりお屋敷にはいらっしゃらないし、魔法にしか興味がないから、屋敷の経営には口出ししないの。実質坊ちゃまが取り仕切ってくださっているから理不尽なことは絶対やらされないわ。それにね、なんといっても、うちのカマドは煤《すす》の出ない魔石を使っているから、掃除をしても、あんなに真っ黒になることはないわよ」

自慢げに言われて驚いた。この世界に来てからずっと煤まみれだった郁実にとっては、衝撃的なことだった。

「そんな魔石あるんですか!?」

「ちょっと仕入れに値が張るんだけどね。坊ちゃまが、体に有害な燃料には反対されているから」

（シグルド、すごいな……）

改めて、感心していると、アマンダはロイの頭に手を置きながら再度促すように言った。

「どう？　あなたもこの子もいい子だし、私はぜひ一緒に働きたいと思っているわ。坊ちゃまも、あなたに懐いているし、喜んで雇って下さると思うの」

「アマンダさん……」

そう出来たらどれ程いいだろうと、その申し出に瞼《まぶた》が熱を持つのを感じた。だが、彼女はロイが、魔物だということを知らない。

ロイは何か言いたげに、郁実の顔を見つめていた。

「すみません。とても嬉しいんですけど……」

それきり押し黙ってしまうと、アマンダは小さく笑って頷《うなず》いた。

「残念。フラれちゃったわ。他に働ける場所があるならそれでいいんだけど……もしそこがひどい職場だったり、何か困ることがあったら、ここで働けるってこと覚えといて。あんなひどい暴力を我慢したら絶対にダメ。私がぶっ飛ばしてやるから、いつでも言いなさい」

「……ありがとうございます」

その優しい言葉に、これまでずっと一人で抱えていた不安がふっと軽くなった気がして、郁実は微《かす》かに赤くなった目元を隠すように、俯きながら礼を言った。


アマンダが部屋を出て行くと、郁実は冷めないうちに朝食を頂くことにした。まだズキズキと痛む手を伸ばし、スプーンを取ろうとすると、ロイがそれを引ったくるように奪い取った。

「口開けろ」

スープを掬《すく》うと、ロイは郁実の口元にそれを突き付けてきたので、郁実は驚いて瞬きを繰り返してしまった。

「ありがとう。でも自分で食えるから……っ、ん、……」

半ば強引に突っ込まれ、郁実は反射的に嚥下《えんか》した。

「お、おい。本当に自分で食うからいいって」

さすがに恥ずかしくなってきて頬を赤らめながらスプーンから顔を背けると、ロイは微かに俯いた。今までに見たことのない表情だ。

(落ち込んでる……?)

子犬のような表情で俯かれると、なんとなくバツが悪くなる。

「じゃあ、今日だけはお願いしようかな」

そう言うと、ロイは満足気に顔を上げて、せっせとスプーンを郁実の口に運び出した。

(……い、いよいよ介護っぽくなってきたぞ)

確かにケガ人だが、ここまでして貰っていいのだろうか。弟たちが幼かった頃や風邪を引いていた時に、何度も食べさせたことはあったが、自分自身が食べさせられるのは初めてのことだ。

だが、ちらりとロイを見ると、笑っている訳ではないのに、初めて見る楽し気な表情をしていた。気のせいなのかもしれないが、それを見ると、郁実は妙に嬉しくなった。

「ロイはいい子だな」

思わず独り言のように呟《つぶや》いた。魔物の子供が残忍に育つなんて、嘘《うそ》だ。長い間ずっと人間に虐《しいた》げられていたというのに、今こうして郁実を信じてくれて、ケガの具合まで思いやってくれている。

ロイは少し目を丸くした後、照れくさいのか顔を赤くして呆《あき》れたように言った。

「……お前は魔物のことを何も分かってねーな」

「え？　なんでだ？」

どういうことだろうと首を傾げていると、彼はふと、スプーンを掬う手を止めて言った。

「……いいのか？」

「何が？」

「俺がいなければ、この屋敷にいられるんだろ」

「………」

シグルドから言われたのか、自分で気づいたのだろうか。疑心暗鬼の表情を浮かべているロイを安心させるように郁実は笑いながら言った。

「うーん。煤の出ない竈《かまど》なんてな。俺はもっと磨きがいがある竈の方が好きなんだ」

「…………」

「ロイ?」

黙り込んでしまったロイの顔を覗《のぞ》き込む。

彼は不意にスプーンを投げ捨てるように置き、ただ黙って、郁実を思い切り抱きしめた。

16. 新しい部屋、新しい仕事

それから一週間程して、郁実《いくみ》は時折壁に手をつきながら、ようやく歩けるようになっていた。

リハビリがてら部屋を出て廊下を歩いていると、他の患者の診察から戻ってきたシグルドが、それを見て拍手をして褒めてくれた。

「郁実くんすごいじゃん！　随分歩けるようになったね。いや、むしろここまで治せた僕がすごい！」

「ああ。シグルドのおかげだ。ありがとな」

心からの礼を言って微笑《ほほえ》むと、シグルドは郁実の顔をまじまじと見て、感じ入ったように言った。

「ここに運び込まれてきたときは汚い灰の塊みたいだった郁実くんが……。なんか信じられないよ。ゴミが天使になった感じ。別の生き物みたい」

「生き物ってお前……」

大げさなと思いながら苦笑いしつつも、郁実は眉《まゆ》を下げて言った。

「長い間、悪かったな。今週中には、屋敷を出ていける」

「え!?　ダメダメ。もう少し様子見なよ」

「いや、でも……あんまり長くいて、騒動にでもなったら困るだろ。俺も怠け癖がつきそうでちょっと怖いんだ」

ロイは郁実が働けない間、屋敷の仕事を毎日こなしてくれていたようだ。今日も朝、郁実のリハビリに付き合ってくれた後、アマンダと共に仕事場へ向かっていた。

子供を働かせる事には未《いま》だに抵抗があるが、屋敷の仕事を通じて人と関わることはロイにとってもいい影響になっていると思う。

一方で、これ以上続けると彼の正体がバレてしまうのではないかと心配で仕方なかった。現にアマンダは、ロイの力が異常に強いことや、頑《かたく》なにフードを取らないことを訝《いぶか》しがっている。

「……そのことなんだけど、さ」

シグルドが珍しく歯切れ悪く切り出した。

「？」

「アマンダにだけ、話してみようと思ってるんだけど、どう？」

「どうって……何を……って、え!?　まさか、ロイが半魔だってことを……か？」

「うん。お父様や、屋敷の他の使用人たちには絶対に明かせないけど……アマンダは僕が一番信頼してる人だし……彼女が味方でいてくれたら、あいつの正体が絶対にバレないよう力になってくれるんじゃないかなって。その代わり、彼女がダメだって言ったらダメだし、いいって言ってもあいつが少しでも問題を起こしたり、正体がバレそうになったら即刻退去。それでもいい？」

「も、もちろん、これ以上ないぐらいにありがたい。でも……彼女に話して、お前は大丈夫なのか？」

「アマンダに隠し事はご法度なんだ。怒られるのは正直めちゃくちゃ怖い。けど僕も……その、郁実くんに屋敷にいて欲しいなって思ってるし……あいつも意外とよく働くらしいし……いい人材を雇うためには当主代理として、出来る限りのことはしてみてもいいかなって思ってる。だから、まあ……木に吊《つ》るされるぐらいは覚悟してる」

「木に吊るされるって……」

壮絶なお仕置きに、郁実は絶句した。だが、それを覚悟で雇おうとしてくれていることが、ありがたかった。

「アマンダさんに話すときは一緒に言おう。俺も一緒に吊るされるよ」

「いや、郁実くんのことは吊るさないと思うけど……まあ、後はとにかくアマンダ次第だね」

「…………」

これからは、この屋敷で働けるかもしれない。そう思うと全身から力が抜けて、崩れ落ちそうになるほど安堵《あんど》した。本当はずっと不安だったのだ。また、飢えと危険とが隣り合わせの生活に戻ることが。

「……シグルド。本当にありがとう。これ以上、なんて礼を言えばいいか……」

「お礼なんて言われても何の得にもならないからなぁ」

「そ、そうだよな」

「だからってお金もいらないよ。うち儲《もう》かってるし、貧乏な人からはした金搾り取っても気分悪いだけだから」

「うっ……本当に面目ない」

「……そんなにお礼がしたいなら、今度僕とデートしてよ」

「デート？？？　……ああ、今度天気のいい日に、三人でどこかに遊びに行くか」

　元の世界で弟がまだ小さかった頃《ころ》、弟と弟の友達を水族館に連れていってやったことを思い出した。すると途端に、シグルドは呆れたように溜息《ためいき》を吐《つ》き、郁実の横の壁に強く手をついてこちらを睨むように見上げながら言った。

「あのさぁお兄さん。いい年してデートの意味も分かんないの？　あいつ抜きに決まってんでしょ？」

　もちろん、デートの意味ぐらいは分かる。だが、自分たちの関係を鑑《かんが》みた時、他に一体どんな意味があるのかと困惑していると、シグルドは再び盛大な溜息を吐いた。

「郁実くんってさぁ。セックスしたことないでしょ？　いや、それどころか、恋人いたことないでしょ？」

「えっ!?　セ……ッて、おまえ……ガキのくせになんてこと言ってるんだ！」

（図星だけど……）

　思わぬ発言に、真《ま》っ赤《か》になった顔を隠すように片手で覆った。

「そそる反応してくれるねぇ」

「お前、変な小説の読みすぎだぞ」

（この世界の子供、マセすぎだろ……）

「そういうこと含めてさぁ、僕としては、半魔のあいつよりも君の方がずっと気になるんだよねぇ。

仕事柄、色んな国の人間診《み》てきたけど君みたいな顔と体のつくりの人は初めてだ。髪も、真っ黒ってのは見たことないし……君一体どこの国の人？　ロイと会うまではどうやって生きてきたの？」

「…………」

異世界から来たなどと言っても、きっと信じて貰《もら》えないだろう。どう説明したらいいだろうかと口ごもっていると、シグルドはさらに顔を寄せてにっこり笑った。

「助けてあげたよね？　命の恩人だよね？　これからもーっと僕の世話になるんだよね？　せめて僕には、本当のこと話してくれるのが筋じゃないかなぁ」

「……ごもっともだけど……」

その時だった。アマンダが物凄《ものすご》い足音を立てて廊下を走ってきた。

「坊ちゃま！　急患です！　魔物にやられて、ひどい大ケガを負っていらっしゃいます！」

「魔物ってどんな奴《やつ》？」

「ええと、患者の付き人が言うにはペナケコアという魔物だと」

「え……ペナケコア？　こんな寒い国には生息していないはずだけど」

「南方のルエフ島からのお帰りの最中に船上で襲われて、その時は追い払ったのですが、帰国して二週間も経《た》った今頃《いまごろ》、また現れたとのことで……」

途端に、シグルドの顔が真っ青になった。

「待って！　その患者、もうこの屋敷に運び込んじゃった!?」

「？　ええ。急患ですから」

「まずい！　屋敷の使用人全員地下とか、窓のない鍵《かぎ》のかかる部屋に避難させて！」

どういうことかとアマンダが聞き返すよりも先に、シグルドが「早く!!」と叫んで促した。

「ペナケコアは物凄《ものすご》く執念深いんだ。一度手を出した獲物は、骨一つ残さず食べ切るまで、どこまでも追ってくる！」

その瞬間、郁実は窓の外に黒い巨大な鳥のような、ヘビのような不気味な何かが物凄いスピードで迫ってくるのを目にした。間違いなく、あれがペナケコアという魔物だろう。

「し、シグルド！」

危ない！　というよりも先に窓ガラスが派手に割れる音がした。破片が飛び散り、郁実は慌てて目の前のシグルドを庇《かば》うように抱きしめた。

「坊ちゃま！」

「アマンダ！　来ちゃダメだ！　いくらアマンダでも、黒炎は防げない！」

その忠告を受けても、アマンダはシグルドを助けるため、こちらに駆け寄ってくる。ペナケコアが口を開け、真っ赤な血のような喉《のど》から黒炎を放った。

「アマンダ！」

シグルドが叫び、郁実の腕の中から飛び出そうともがく。郁実は片手で彼をどうにか押さえつけたまま、もう片方の手をアマンダの方に翳《かざ》し、思い切り力を込めた。

（ロイの黒炎を防げた、あの光なら……っ）

辺りが急に暖かくなり、黄色い光に包まれた。

まるで自分たちの周りにドーム状にバリアが張られたように黒炎が弾《はじ》き返される。

「何この光……黒炎を弾くなんて、あり得ない」

シグルドが驚いて目を見開いている。一方魔物は黒炎が使えないと分かると、金切り声を上げ、今度は標的を郁実に変えて襲ってきた。咄嗟《とっさ》に身をかがめてかわしたが、鋭い爪が腕を掠《かす》り、血が滴り落ちた。

（この光、物理攻撃には効かないのかよ！）

少しは役に立つのかと思ったら、なんという中途半端な能力だ。だが、がっかりしている場合ではない。ペナケコアはもう一度、体勢を変えて郁実を襲ってきた。まともにくらったらまずいと思うが、まだ歩くのがやっとの体で逃げられる訳もない。

シグルドを庇ったまま、これから襲い掛かるであろう痛みに耐えるようにギュッと目を瞑《つぶ》ったが、いつまで経ってもその痛みは訪れず、代わりに耳をつんざくような魔物の悲鳴が聞こえてきた。

一体何が起こったのかと顔を上げると、郁実の頬にぽたぽたと生ぬるい血が落ちてきた。ペナケコアの胸部には、子供の腕が深々と突き刺さっていた。

ロイだった。彼の持つ、魔物特有の鋭い爪が、ペナケコアの体を貫いたのだ。

「ろ、ロイ……」

ロイはこちらを振り返りもせずにペナケコアから腕を引き抜くと、まだ微《かす》かに動いている心臓をもう一度貫いた。ペナケコアは断末魔の叫びを上げて今度こそ倒れ伏した。

その衝撃で、ロイが目深に被《かぶ》っていたローブのフードがぱさりと落ちる。

燃えるような赤い髪から生える黒い角が露《あらわ》になると、その場に呆然《ぼうぜん》と座り込んでいたアマンダの目がみるみる見開かれた。

「どういう、ことよ！」

ロイはその問いかけに答えず、魔物の返り血の付いた頬を拭《ぬぐ》うと、未《いま》だ郁実の腕の中にいるシグルドの襟首を摑《つか》んで乱暴に引き剝《は》がした。

「あ、アマンダ、これはね……」

シグルドが恐る恐ると言った具合に説明しようと目を泳がせる。だが、それよりも先に彼女は、シグルドの腕を強く引っ張り、ロイから守るように自分の後ろにやった。

「その角《つの》は何？　ロイは魔物なの？」

「いえ、この子は半魔です。母親は人間です」

郁実はロイの前に割って入って説明した。彼女の目にロイに対する怯《おび》えはなかったが、それよりも強い怒りがあった。

「どちらにせよ、魔物の血が入っているんでしょう？　どうして黙っていたの」

「僕が黙ってるように言ったんだ。本当にごめん」

するとアマンダは信じられないと言うように額を押さえた。

「坊ちゃま。ご自分が何を言っているか分かってるんですか？　お父様には何とお伝えするつもりですか！」

「お父様には言わないで欲しい。言ったら、こいつは間違いなく殺される」

「当たり前です。魔物の血が入った子供は、半魔だろうとなんだろうと例外なく殺す決まりなんですから」

シグルドはその言葉にショックを受けたように押し黙った。まさかアマンダが、そんなことを言うとは思わなかったのだろう。

郁実もまた、息苦しいほどにズキズキと胸が痛んで俯《うつむ》いた。

当たり前のことだ。郁実がロイを何が何でも守りたいように、彼女はシグルドを守りたい。

だが、心のどこかで思っていた。ここなら、自分たちを受け入れてくれるのではないかと。

あの暗く、寒いボロ小屋に帰ることを思うと、どうしようもなく心細い。

——何か困ることがあったら、ここで働けるってこと覚えていてよ。

アマンダがああ言ってくれたのは、ロイの正体を知らなかったからだ。知ってしまったからには、とても受け入れられないだろう。もう本当に、誰《だれ》も頼れないのだということを思い知らされた。

そして何より、この先もずっと、ロイは世界中から取り残されたように隠れて生きていかなければならないのだと思うと、可哀相《かわいそう》で仕方がなかった。

(覚悟なんて、とっくに決めただろ)

情けない自分自身を叱咤《しった》すると、郁実はロイの手をぎゅっと握り締めた。

「……黙っていて、すみませんでした。すぐにこの屋敷を出て行きます。……よくしてくださって、本当にありがとうございました」

深々と頭を下げて、まだうまく動かない足を引きずるようにして、ロイの手を引いて歩き出すと、

「待ちなさい」とアマンダが背後から声をかけてきた。

「？」

「あなたがここで働くのを断った理由は、ロイが半魔だから？」

「…………」

郁実は黙って頷《うなず》いた。

長い沈黙の後、アマンダは深い溜息を吐き、郁実の前に人差し指を突き出した。

「一つ。ロイは必ず、あなたか私、どちらかの監視下に置くこと。二つ。ロイを屋敷の他の人間に関わらせないこと。三つ。もし少しでも正体がばれそうになったら、すぐにロイを連れてこの屋敷から〝逃げる〟こと」

「え……？」

「三つの約束、守れるかしら」

「…………ええと、その……」

「いい？　もう一度言うけど、魔物の血が入った子供は、例外なく殺す。それが決まりなの。バレたら終わりよ。それは使用人の私にはどうすることも出来ないことだわ。だから、この三つは絶対に守ってちょうだい。特に三つ目」

いいわね？　と強く言われ、郁実は呆然として訳が分からないまま頷いていた。

同じように惚《ほう》けたような顔をしたシグルドが「アマンダ……それって……？」と郁実の心を代弁するように聞いた。

アマンダは腰に下げた鍵束から、銀色の鍵を郁実の手のひらに落とした。

「これは……」

「あなたたちの部屋の鍵。もしこの先も一緒に働けることになったらって用意していたの」

「………！」

郁実は長いこと瞬きを繰り返してその鍵を見つめた後、恐る恐る顔を上げ、アマンダの顔を見た。

彼女の顔にもう怒りはなく、代わりに優しい笑みが浮かんでいた。

「大変だったわね」

そう労《いたわ》られ、どうしようもなくこみ上げてきた安《あん》堵《ど》感《かん》に泣きそうになってしまい、慌てて壁の方を向いた。

「ちゃんと歩けるようになったら、一からここの仕事を教えてあげるわ。……本当に、半魔の子供なんか連れてどうやって一人で生きてくつもりだったのよ」

「ありがとうございます……ありがと、う……っ、ございま、す……っ」

声が震えそうになるのを堪《こら》えながら、なんとか礼を言うと、シグルドがふうと心底安心したように溜息を吐き、パチパチと拍手をした。

「いやぁーよかったよかった。さすがアマンダ。僕が見込んだ女」

「……坊ちゃまはこの後お話がありますので、来ていただけますか？」

「ヒッ」

「私たちの間には何があっても隠し事はなしって約束しましたよね？　もし、私の与《あずか》り知らぬところでロイの正体が他の使用人に知られてしまったら、どうなさるおつもりだったのですか？」

シグルドの襟首を掴み上げ、にこやかに言うアマンダは、またしても般若《はんにゃ》のような激しい怒りを浮かべている。

「違う！　違うんだよ――！　アマンダにはこれからちゃんと説明するつもりだったんだ！　ペナケコアの来襲で、予定外に正体がバレちゃっただけで……ね！　郁実くん！」

「あ、ああ。アマンダさん、どうか木に吊《つ》るすのだけは、やめてあげてください」

「じゃあどこに吊るしましょうかねえ」

「ヤダ――――ッ!!」

その時ふと、隣で手を繋《つな》がれたまま黙って立っていたロイをちらりと見て、郁実は驚いた。

（わ、笑ってる……!?）

見間違いかもしれないと思うぐらい、ほんの微かに、彼は笑っていた。

信じられずにまじまじと見つめていると、ロイが怪訝《けげん》そうにこちらを見た。

「なんだ？」

「ろ、ロイ〜〜……っ!!」

思わず抱きしめて頭をぐりぐりと撫《な》で回すと、彼は突然の抱擁に狼狽《うろた》えた。

「は??　なんなんだいきなり！」

「ロイの笑った顔！　可愛《かわい》いな〜〜！」

「笑ってねーよ」

呆《あき》れたように言ってロイはフードを深く被り直した。

その時ちょうど、ガラスの割れる音に気づいた他の使用人たちが駆けつけ、ペナケコアの死体と、血溜《ちだ》まりと、大破して粉々になったガラスに悲鳴を上げた。

「アマンダさん！　坊っちゃまはご無事ですか⁉」

アマンダは、半泣きのシグルドの襟首を摑んだまま、前に突き出した。

「坊っちゃまはご無事よ。……さあ、吊るす前にとりあえず、ここの片付けをしないと。ロイ、悪いけど手伝ってくれる？」

ロイは黙って頷いた。

アマンダの監視下ではあるが、他の使用人たちと共に片付けをしているロイを見て、郁実は無性に嬉《うれ》しくなった。他の人間たちと少し距離を取る必要はあるが、それでもロイはこれからこの屋敷で人間と一緒に暮らしていける。

アマンダがそれを受け入れてくれたのは、きっと郁実が寝込んでいる間のロイの働きぶりを見て、それが可能だと思ったからというのもあるだろう。

（大丈夫だ。ロイはきっと……これからも一緒に生きていける）

――どんな環境でどう育ててもどうにもならない、生まれつき頭のイカれてるバケモノはいるのよ！

母が昔言っていた言葉が、なぜか棘《とげ》のように心のどこかに引っ掛かっていて、ふとした時に思い出してしまう。

それを振り切るように郁実は無意識に首を振った。

まだ少し違和感は残るもののリハビリを経てようやく歩けるようになると、郁実はアンドレセン家の使用人として働けることになった。シグルドからも退院許可が出たのだ。

同時に、今まで患者として入院していた部屋から、使用人部屋へと移ることになった。

「ふふ、入院部屋の方がよっぽど立派だったでしょう」

アマンダは郁実たちの部屋のドアを開け放して中を見渡すと、眉《まゆ》を寄せて笑った。

アンドレセン家は基本的に貴族等の上流階級の患者しか治癒を受け入れていないため、病室が立派なのは必然だ。事のなりゆきと、シグルドの好意があったとはいえ、金もないのによくも長い間、あんなに立派な部屋で寝かせて貰《もら》っていたものだと今更ながらに痛感した。

これから暮らす部屋は、使用人の部屋というだけあって簡素でさほど広くはない。ベッドが二つと、小さなテーブル、クローゼットと、椅子が二つ。それだけだ。だが、大きな窓があるため開放的で、気持ちのいい落ち着ける部屋だった。テーブルの上には、アマンダが飾っておいてくれたものだろう。素朴な黄色い花が活《い》けられていた。

この世界に来て、ようやく地に足がついた生活を送れると、郁実は胸を弾ませた。

あのボロ小屋も、今となっては少し懐かしいが、やはり維持管理がされている部屋というのは、安心する。

「ありがとうございます。すごく素敵な部屋です。なあ、ロイ？」

「……お前が住んでたあのボロ小屋に比べたら王族の部屋にさえ見えるな」

ロイの皮肉に、アマンダは「まあ」と噴き出した。

「そんなに？　一体どんなところで暮らしてたのよ。……でも、気に入ってくれてよかったわ。何か生活に必要な物で、足りないものがあったら言ってね。食事は一日三回。朝は忙しいから、仕事の合間を見つけて適当に取って」

「はい」

「じゃあ、明日から頑張ってちょうだいね。あなたも」

アマンダはロイの赤い髪をフードの上からくしゃりと撫《な》でると、「おやすみなさい」と言って部屋を出て行った。

「明日から、一緒に頑張ろうな」

郁実はそう言って、ロイのフードをそっと外した。途端に、黒く艶《つや》やかな角が露になり、赤髪に映えた。

（もったいない。せっかくイケメンでこんなに角も立派なのにフードを被《かぶ》ってないといけないなんてな）

親バカかもしれないが、心底もどかしかった。〝魔物の血を引く子は例外なく殺す〟という非情な決まりがなければ、皆に自慢して回りたいぐらいだ。

「……とりあえず今日は寝ようか。明日から早起きだし」

長いこと怠惰な生活を送っていたから急に動けるか不安だと笑いながら、郁実は寝間着に着替えてベッドに入る。入院していた時のベッドと比べると随分硬く感じるが、この方が寝心地《ねごこち》がいいような気がした。

「あ、ロイ、窓際のベッドでいいか？」

日当たりのいい方がいいだろうと思い、自分がドアに近い方のベッドを選んだが、朝眩《まぶ》しいのは逆に嫌かもしれないと慌てて身を起こすと、ロイは黙って郁実のベッドに一緒に入った。

（……え？）

そのまま後ろから抱き着かれ、郁実は頬を赤らめて目を見開いた。

ベッドが一つしかないならともかく、ちゃんと二つある。

確かに寒いが、毛布はボロ布ではないし、身を寄せ合わなければ寝られない程ではない。ロイぐらいの年頃になると、いくら子供でも親と一緒には寝ないはずだ。弟たちも、小学校低学年ぐらいまでは郁実と一緒に寝ていたが、高学年に入ると徐々に嫌がるようになった。

この先ずっと一緒に寝るのは、郁実としても、さすがに少し恥ずかしいような気がする。

（でも……ロイはずっと寂しかったんだもんな）

本当なら幼い頃《ころ》に無条件で与えられるはずの温《ぬく》もりを、彼は得られなかった。

甘えたくても誰《だれ》にも甘えられないまま、冷たい檻《おり》の中で飢えに苦しんで一人震えていたのだと思うと、たまらない気持ちになる。

（ロイはこれからいっぱい愛されて、大人になっていくんだ）

郁実は寝返りを打ち、ロイの方を向き直ると、まだ自分よりも少し小さいその体を抱きしめて体温を移した。

17. 光の中を生きる

アンドレセン家の朝は忙しい。

当主は他国へ行っているため、家人は今十二歳のシグルドただ一人だが、それでも大勢の使用人たちはシグルドが起きるよりも前に屋敷中をピカピカに掃除しておかなければならない。シグルドだけではなく、ここには患者である富豪や貴族が滞在することもあるからだ。

今は三日前に体調不良を訴えて遠路はるばる治癒魔法を受けに来たサリアン子爵が入院していた。シグルド曰《いわ》く、自分が治すまでもないような軽い風邪《かぜ》だったらしくもうすっかり治っているようだが、大事を取って自主的に入院しているそうだ。貴族にはそういう人も多いらしい。

『ここはホテルじゃないんだけどなぁ』

とシグルドはよくボヤいている。

屋敷の仕事の全《すべ》てを取り仕切っているのはアマンダであり、新しい使用人を雇うときもシグルドの許可は得るものの、ほとんど彼女の裁量で決めているらしい。皆いい人たちばかりで、とても働きやすい環境だった。

一カ月も経《た》つ頃には郁実《いくみ》もその環境にすっかり馴染《なじ》み、仕事も滞りなく進められるようになっていた。今のところ、朝は屋敷内の掃除やベッドメイキング、午後は診療や看護の手伝いを主に任されているが、手が空いたときはキッチンやランドリーも手伝っている。

「郁実、ごめん、こっちもお願いー！」

「もちろん！」

同僚のシーラは郁実より二つ年下のしっかり者の女性で、来月には故郷の幼馴染《おさななじ》みと結婚するため、仕事を辞めるらしい。郁実は当面、彼女の穴埋めをすることになっていた。

シーラと共にベッドメイキングを終えて仕事がひと段落すると、彼女は嬉《うれ》しそうに言った。

「お疲れー。ほんと郁実が来てくれて助かったよー。仕事早いし気が利くし。アマンダさんも喜んでるよ」

「そ、そうかな？　覚えるのに結構時間かかったけど」

元の世界で一通りの家事はこなしていたが、こちらの世界には家電という物がないため、最初は苦労した。

「そんなことないんじゃない？　男の人なのに家のこと出来てすごいね。もう一人前のメイドだよ」

「メイドっていうとなんか違う気がするけど……」

屋敷内の男性使用人は基本的に力仕事で、背が高く見栄えがする者はテイルコートを着て給仕を担当しているが、アマンダ曰く、郁実はそれらをこなすには体躯《たいく》が細身すぎるらしい。シーラが退職することもあり、メイドのような仕事をしていた。

ロイはというと、アマンダの指示の元、毎朝届けられる食料や日用品を積んだ馬車から積み荷を降ろしていた。一見すると過酷労働に見えるが、ロイにとっては軽い荷物ばかりで、力仕事の方が楽らしい。

黙々と働いている様子を窓から見下ろしていると、こちらに気づいたアマンダが手を振った。

「こっちももう終わるから、ロイと一緒に朝ごはん食べて来な！」

「はい！　ありがとうございます！」

キッチンへ向かおうと長い廊下を歩いていると、不意にシーラが言った。

「……ねえ、郁実ってロイとどういう関係なの？」

「え!?」

「彼、あなたとしか口を利かないし、いっつも一緒じゃない？　一体何者なんだろうって……」

「えーと、血は繋《つな》がってないんだけど弟みたいな感じなんだ。保護者というか……」

これを聞かれるのは何度目だろうか。確かに、ロイはこの屋敷にとって謎めいた子供だろう。いつもフードを被っていて、郁実かアマンダとしか一緒に行動せず、屋敷の他の人間とは一切口も利かない。不思議に思うのも当然だ。

屋敷の人間とは関わってはいけない決まりだが、挨拶《あいさつ》ぐらいはしても大丈夫だと言っているのにロイは彼らをまるで透明人間のように完全無視していた。

黙り込んでしまった郁実に、シーラは少し辺りを見回し、声を潜めて言った。

「……なんでこんなことを聞いたかっていうと、実はね、ヘレンがロイを好きみたいで……」

「え!?　ヘレンが!?」

ヘレンは、ロイと同じ年頃の皿洗いメイドで、家が貧しいため奉公に来ている少女だ。苦労をしている割に、とても明るくておしゃべりで、キッチンでもムードメーカーの可愛《かわい》らしい子だった。

（うわー……マジか。ロイ、やるなぁ）

郁実は思わずニヤつきそうになる口を押さえてしまった。自身は恋愛経験ゼロのくせに、こういった話を聞くのは大好きだった。

「この間すれ違ったときに、ロイの顔を近くで見たら、すっごくイケてたんだって。仕事も出来るし、細身なのに力持ちでかっこいいから、隠れた有望株だって言うのよ。最近の子ってマセてるわよねー」

「ヘレンは見る目があるな」

郁実はニヤニヤが止まらず、思わず「うん、うん」と言いながら深々と頷《うなず》いた。

「前は玉《たま》の輿《こし》でシグルド様を狙《ねら》ってたらしいんだけど、おしゃべりな所が気になるんだって。確かに、おしゃべりな男って、浮気しそうで嫌っていうのは分かるわ」

「な、なかなか……厳しいな」

「でも……ただの保護者ならよかった」

「？」

どういうことだろうと首を傾《かし》げると、シーラは少し苦笑しながら、さらに声を潜めて言った。

「エディがね、ロイは郁実が自分と話してると物凄《ものすご》い目で睨《にら》んで牽制《けんせい》してくるから、郁実のことが好きなんじゃないかって」

エディは給仕を担当している若くハンサムな青年だ。仕事を始めたばかりのころ、広い屋敷でよく迷子《まいご》になる度に道を教えてくれた。今でも何かと仕事をフォローしてくれる親切な好青年だった。

「ロイが俺を？」

あまりに突拍子もない発想に、思わず素《す》っ頓狂《とんきょう》な声を上げてしまった。

「うん。私も身に覚えがあるけど……確かにあの睨み方は尋常じゃないもんね。でも、保護者なら……ただのマザコンってやつかしら」

「それを言うならブラコンか……？　違うと思うけど」

ロイが仕事の時以外は常に郁実と一緒にいるのは、アマンダと約束した〝常に監視下に置くこと〟というルールを守っているからだ。こちらから話しかけても、基本的にはそっけない。

ただ、夜寝るときは絶対に自分のベッドでは寝ずに郁実のベッドで一緒に寝るというのと、二人きりになるとすごく距離が近いということには少し違和感を覚えていた。

最近は部屋に戻ってくるなり、少し痛いぐらいに抱き着かれ、必ず他の使用人との関係や会話内容を確認される。

――あいつと何話してた？

――随分笑って、楽しそうにしてたよな。

郁実はその度に、事細かに内容を話していた。

ロイは屋敷の他の人間たちとは深く関われないから、気になって仕方がないのだと思う。せめて代わりに少しでも彼の世界を広げてやりたいと、屋敷の人から聞いた様々な世間話や、屋敷の人間模様を出来るだけ詳しく聞かせていた。

だが、どうも彼は内容にはさほど興味ないのか、大した話をしていないと分かると「もういい」と切り上げてしまう。

距離の近さでいうと、朝の起こし方も気になる。

必ず抱き締められ、キスをされる。キスするときには髪を撫《な》でられたり、頬に手を添えられたりと、家族に対する親愛のキスというよりは少し恥ずかしさを覚える濃厚さで、この間は寝ぼけている間に唇にまでキスをされそうになり、それはさすがに違うだろうと慌てて止めた。

ただ、郁実は長年日本というスキンシップの極端に少ない文化の中で生きていたからそう思うのかもしれないとも思う。弟たちと映画を見ていて少しでもそういうシーンが流れるとすぐにチャンネルを変えてしまうぐらい免疫もなかった。

ロイのキスもハグも、郁実にとっては少し過剰な気はしているが、決して嫌ではない。

むしろどこか安心する甘く幸せな朝だった。

いずれにしろ、ブラコンという枠に当てはめるには、自分たちの関係もロイが育ってきた環境も特殊すぎる。

（それに多分……今だけなんだよな。こういうのって）

弟たちも、小さい頃《ころ》は心配になるほど郁実にべったりだったが、年頃になると急に離れていった。

ロイもいつか、郁実を鬱陶《うっとう》しいと思う日が来るのだろう。

それは育てた身としては胸がつぶれるほど淋《さび》しく、苦しいことだったが、それでいいのだとも思う。

完全に距離を置かれたとき、弟たちはついに自分の手を離れたのだと思った。

（覚悟しとかないと……）

弟たちが一人暮らしを始めると言って、止めるのも聞かずに出て行ってしまったときのことを思い出すと、ふと涙ぐみそうになった。

シーラは、急に黙り込んだ郁実を不思議そうに見ていたが、やがて言った。

「保護者なら、ロイの好きな子のタイプ、聞いておいてくれない？　ヘレンが知りたがってうるさいから。自分で話しかければいいのにね」

「あー……」

話しかけても、ロイは答えないだろう。せっかく、屋敷に同じ年頃の少女がいて、しかも好意を持ってくれているのに話せないなんて可哀相《かわいそう》だと、またしてもキュッと胸が痛む。

「ああ、分かった。夜部屋に戻ったときにでも聞いとく」

「ありがとー！　よろしくね」

18. 好きな子は誰《だれ》?

午後は治癒魔法の手伝いや、患者のケアなどの手伝いが中心で、夜の診察が終わると、ようやくその日の仕事が終わる。一応キッチンに寄って、洗い物など手伝うことはないか声をかけるが、来客などで晩餐会《ばんさんかい》でもない限りは頼まれることはない。

ロイと共に治癒に使った魔法道具や患者の着替えを片付けて、廊下に出た途端、隣でシグルドが大きく伸びをしながら言った。

「はー終わった終わった。もうさー、とっくに治ってんだからさっさと退院してくれないかなぁ」

「そんな大きい声で言って、聞こえたらどうするんだ」

「別にいいよ。子供の戯《ざ》れ言《ごと》ってことで許されるでしょ。僕まだ子供だもん」

「お前なぁ……」

いつも大人顔負けの治癒魔法を施しといて何を言っているんだと言いたくなるのを堪《こら》えた。どれだけ能力が高くても、彼はまだ小学校に通っているぐらいの子供であることに変わりはない。

「ま、そっちは完全な〝お子様〟って感じだけど」

郁実《いくみ》の腕を掴《つか》んで、シグルドから引き離すように自分の方に引き寄せているロイを見ながら、彼は鼻で笑った。

「郁実に話しかけんなバカが」

「こら。シグルドは雇い主なんだぞ。そんな言い方をするな」

シグルドが〝命令〟という形で敬語なしでフランクに接することを許可してくれているが、本来は「シグルド様」と呼び、一緒に歩くことも許されないぐらい身分に差がある。

シグルドはロイのことを、対等に言い合いが出来る貴重な相手だと言っているようだが、さすがにこの口の利き方はまずいだろう。

目を合わせて叱《しか》って、軽く頬を摘《つま》む。だが、ロイは反省するどころか、頬を押さえてなぜか少し満足げな顔をした。

その様子を見て、シグルドは半ば感心したように笑いながら言った。

「郁実くん、ほんと年下キラーだねえ」

「？」

「昼間、ケヴィンからも花貰《もら》ってたでしょ。見ちゃったよー」

シグルドの言葉に、ロイがぴくりと肩を揺らす。

「ああ。切り戻した花を捨てるのがもったいないからって貰ったんだ。……勝手に悪い。問題だったら返す」

部屋にアマンダが用意してくれた花瓶があるものの、庭師が毎日育てて手入れしているのは屋敷を飾るための花で、使用人の部屋のための花ではない。ただ、庭を最大限美しく保つために、咲き過ぎた花は定期的に切り落とす必要がある。

　その切り戻した花を、庭師見習いの少年、ケヴィンが時折郁実にプレゼントしてくれるのだ。捨てる予定の物は使用人で分けていいということだったので、ありがたく頂いていた。

「別にいいよ。ていうか、僕の部屋の持ってっていいよ？　あんまり花に興味ないし。花より美人の方が好き」

「相変わらずマセてんなぁ……」

「郁実君が枯れすぎなんじゃない？　あー、でもこんなのがいつも牙《きば》剝《む》いて横にいたら自由に恋なんて出来ないよねえ」

　シグルドは再びロイを見て、小ばかにしたように笑う。

　正直、今は生活していくのに必死で恋愛どころではないのだが、この話の流れはロイの好きなタイプを聞き出すチャンスではないだろうか。

　シーラとの約束を思い出して、ハッとした。

「シグルドは、美人が好きっていうけど、どんな子がタイプなんだ？　好きな子とかいるのか？」

　まずシグルドから聞いてみると、彼はピタリと足を止めて、唖然《あぜん》とした表情で郁実をまじまじと見つめた。

「え……それを君が僕に聞くってどういう神経してんの？」

「な、なんかまずいこと聞いたか？」

「いや……はぁ。郁実君が一番お子様だな」

「なんでだよ」

お子様にお子様と言われ、さすがに少しムッとして口を尖《とが》らせると、シグルドは「どう言えばいいのかなぁ」と困ったように首を捻《ひね》った。

「好きな子ならいるよ。この屋敷内に」

「屋敷内に？」

まさか、年頃的にヘレンではないだろうか。そうなってくると三角関係になってしまうと、郁実は緊張した。

「同い年ぐらいの子か？」

「いや、もっと年上。優しくて、仕事熱心で魔物を手懐《てなず》けられるぐらいの強さもある人。ここまで言えば分かるよね？」

（あ、アマンダさんか……！）

驚いて目を丸くすると、シグルドはその心の声を見透かしたように「いや、アマンダじゃないから」と呆《あき》れた顔をした。

「……伝わらないなぁ～もう～。じゃあいいや。はっきり言っちゃうと……」

その時、ロイが突如として思い切り壁を殴った。ダンッ！　という激しい音と共にガタガタと窓が鳴り、割れるのではないかと思う程だった。

「ちょっと君ぃ……窓割ったら、給料から差し引くからね？」

「ロイ！　いきなり何してんだ！　乱暴なことはするなって言ってるだろ！　すまない、シグルド」

慌てて深々と頭を下げ、横にいるロイの頭もグイッと思い切り下げさせる。

「いや、割れなかったから別にいいよ。それより、そういう郁実くんは？　僕らよりずっと長く生きてるんでしょ？　好きな人ぐらいいなかったの？」

「いなかったな……」

そういえば、学校に通ってるときも授業以外はバイトと家の事で疲れ果てて、机で突っ伏して寝ていた。

よくよく考えると、元の世界の「自分」に関するいい思い出はほとんどない。弟の歴代彼女は未《いま》だに覚えていると言うのに。

「枯れすぎー。じゃあ、誰かに告白されたことは？」

「………」

「あー、やっぱり。そっちはあるんだね。どんな相手だった？」

――アンタは誰にでもいい顔をしているだけだった。騙《だま》しやがって！　そうやって自己満足で中途半端に手を差し伸べるなら、どんなことになっても、責任取れよ！

不意に、黒沢の声がすぐ耳元で思い出されると、郁実は生きるのに精一杯の日々の中で忘れかけていた恐怖を思い出して青ざめた。

「……郁実くん？」

「わ、悪い。なんでもない」

シグルドはそこで足を止めた。そこは彼の部屋の前だったので、部屋に入るのだと思った。おやすみ、の挨拶をしようとしたとき、彼は郁実の肩を摑んで言った。

「……郁実くーん。今日キミ残業ね。今から僕とお茶しよう」

「もう九時だぞ？」

「九時に寝るほどお子様じゃないから。あ、そっちのお子様はもうおねむなの？」

ロイはシグルドをこれ以上ない程凶悪な目つきで睨《にら》みつけ、部屋から遠ざけるように郁実の腕を引いた。だが、シグルドはいつもの飄々《ひょうひょう》とした笑みを浮かべることはなく、真剣な表情で言った。

「……この間うやむやになってたの、そろそろ教えてよ。郁実くんは一体、どこの国の人で、どうやって生きてきたの？　家族は？　友達は？　ロイだって知りたいよねー？　お前の過去は洗いざらい郁実くんに知られてるのに、お前は郁実くんのことなーんにも知らないもんね」

ロイは珍しく、シグルドの言葉に同意して頷《うなず》いた。

そう言われてみると、確かにフェアではない。こんなに得体の知れない人間を、ロイはよく信用して一緒に生きることを選んでくれたものだと思う。

違う世界から来たなんて突拍子もない話を、どう話せばいいか分からなかったが、話す義務があると思った。

「……分かった。信じて貰えるか分からないけど、全部話すよ」

19. 異界からの神子

シグルドの部屋は、壁一面が本で埋め尽くされていて、他にも古今東西のあらゆる魔術道具や不気味な生き物の頭蓋骨《ずがいこつ》などがあちこちに置かれている。掃除するときに壊さないか緊張する、メイド泣かせの部屋だ。

シグルドはテーブルの上に置かれた木の実の装飾の付いた三つのキャンドルに魔法で火をともすと、郁実《いくみ》とロイに座るよう促し、自身も席に着いた。

「悪いね。君がど――しても話したくないことなら、僕も今更詮索《せんさく》するような下品なシュミはないんだけど、ちょっと見過ごせないものを見ちゃったから、聞かないわけにもいかなくて」

「見過ごせないもの？」

「この間、ペナケコアに襲われた時に出してたあの光だよ。あれは何？」

「よく分からないんだ。こういう風に手に力を込めると温かい光が出る。ロイが放つ黒炎も防げるから、何か魔物の力と関係があるのかと思ってるんだけど……」

郁実が実際に少しだけ手に力を込めて光を出してみると、シグルドは顔を近づけて真剣に観察しながら言った。

「黒炎を防ぐなんて、そんな魔法はないはずなんだよ。どんなに強い魔導士でも、魔物の出す瘴気《しょうき》、通称黒炎だけは防げないんだ。もしそれが本当なら魔法学史上、世紀の大発見だよ。黒炎さえ防げれば、人間は魔物に怯《おび》えて暮らす必要がなくなるんだから。そりゃ魔物の方が力は強いし魔力も身体能力も優れてるけど、知能を持つ魔物はほんの一握りで、武器や魔法を使って戦えば、勝てるからね」

「え……これ、そんな大層な魔法なのか」

郁実は自分の手の中の光を見下ろしながら、信じられないと呟《つぶや》いた。

もう少し、役に立つ魔法を授かりたかったと、ずっと思っていた。

「その魔法、どこで覚えたの？　どの魔導士に師事してたの？」

「……誰《だれ》からも習ってない。この世界に来た時から出るようになってて、なんか温かい光が出るなーって思ってたんだけど……」

「〝この世界に来た時から〟って……まさか、異界から来たとか言わないよね？」

彼は大げさなぐらい緊張した面持ちで、喉《のど》を鳴らして聞いてきたので、郁実はためらいながら頷いた。

「……信じられないかもしれないけど、そうなんだ。マンション……あー……高いところから落ちて、気づいたらこの世界にいた。俺が元いた世界にはヘルズヘイムなんていう国は存在しないし、魔法も存在しない世界で……多分、全く別の世界なんだと思う。だから俺は戸籍もないし、この世界には本来存在しない人間なんだ」

その瞬間、シグルドが、驚愕《きょうがく》の表情でガタンッと椅子を蹴《け》るようにして立ち上がった。

「もしかしたら郁実くん、僕よりずっと偉い人かも……」

「な、何言ってんだ。そんな訳ないだろ」

「古い文献で読んだことがあるんだ。大昔、この国では数百年に一度、異界から神子《みこ》を招く儀式を行ってたって話。神子はこの世界に降り立つ時、神様から魔物の黒炎を防ぐ力を授かるんだって。おとぎ話みたいなものかと思ってたけど……でも実際郁実くんは黒炎を防ぐ力を持ってる訳で……」

シグルドは話しながら本棚の前を行き来して、ヘルズヘイムの歴史書を取り出した。かなりボロボロの古い本だが、毎日ハタキで手入れしているだけあって、埃《ほこり》が舞うことはない。

その本を机の上に広げて、シグルドはパラパラとページを捲《めく》ると、ある一文を指差した。

「ほらここ！　確かに文献通りだ。夜の色の髪、夜の色の瞳《ひとみ》……慈悲深き心と穢《けが》れなき体を持ち……って、うん、間違いないよ郁実くん。君は多分、神子だ！」

ビシッと指差され、郁実はたじろいだ。

確かに、異世界に神子として呼ばれて転移するという話は漫画やアニメにありそうではある。だが、自分が当事者だと急に決めつけられても少しも受け入れられず、戸惑《とまど》いがちに言った。

「……なんとなく……神子って若い女の子がなってるイメージなんだけど」

もうすぐアラサーに片足を突っ込みそうなくたびれた元サラリーマンが神子と言われてもむず痒《がゆ》いしピンと来ない。

「確かに穢れなき体……つまり童貞処女じゃないと異界を行き来することは出来ないって書いてあ

るけど、まさに郁実くんのことじゃない？　セックスしたことないでしょ。むしろその年まで純潔を保ってるっていうのが逆にものすごい希少価値だよ」

「…………」

ロイがこちらを見て、ゴクッと喉を鳴らした。

この年でと驚愕されているような気がして、郁実はいたたまれなさに目を伏せ、顔を真《ま》っ赤《か》にしたまま「まーそうだけど」と呟いた。

確かに、この世界に来て違和感を覚えていたことがある。それは、郁実が言語を学ぶことなく、最初からこの世界の人間と言葉が通じているということだ。あまりに都合がいいからこれは夢じゃないかと思っていたが、夢じゃないのなら、何か理由があるのではないかと思っていた。

「……でも、招くって一体誰が？　この世界に来た時、別に周りに誰もいなかったぞ」

「神殿だと思う。多分招喚されたとき上手《うま》くいかずに、こんな片田舎《かたいなか》の街に飛ばされちゃったんじゃないかな」

「神殿？」

シグルドは頷くと、今度は机の脇《わき》に丸めて置かれてある大きな羊皮紙を広げた。そこには世界地図が緻密《ちみつ》に描かれていた。郁実は初めて、この世界の地図を目にした。それを察してか、シグルドは丁寧に「ここがヘルズヘイムね」と指を差して教えてくれる。

「んで、ヘルズヘイムから南にある……このちっちゃな島。このヤルン島の丘のてっぺんにあるのがリスペル神殿だ。国王すら干渉を許されない神聖領域の独立機関。ここに行ってみれば君がこの世界に来た理由が分かるかもしれない。行きたいなら旅費は僕が出してあげるし、通行許可証も取ってあげる。ただ……」

シグルドはそこで、少し浮かない顔をした。

「僕としては行ってほしくない。……もし君が本当に神子だったら……いや、そうじゃなくても二度と会えなくなるかもしれないし」

「え、なんでだ？」

「神殿に入ると〝神殿の人〟になっちゃうから。自由に行動できなくなるんだよ。神子じゃなくても、黒炎を防げるその力を、神殿が野放しにしておくわけないからね。行ったら最後、もう会えなくなるってことはありそう。ひどい扱いを受けることはないと思うけど」

「……そう、なのか」

ロイが顔を上げてこちらを見た。シグルドはそれをちらりと見た後に、続けた。

「でも……郁実君は元の世界に家族がいるんでしょ？　なら帰りたいんじゃない？　もし僕が君の立場だったら、何が何でも帰りたいって思う。帰る方法があるとしたら、神殿に行かない限り分からないと思うから」

「………」

弟たちのことを思い出し、郁実は俯《うつむ》いた。

この世界に来て、ロイに出会うまでずっと、どうにか帰れる方法はないか探し続けていた。

帰る方法がないなら、死んでしまいたいと絶望するほどに。

「色々知りたいなら、なるべく早く行った方がいい。おそらく神殿側は、君がこんなところに飛ばされたって知らずに、招喚の儀式に失敗したと思ってるはずだ」

弟たちのことを考えると、話だけでも聞いてみたい。

だが、その間ロイはどうなるのか。

連れていくのは危険すぎるから、この屋敷に置いていかざるを得ない。だがもし、この屋敷内で万が一、正体がばれたりトラブルが起きたら、その時誰がロイを守るのだろう。

アマンダが守ってくれるかもしれないが、彼女が最優先で守らなければならないのはシグルドだ。

その考えを察して、シグルドは言った。

「……郁実君が神殿に行くなら、屋敷でこのお子様を預かるけど、百％の保証は出来ない。僕はこの屋敷を守る義務があるからね。でも郁実くんは今、自分のことだけを考えた方がいいよ。そいつがどんだけ癇癪《かんしゃく》起こして反対したとしても」

ロイは郁実の顔を見なかった。

だが、ギリギリと拳《こぶし》を握りしめているのを見れば、彼が今、激情に耐えているのが分かる。安心させるようにそっとフード越しに角を撫《な》でると、迷いを断ち切るように笑った。

「行かない。元の世界に帰れるって保証もないし、それで自由がなくなるかもしれないなんてリスクが大きすぎる。それに何より、ロイと一緒に生きていける場所じゃないと意味ない」

「本当にいいの？　家族は？　友達は？」

「………」

一目でもいいから弟たちに会いたいと思う。

二十歳を超えていても、彼らはまだ学生で、経済的に心配な気持ちもある。

だが、彼らがいるのは二十一世紀の日本だ。法律もあり、警察もいて、いざとなれば頼れる社会の仕組みが出来ている。少なくともこの世界よりはずっと。何より彼らは、精神的にとっくに郁実から自立していた。

友達もたくさんいて、恋人もいて、趣味のスポーツに打ち込んで、青春を謳歌《おうか》している。

郁実のことを、鬱陶《うつとう》しいと感じるほどに。

日に日に冷たくなっていく弟たちの言葉や態度を、成長とはそういうものだろうと割り切っていても、ずっと苦しかった。忙しい合間を縫って作った食事や弁当を廃棄するときの、何とも言えない感情を思い出し、無意識に胸元でぎゅっと手を握り締めた。

『夕飯、バイト先の賄いで食ってきたからいらない』

『じゃあ電話ぐらいしてくれてもいいだろ？　待ってたんだぞ』

『もう今度から俺の分作らなくていいから。俺、引っ越すんだ。一人暮らしするわ』

『なっ、何言ってんだ。そんな金……』

『バイトで貯めたし。早くここ、出て行きたいから。郁兄《いくにい》ウザいし』

『優兄ずりぃ。俺も来年は絶対一人暮らししてぇ。早くここ出たい』

（あいつらは……俺がいなくても、もう十分、一人で生きていける）

自分自身に言い聞かせ、郁実は顔を上げた。

「いいんだ。……終身雇用でよろしく頼みます。シグルド様」

そう言って笑うと、シグルドは一瞬子供らしい表情になり、安心したように瞳を揺らした。

「こっちとしては大歓迎だけどね。でも、気が変わったらいつでも言って。そこのお子様に内緒で行きたいっていうならこっそり夜部屋にでも来てくれればいいから」

するとロイは、シグルドを睨《にら》み、まるで血が滲《にじ》むのではないかと思う程手をきつく握りしめたので、郁実は慌ててその背中に手を添え、「行かないから」と優しく撫でた。


シグルドの部屋を出て自分たちの部屋へと戻る間中、郁実が何を話しかけてもロイは終始無言で、俯いて足早に歩いていた。

「明日のメシ、なんだろうなー」

「………」

「今日も寒いなー。明日は多分もっと寒くなりそうだから、この間編んでやったマフラーと手袋ちゃんと着けて仕事しろよ？」

「…………」

結局最後まで無言のまま部屋に入ると、途端にロイが郁実の両手首を乱暴に掴《つか》んで、壁に押し付けた。あまりに物凄《ものすご》い力に、咄嗟《とっさ》の対応ができないまま壁に頭を打ち付け、郁実は痛みに低く呻《うめ》いた。

手首の骨が、軋《きし》むように痛み、生理的な涙が目尻《めじり》に浮かぶ。

「痛っ……ロイ、何するんだ！」

「本当は、帰りたいんじゃないのか」

怒っているというよりは不安げに、ロイが訴える。置いて行かれることを、何よりも恐れているのだろう。

「…………帰らない」

〝帰りたくない〟は嘘《うそ》になってしまうと、郁実は手を握りしめた。

「帰る方法が見つかってもか？」

郁実は迷うことなく頷《うなず》いた。

「……もし見つかっても……お前が大人になって、恋人とかたくさんの友達とか、一緒に人生を生きてくれる人や場所を見つけて……俺のことが必要じゃなくなる日が来るまでは、絶対に帰らない」

「そんな日は来ない。そんなヤツ見つからない。一生帰るな！」

「見つからなかったら、ずっと側《そば》にいる。でもロイならきっと、見つけられるから、そんなに不安がるな。俺はお前の成長を側で見守りたいんだ。一緒にいさせてくれ」

――俺は絶対に、お前を裏切らない。

もう何度言ったか分からない言葉を口にすると、ようやくロイの手から力が抜けた。

「大丈夫。彼女とか出来たらな、一気に俺のこと鬱陶しいおっさんだなーって思うようになるぞ。そうだ、ロイはどんな子が好きなんだ？　シグルドには聞いたけど、ロイにはまだ聞いてなかったな」

　ロイも意外と、ヘレンのような明るい子がタイプかもしれない。すると今度は、ロイは唖然《あぜん》とした顔で郁実のことを見つめた。

　今までの子犬のように不安げだった表情から一転して怒りの表情が浮かぶ。不意にロイは、左手で郁実の顎《あご》を思い切り摑んだ。

「ろ、ロイ……？　何、……んぅっ⁉」

　口を塞《ふさ》がれて、郁実は目を見開いた。

　あまりのショックと驚きで、一切の抵抗が出来ないまま何度も角度を変えてキスをされ、ようやく解放された。

（なん……で、え……？　キス？　キスか、今の……口に……？）

　口を押さえて壁に寄りかかったままでいると、ロイは唾液《だえき》のついた唇をペロリと舐《な》めた。それを見て、郁実はカッと顔に血が上るのを感じた。

「なんでこんなことしたんだ！　こんなこと、しちゃダメだろ！」

　混乱した頭のまま、訳も分からず、郁実はロイを叱りつけた。

　冷静にならなければいけない。感情のまま怒鳴ってはいけないと思っているのに、あまりのショックに言葉が止まらなかった。

　いくら自分のことに無頓着《むとんちゃく》な郁実でも、これはおかしいと分かった。ドクドクと、心臓が早鐘を打つ。

（……なんでだ。なんで……キスって……俺、何か、間違えたのか……？）

「い、いいか？　こういうことは相手の許可を取らないと、絶対しちゃいけないことだ。他の人にも、絶対にやっちゃダメだからな？　分かったな？」

するとロイは、郁実の手首を握る手からそっと力を抜き、解放すると、鋭い牙《きば》を覗《のぞ》かせて言った。

「郁実以外には絶対にしない」

20. 人として生きていく

——三年後。

首の後ろにチクリとした痛みを感じて目を覚ますと、郁実《いくみ》は一切の身動きが取れないことに気づいた。

(あ〜〜もう、暑いのに馬鹿力め……)

ヘルズヘイムの夏は日本の夏に比べたら随分涼しく、初秋ぐらいの気温だが、それでも狭いベッドでギュウギュウに抱き着かれたら寝苦しい。なんとか抜け出そうとするが、三年前よりもずっと逞《たくま》しくなったロイの腕はもうびくともしない。

筋肉隆々という訳ではなく、まだ少年らしさも残っているが、元々種族が違うから力の差が段違いだ。それに、もう身長も完全に抜かれてしまった。

「ロイ……苦しいから離せ。もう朝だぞ」

カーテンから差し込む光はまだ白々としていて、起床時間には早いが、寝苦しすぎて二度寝など出来そうもない。

なんとか上半身だけ抜け出すことに成功したが、がしりと片腕で摑まれ、ずるずると引き戻される。

（あっづい……いつか絶対酸欠で死ぬ）

そう思いながら、仕方なく少しでも苦しくない体勢を取って二度寝出来ないか目を瞑《つぶ》っていると、ふと、背中というよりは尻《しり》に何かゴリッとした熱く硬いモノが当たっていることに気づいた。

（なんだ、これ……いや、でも位置的に……）

カアアッと頬が熱くなり、郁実は思わず片手で目を覆った。

（いや……でももう中学生か……下手《へた》したら高校生ぐらいだし、朝勃《あさだ》ちぐらいするよな）

この体勢では勘弁してくれと思う。

そもそも、未《いま》だに一緒のベッドで寝ること自体がおかしいと思うのだが、何度言っても絶対にベッドに潜り込んでくる。仕方なく郁実が空いているベッドに移動しようとしたところで、腕を引っ張られて引きずりこまれてしまう。

（まったく……いつになったら大人になるんだよ）

そう心の中で言いつつも、決して嫌ではなく、可愛《かわい》いなあと思ってしまうから自分は親バカなのだろうか。郁実としてはいつまでもこのままでいて欲しいような気持ちもある。だが、それではダメだということも分かっている。

もう自分よりも大きくなった彼が、いつまでもこんなに甘えたで大丈夫なのだろうかと心配だった。

（早く人間に化けられるようになればいいんだけど……いつまでも俺と一対一だから距離感がおか

しくなるんだよな）

優斗も陸斗も、中学に上がって一気に交友関係が広がり、充実した学生生活を送るようになってから少しずつ郁実と距離を置くようになっていった。

（それはそれで寂しいんだけど……でも、いつまでもこれはさすがにまずいよなぁ）

明らかに子供のソレとはサイズが違うモノの熱を尻に感じながら、郁実はなんとかロイの腕から抜け出そうともがいた。すると、しばらくして後ろから眠そうな声が聞こえてきた。

「ん……、おい郁実。大人しくしてろ。目が覚めただろ」

「やっと起きたのかこの馬鹿力。早く離せ。暑いんだよ」

腕をバシバシと叩《たた》いて訴えると、ロイは仕方ないというように少し腕の力を緩め、郁実を自分の方へと向かせた。

「うわっ、な、なんでお前半裸なんだよ」

ロイはズボンしか穿《は》いておらず、均整の取れた上半身を露《あらわ》にしていた。

人並み外れた美形の半裸というのは、破壊力があり、毎日見慣れた顔だというのに少しドキドキしてしまう。ロイは気だるげに汗ばんで張り付いた前髪をかき上げながら、当然のように言った。

「暑いからに決まってるだろ」

「……じゃあ自分のベッドで寝ろ！　まったく」

予想通り、ズボンの一部が盛り上がっているのを目撃してしまい、慌てて顔を背けようとしたが、それを阻止するように顎を摑まれて頬にキスをされた。

「郁実を抱いてないと眠れない」

「お前なぁ……俺はぬいぐるみじゃないんだぞ」

第一ぬいぐるみを抱いてないと眠れないのは小学生までだと言おうとしたが、〝小学生〟が通じないだろうと思ったのと、無理して不眠症になられても困るとあまり強くは言わないことにした。

その後は、向かい合ったまま、おはようのキスをされた。

もう毎日の慣習になっていて、やらないと気が済まないらしいので好きなようにやらせているが、未だに郁実は照れくさくて慣れない。

頬や額に、瞼《まぶた》に繰り返し何度も愛《いと》おしそうにキスをされ、どさくさに紛れて唇にまで落とされそうになると、寸前のところで角《つの》を摑んで止めた。

「口はダメだって言ってるだろ!!」

このおはようのキスも、大きくなってまで続けるのはどうかと思っているのだ。ましてや口になど、どう考えてもおかしい。だがロイは、何度注意してもやめない。

「チッ」

「保護者に向かって舌打ちすんな。さっさと着替えてメシ行くぞ」

パシッとロイの背中を叩いてベッドから起き上がり、服を着替えようと寝間着を脱ぐと、ロイがこちらをじっと見ていることに気づいた。

「……なんだ？　ぼーっとしてないでさっさと支度しろ」

「分かってる」

そう言ってそっぽを向いたロイの顔は心なしか赤い。

服を着替えて身だしなみを整えて部屋を出ようとすると、ロイが不意に手首を摑んだ。

「なんだ?」

無言でシャツの一番上のボタンを留められて、郁実は怪訝《けげん》そうに眉《まゆ》を寄せてロイを見上げた。

今はもう、十センチ近くロイの方が上背があった。

「何で留めるんだよ。暑いだろ？　仕事の時は留めるから」

同じ使用人仲間と朝食を摂るときぐらい、第一ボタンを外していてもいいだろうと、留められたボタンを外そうとしたが、きつく手首を摑まれた。

「ダメだ。留めないなら部屋で食えよ」

「は、はぁ？　なんでだよ」

「なんでもだ。絶対に認めないからな」

「……ったく、分かったよ。留めておくから……」

郁実は未だに釈然としない気分で第一ボタンをきっちり留めた。

去年ぐらいからだろうか。ロイは、郁実が少しでも露出の多い恰好《かっこう》をすると嫌がるようになった。

といっても、郁実自身そんなに裸同然のような恰好をすることなどないのだが、夏場少しでも透けるような生地の薄い服を着たりすると着替えるまで部屋から出して貰《もら》えないこともある。

（自分は半裸で寝てるくせに……）

そう思いながらも、なんとなく子供のように思っている相手から服装を注意されるのは少し恥ずかしかった。

襟を整えて、今度こそ出ようと思ったとき、「郁実」と名前を呼ばれて再び手首を摑《つか》まれた。

「おい、今度はなんだ？　仕事遅刻する……って……え？」

「見てろ」

ロイの体が、ほんの一瞬黒い炎に包まれた。そうしてその炎が引いたとき、郁実は目を見張った。

「ロ……イ……」

黒い二本の角が、なくなっていた。口から覗いていた牙も見えない。血のように赤かった瞳《ひとみ》の色も、幾分落ち着いた赤茶色になっている。

「つ、角は!?　角、どこに行った！」

郁実は混乱のまま、思わず背伸びをしてロイの頭をわしゃわしゃとかき乱してしまった。するとロイは「落ち着け」と言ってもう一度黒炎を纏《まと》わせると、元の姿に戻った。

「人間に化けられるようになっただけだ。なくなった訳じゃねーよ」

そうだ。半魔の子供は、大人になると人間に化けられるようになる。それゆえに危険だから、子供の内に必ず殺すのだと、書物にも書いてあった。

「よ、よかった……角、取れたのかと思った。お気に入りなのに」

光沢のある艶々《つやつや》した黒い角をヨシヨシと撫《な》でると、ロイは鼻で笑った。

「お気に入り？　魔物の象徴が？」

「ああ。立派でかっこいいし、似合ってる。この髪の色にも最高に黒い角が映えるんだよな」

「………」

我ながら親ばかだと思うが、つい褒めたたえずにはいられない。

「それより、人間に化けられるようになったんだぞ。他に言うことねーのかよ」

呆《あき》れたように言われ、郁実はハッと息をのんだ。

人間に化けられるようになった。つまりもう、今までのようにフードで顔を隠して、屋敷の人間たちと一切の交流を断ち、コソコソとする必要がなくなるということだ。

それはロイがこれから、世界を広げて生きていけるかもしれないということだ。

ロイはこの三年間、何の問題も起こしていないし、誰《だれ》のことも傷つけていない。郁実と共に生き、他の屋敷の使用人と同じように真面目《まじめ》に働いていた。

それはアマンダやシグルドも認めてくれている。

そんな彼が、見た目も人間になれたのなら、これからはたくさんの仲間に囲まれて、やりたいことを見つけて、恋をして大切な存在を作り、幸せになれる。

そんな生き方が出来るかもしれない。

（魔物の子供だって、生きていれば、ちゃんと幸せになれるんだ……）

出会ったばかりのころ、人間たちに殴られ、殺されそうになり、ボロボロになっていたロイを思い出す。あれから三年以上経《た》って、ついにここまで来たのだ。

そう思うと、郁実は嬉《うれ》しさのあまり涙ぐんだ。

「は？　なんで泣くんだ」

「泣いてないだろ」

「目が潤んでる」

「……年取ると涙脆《もろ》くなるんだよ。ああ、でも……よかったな……、ほんと……」

後ろを向いて手の甲で目元を拭《ぬぐ》っていると、ロイが後ろから不意に抱きついてきた。

「お前……人に化けられるぐらい大人になったんだから、もうその抱きつきぐせやめろよ」

思わず笑いながら郁実は言った。

この三年ずっとそうだったが、彼は本当に、ことあるごとに後ろから抱きついてくる。眠い時、お腹《なか》が空《す》いたとき、なんとなく暇なとき、寂しいときなど状況は様々だ。台所で料理をしている親に抱きつく小さな子供のようなのだ。

「抱きついてるんじゃなくて、抱きしめてるんだ」

「同じだろ」

「全然ちげーよ。……誰のために人間になったと思ってんだ」

ロイは不本意そうに言って、痛いぐらいに腕に力を込めた。

人間の姿に変身できるようになると、ロイを取り巻く環境は大きく変わった。

屋敷の患者たちと関わることはこれまで通り禁じるが、使用人仲間となら正体を明かさないように気を付ければ関わってもいいとアマンダから許可が下りたのだ。

「うわ……すごいな……」

あの容姿なら女性陣が放っておかないだろうとは思っていたが、今まで変人扱いで遠ざけられていたのに、今では殺到という言葉がふさわしいぐらいの様子で、フードを脱いだロイは使用人たちが集まる階下でメイドたちに囲まれていた。

迷惑そうにしているロイの周りで、年頃の少女たちが一斉に質問を浴びせている。

あれではさすがのロイも身動きが取れないだろう。

「ねえ、どうして今まで顔を隠してたの？」

「恋人はいる？　ロイってどこの出身なの？　あまり見ない髪の色ね。素敵だわ」

「そのスープ作ったのあたしなの！　美味《おい》しい？」

中でも、一番アプローチしているのはヘレンだった。彼女はまだ子供の頃《ころ》からずっと、ロイに片思いをしていたのだ。「私が最初に目を付けてたのに！」と他のメイドたちの様子に憤慨していた。

いつも朝昼晩と、郁実はロイと二人、少し離れた場所で食事を摂っていたが、今日はヘレンに押しのけられてしまい、居場所を失ってアマンダの横で食べていた。

「まったく、とんだ王子様が現れたものね！　あの子たちったら浮かれすぎよ。仕事に支障をきたさないといいけど……」

「あいつもシグルドも、そろそろ恋愛に夢中になる年頃ですね。彼女とか出来るかな」

「……うーん、それは……どうかしらねえ」

アマンダは郁実をちらりと見ると、どこか遠い目をしながらパンを齧《かじ》った。

「でも、あの子……ちゃんと人間社会でやっていけそうね。ああしていると、ほんと普通の男の子だもの」

「はい。俺もそう思ってるんです」

少しの寂しさを覚えながらも、仕事仲間たちに囲まれているロイを嬉しく思いながら郁実は眺めていたが、不意にロイが黙ったまま立ち上がった。

そうして、矢継ぎ早に話しかけてくるメイドたちを押しのけるようにしてこちらにツカツカと歩み寄ってきて、郁実の隣にドカッと腰を下ろした。

「お、おい。みんな話しかけてくれてるんだから、みんなと一緒に食えよ」

「うるさいだけだ」

「こ、こらっ！」

聞こえたらどうすると、慌てて唇に人差し指を立てる。

メイドたちから邪魔だと言わんばかりの視線を浴びて、郁実は肩身の狭い気持ちになったが、自分が移動して席を彼女らに譲ったところで、この分ではロイは自分の後をついてきてしまいそうだ。

郁実はふと、弟の優斗が小学校に上がったばかりの頃、クラスになかなか馴染《なじ》めずに休み時間の度に郁実のクラスにやってきて、いつもべったりだったことを思い出した。

（まあ、いきなり関わっていいって言われても……最初は人見知りするよなぁ）

これからゆっくり、自分から離れて世界を広げていくのだろう。

そうして、郁実とは適切な距離になる。あるいは、避けるようになるかもしれない。

この時はまだ、そう思っていた。

21. 保護者と子供の適切な距離

一カ月が過ぎると、さすがにアマンダの一喝もあり、最初の頃のようなフィーバーは落ち着いていた。というより、ロイがあまりにも徹底的に無視をするから、いくら彼女たちがタフな乙女《おとめ》だと言ってもさすがに歯が立たなかったのだろう。それでもまだ諦《あきら》めていないメイドもいて、特にヘレンは未《いま》だに熱烈だった。

人間の姿になれるようになれば、ロイの世界は広がって、郁実《いくみ》とも適切な距離になるかと思ったが、まるでそんなことはなかった。

ロイは自分に話しかけてくるメイドたちを一切無視していて、男性使用人のことは睨《にら》みつける始末。

そして前にも増して暇さえあれば郁実にべったりになってしまった。

これまでは、ロイは正体を隠さなければならなかったため、郁実と距離を置かざるを得ない時が多かったが、最近は郁実が少しでも他の使用人と喋《しゃべ》っていると平気で割り込んで邪魔をしてくる。

まるで子供だ。

正直可愛《かわい》い。

いくつになっても、たとえ自分より大きくなっても変わらず可愛いとは思ってしまうが、さすがにこのままではまずいだろうと、郁実はいよいよ危機感を覚えていた。

郁実の方から距離を置いて強引にでも少しずつ自立を促すべきだろう。

もちろん、彼が郁実を必要としているのなら生涯側《そば》にいるつもりではいるが、世界から完全に孤立して二人きりで一生を終えることが、ロイにとって幸せだとは思えない。郁実自身、どんなに気を付けていても病気やケガで早死にすることもあるかもしれないし、そうなったら彼は本当に独りぼっちになってしまう。

他の世界にも、少しずつでいいから目を向けて欲しい。

そう思い、郁実は今日、朝食を摂らずに仕事に出ることにした。郁実があの場にいなければ、ロイも他の仲間たちと一緒に朝食を摂るだろう。

忘れ物を取りに部屋に戻ると言ってロイの元から走り去り、階段を駆け下りて地下室へと向かう。

この屋敷に来たばかりの頃は、掃除が中心だったが、最近は仕事内容が少し変わってきていた。

郁実は礼儀正しく患者のケアが上手《うま》いということで、主に入院患者の世話が中心となってきたのだ。

患者と直接接する機会が増えると、衛生的な意味でも掃除で埃《ほこり》まみれの体で世話をするのはまずいだろうと、最近は大掃除の時以外は駆り出されない。

患者のケアは多岐に渡り、最近では簡単な薬草の調合も任されていた。基本的に患者の不調はシグルドが治癒魔法で治すが、大きなケガなどを負った患者は数日は痛みなどの後遺症が残ることが多く、薬草で緩和する。

郁実は、毎日地下に保管されている薬草の粉末を取りに行くのが日課になっていた。

薄暗い地下室を進み、シグルドから渡されたメモの通りに分量を量り、包に分けていく。

「えーと……あと、ケプロス草は……、うわ、一番上か」

必死に背を伸ばして手に取った時、不意に何者かに後ろから抱きしめられた。

「!?　うわあああ……んっ、ぐ……っ」

驚いて悲鳴をあげそうになると思い切り手で口を塞《ふさ》がれた。

「ん――ん――っっ」

思いきりもがいていたが、やがてその手の主が誰《だれ》か分かると、郁実は全身から力を抜いた。

郁実が大人しくなると、手の主であるロイもまた口を塞ぐのをやめた。

「お前、部屋以外で抱きつくのやめろって言っただろ！」

抗議すると、ロイはそんなことはどうでもいいというように両手を思い切り薬草棚につき、郁実をその中に閉じ込めた。

「なあ郁実。教えてくれよ。忘れ物ってなんだったんだ？」

その顔は笑っていたが、明らかに怒っているようだった。

郁実は少したじろぎかけたが、冷静を装ってシグルドから昨晩渡された薬草のメモ用紙を見せた。

「これを取りに行ったんだ。あんま腹減ってなかったし……メシはやめて先に仕事片付けようと思って」

RUBY INFORMATION 4

April 2023

『狼殿下と黒猫新妻の蜜月』
イラスト／芦原モカ

公式HP https://ruby.kadokawa.co.jp/ Twitter https://twitter.com/rubybunko
〒102-8177 東京都千代田区富士見2-13-3 発行:株式会社KADOKAWA

ゲームの世界に転生した俺が◯◯になるまで 1

▶

ｌ

したカリヤは、戦争に
るが、多数の転生者
承権を持つ美少年・

現在の定価です。

異世界転生したけど、七合目モブだったので普通に生きる。1

白玉《しらたま》　イラスト／北沢《きたざわ》きょう

「自称」モブ転生者×美形宰相子息。
偏った友情が恋に変化する甘ラブBL!

乙女ゲーム世界の伯爵家長男に転生し平穏なモブ人生を歩む予定だった主人公だが、年下で攻略対象の宰相子息と出会い彼を溺愛していたらなぜか腐女子を増産しゲームは激変？　無自覚スパダリの激甘主人公攻めBL!

単行本／B6判／定価1,540円（本体1,400円＋税）※2023年4月現在の定価です。

受:ギルバート

侯爵家長男。乙女ゲームの攻略対象者。氷の貴公子と名高い美貌と無表情。笑顔はアルフレッド限定。

×

攻:アルフレッド

伯爵家長男。5歳で前世を思い出した転生者。すべてが中の上な自分を七合目と自称。色々と無自覚。

狼殿下と黒猫新妻の蜜月

貫井《ぬくい》ひつじ　イラスト／芦原《あしはら》モカ

声の出せない猫獣人のシェインは、身代わりとして狼獣人の国の王弟で騎士・ランフォードの花嫁になる。思いがけずランフォードと心を通わし、二人は晴れて結ばれるが、隣国の女公爵がランフォードを篭絡せんとやってきて？

好評既刊　『孤独な煌帝の幸せの金糸雀《カナリア》』イラスト／hagi
『赤獅子王の運命は純白オメガ』イラスト／北沢きょう
『氷の軍神と陽だまりの最愛』イラスト／カワイチハル

ルビー文庫 4月1日発売の新刊

タクミくんシリーズ

30th Anniversary Fanbook Memorial Days

ごとうしのぶ　イラスト：おおや和美《かずみ》

祝・30周年&映画新シリーズ公開！

「タクミくんシリーズ」の魅力を完全網羅した1冊が登場！

時系列にストーリーが並べられた『タクミくんシリーズ　完全版（全11巻）』をもとに、彼らが祠堂学院で過ごした3年間を徹底解析！　30周年を迎えたBL小説の金字塔「タクミくんシリーズ」を網羅したスペシャルなファンブックが満を持して登場！

- おおや和美の豪華カラーイラスト
- 総勢200名以上に及ぶキャラクター紹介
- 映画のW主演対談&豪華キャストインタビュー
- あの日の文化祭の舞台裏をえがいた未商業化SS『飛翔』
- ごとうしのぶ×おおや和美スペシャル対談
- 『タクミくんシリーズ 完全版（全11巻）』解説集

ほか 豪華コンテンツを収録！

シリーズ最新情報は特設サイトをチェック！

「タクミくんシリーズ」30周年記念特設サイト

https://ruby.kadokawa.co.jp/special/takumi/takumi30th.html

「ふーん……」

ロイはどこか冷ややかな目で郁実を見下ろしたままで、腕を下ろそうとしない。

「そのメモ帳、部屋出る前に胸ポケットにしまってたの見てたぞ」

「…………」

「嘘《うそ》吐《つ》くときは気を付けないとな。俺は記憶力がいいんだ。特にお前の一挙一動は全部覚えてる」

相変わらず怒りに満ちた笑顔を浮かべ、ロイは淡々と言った。

「お、お前……」

ロイは狼狽《ろうばい》する郁実にぐいっと顔を近づけた。

「なんで嘘吐いたか言うまでここから出さないからな」

「……お、俺はお前に……っ」

他の屋敷の人間たちにも目を向けて欲しい。

そう言おうとしたとき、「あ――――っ、ロイ！　こんなところにいた！　もーっ、屋敷中探しちゃったじゃない！」という甲高い声がした。

ヘレンだ。

彼女は足早に歩み寄ってくると、ロイの腕に隠された郁実に気づき、僅《わず》かに眉《まゆ》を顰《ひそ》めたが、すぐにロイの腕を引いた。

「朝ごはんの時間終わっちゃうよ？　早く行こ！」

まさかこんなところまで追いかけてくるとは思わなかったのだろう。ロイもさすがに少し動揺したらしく、その隙に郁実は慌てて腕の中から抜け出した。

「じゃ、じゃあ俺、患者さんのところ行ってくるから。ヘレン。悪いけどロイのこと頼んだぞ」

ヘレンは郁実からプイッと顔を背けると、ロイの腕に自分の腕を絡ませた。

ロイが成長したように、ヘレンもまた美しく娘らしく成長していた。

(……美男美女でお似合いだ)

そう思ったとき、なぜか少しだけ胸がチクッと痛んだ。

(……とにかく、少しずつでも距離を置かないと)

郁実はまだ何か言いたげに自分を睨むロイを置いて、地下室から走り出ていった。


それからも、郁実は出来る限りロイから距離を置くようにしていた。

せっかく人間に変身できるようになったのだから、自分だけではなく色々な人と接してみて欲しいと伝えたが、ロイはあからさまに不機嫌になり、最近は口も利いてくれなくなってしまった。

正直辛《つら》いがこれで少しずつでも彼の世界が広がればいい。共依存はよくない。そう自分に言い聞かせ、心を鬼にすることにした。

だが、ロイは突き放してみた所で屋敷の人間とは関わろうとしない。

今日も、庭先でヘレンが熱心に話しかけているのを鬱陶《うっとう》しそうにあしらっている。

(ロイ……何もあんな態度取らなくてもいいだろ)

屋敷の廊下の窓から、見下ろしながら溜息《ためいき》を吐いていると、不意に首の後ろを誰かの指先が撫《な》で上げるように触れた。

「ひゃっ、あ……っ」

「ワオ！　やっぱ敏感だねえ～」

不意打ちで驚いて、マヌケな声を出してしまったことに真《ま》っ赤《か》になって振り返ると、立っていたのはシグルドだった。

天使のような美少年という言葉が似合うような子供だったのに、いつの間にか彼も大きく育ち、優男という言葉がぴったりな美形になっていた。

向かい合うと完全に見下ろされてしまう。

治癒魔法師らしく線は細いが、身長は完全にロイと並んでいる。出会った頃《ころ》から何かと張り合っていた二人だが、身長まで一ミリも譲らないところが面白い。

「何すんだいきなり！　びっくりしただろ！」

「そんなに怒らなくてもいいじゃん。気づいてないみたいだから、さすがにそろそろ教えてあげようと思ってたのに～」

「？　何をだ」

「首。いつも赤い痕《あと》ついてるよ」

「え……？　嘘だろ。毎朝身だしなみ整えるのにちゃんと鏡見てるけどそんなの……」

全く身に覚えがなくて戸《と》惑《まど》っていると、シグルドはわざわざ手鏡を二つ持ってきてくれて合わせ鏡にして、郁実に見せてくれた。首筋の後ろの鏡では絶対に見えない位置に、確かに赤い痕が複数ある。

「なんだこれ。虫刺されか？」

部屋は毎日綺麗《きれい》に掃除しているが、クルムトは田舎《いなか》だから、夏場に虫ぐらい出てもおかしくはないだろう。

すると、シグルドは大げさに肩を竦《ずく》めて苦笑した。

「郁実くんてまだ童貞処女保ってるんだ……」

「どういう意味だよ」

「キスマークだよそれ。たまに噛《か》み痕《あと》バージョンの時もあるし」

「は、はあ!?　誰がそんな……って、あ……」

そこでようやく、毎朝感じていた小さな違和感を思い出した。朝時折、首筋にチクリとした痛みを感じて目を覚ますことがあった。触ってみても特に湿疹《しっしん》など出来ていなかったので気にしていなかったのだが、他に心当たりはない。

「あ、あいつ……っ」

郁実はブワッと頬を赤くしてわなわなと手を震わせた。

「誰がやったのか心当たりがあるのかぁ。ま、こんなことする粘着質で嫉妬《しっと》深《ぶか》い奴《やつ》は一人しかいないよねぇ」

ゴシゴシと擦《こす》って消そうとすると、シグルドがその手を摑《つか》んで止めた。

「肌傷めるだけだからやめときなよ。僕が消してあげる。なんかムカつくし」

　シグルドがそう言って、指先から白い光を出すと、治癒魔法をかけてくれた。

「はい、全部綺麗に消えましたー。後で僕ぶん殴られちゃうかも」

「そんなことさせない。今日は本気で叱《しか》るから。……あいつ、なんでこんなこと……っ、悪戯《いたずら》にしても度が過ぎてるだろ」

　毎日こんな痕を付けて仕事をしていたなんて。

　患者とも接していたのに、見られていたのではないだろうか。そう思うといたたまれず、混乱と怒りに身を震わせる郁実を見ながら、シグルドは少し苦い顔をして頬を掻《か》いた。

「それは悪戯じゃないな。マーキング、いや牽制《けんせい》というか……」

「？」

「うーん、そろそろ危ないかもなぁ。郁実君、穢《けが》されちゃったら、二度と元の世界に戻れなくなっちゃうし」

　シグルドは郁実の顔をちらりと見た。

「アマンダに頼んで部屋を分けてもらう？　君たちにはよく働いて貰《もら》ってるし、一人部屋をあげてもいい頃だと思ってたんだ」

「……ああ。そうして欲しい。あいつには、今夜俺から話す」

22. 異なる愛の形

その晩、夕食の場に郁実《いくみ》はいなかった。

おそらく、また自分を避けているのだろうと、ロイはギリと奥歯を噛みしめた。

郁実がいないのなら、こんな場所にいる必要はない。三日ぐらい食べなくても、魔物の肉体を持つロイは、平然と生きていられるのだ。

それに、食堂にはあのうるさい女どもが待ち構えていて、ロイにはそれが鬱陶しかった。今もヘレンが自分を見つけるなり立ち上がって手招きしている。ロイはそれを無視すると、籠《かご》に積まれたパンの山から何個か摑み、紙で包んで踵《きびす》を返した。

屋敷中、郁実を探して回りながら、ロイは腹の底から湧き上がってくる黒い感情を必死に押し殺していた。

〝俺以外の人たちとも、少しずつ話してみてくれ。みんないい人たちだ〟

郁実はそう言っていた。

その言葉を疑う程、郁実のことを理解していない訳ではない。三年以上一緒にいて、彼がロイより自分を優先したことはただの一度もなかった。

たまの休日に職場の仲間たちに誘われても、ロイを一人にはできないと断っていたし、ロイが熱を出したときは、仕事でどれだけ疲れていても徹夜で看病してくれた。

ロイはまるで、宝物のように大事にされて育った。

それはきっと〝正しい〟愛の形なのだろう。

柔らかい羽毛でくるむような、温かく優しい愛情。なんの見返りも求めない、無償の愛。

幼い頃、狂おしいほど欲しかった愛情を、ロイは郁実から全《すべ》て注がれていた。だが、その正しい愛を受けて育ったはずのロイが郁実に対して芽生えた感情は、欲とエゴにまみれた、歪《いびつ》な形の愛だった。

二つの愛はまるで違う形をしていて、少しも噛み合わない。

だからこそ、ロイは時折疑心暗鬼になった。

ロイは郁実が、他の人間と話しているだけで、気が変になりそうなほど激しい怒りが湧《わ》く。

郁実は自分だけのものだ。誰《だれ》にも触らせたくない。誰の目にも触れさせたくない。

だが、郁実はその逆だった。ロイがこの屋敷の人間と、たとえ仕事のことでも、少しでも話をしているととても幸せそうに笑うのだ。

その笑顔を見る度に、理不尽にも怒りを覚える。

郁実は本当に、自分を愛しているのだろうかと。

ロイが思っている愛の形とは、あまりにも違う。

自分に伸ばされる優しい手を摑み、無理やり押し倒して押さえつけて犯し、欲望を注ぎ込む。

いつの頃からかそんな妄想に取《と》り憑《つ》かれるようになっていた。

頭の中で何度も何度も繰り返し、郁実の体をぐちゃぐちゃに犯した。

人間が恐れて寄り付かないような森の奥へと攫《さら》い、一生そこから出さずに閉じ込める。

そして、彼がどれだけ泣いて嫌だと逃げようとしても、魔物の力でねじ伏せ、無理やり貫き、その美しい肢体一面に自分の痕を散らし、最奥に欲望を放つのだ。毎日。毎日。それを永遠に繰り返す。

そんなことを考えると、どうしようもなく暴力的な興奮を覚えてゾクゾクする。

あんなにも優しく、自分を愛してくれる彼に対してこんなことを考えるなんて、本当にどうかしていると思う。

まさにバケモノだ。

自分の父である魔物・ベルケルスについては、シグルドから本を借りてこの数年で色々読み漁《あさ》っていたが、

「サディスティックで欲深く、獲物に対する執着心が異常に強い」

そう書かれていた一文を見た時、自分の郁実に対する愛の形を思い出し、まさに父の血を引いて生まれてきたのだと思った。

だが、自分は郁実とこれからも共に生きていくためにも、人間にならなければならない。

彼に対して湧き上がる暴力的な愛は、必死に理性で抑えつけていた。

しかし最近、郁実が自分を避けるようになってからは、抑えられない程、その黒い感情が湧き上

がってきていた。

郁実はもしかすると自分から逃げたいのではないだろうか。

育てれば育てる程、自分に執着するバケモノとの生活が、息苦しくなったのではないか。

距離を置き、逃げて自由になり、別の誰かと幸せになりたいのではないか。

そう疑心暗鬼になる気持ちが止められなかった。


地下室にもいなかったので部屋に戻ってくると、郁実も戻ってきていた。

彼はすでに仕事着から部屋着に着替えていた。

出会ったばかりの頃《ころ》、彼は煤《すす》で真っ黒に汚れていたし、この屋敷に移ってからもしばらくはケガの影響でやつれていたが、今は随分健康的になったと思う。

だがそれでも、顔にはどこか苦労が滲《にじ》み、体つきはほっそりとして、艶《つや》めいている。郁実は、ロイが部屋に戻ってきたことに気が付くと、眉《まゆ》を顰《ひそ》めて咎《とが》めるように言った。

「……なんで食堂にいかないんだ。俺がいなくても、一人でちゃんと食べるって約束しただろ？」

「お前こそ、なんで来なかった」

そう言って、ロイは籠の中から取って来たパンのうち、一つを郁実に渡した。

暑さのせいか、ここ最近彼は少し食欲が落ちているようだから郁実には少しでも食べて欲しい。

夏に入ってから郁実のウエストが一、二センチ程減っていると漏らした時、シグルドに「気持ち悪い」と言われたことを不意に思い出し、ロイは心の中で舌打ちした。

「俺は夕方仕事の手が空いて暇だったから、キッチンの手伝いついでに先に頂いてたんだよ。だからこれはお前が食え。つーか今からでも食堂に戻れよ」

確かに、夕方郁実がキッチンに立っているのは見かけた。きっと意図的にその時に食事を摂り、夕食でロイと顔を合わせるのを避けたのだろう。ロイは拳《こぶし》をギリギリと握りしめながら言った。

「……お前がどれだけ俺を撒《ま》いて逃げ回っても、俺はあのうるさく盛ったメス犬共と馴《な》れ合うつもりはねーよ」

「めすいぬって……お前、お世話になってる同僚になんてこと言うんだ！」

郁実はショックで目を見開いていたが、やがてそれは強い怒りの表情へと変わった。いつになく、怒っているようだ。彼は深刻な顔をして、ロイに椅子に座るように言った。

「今日はお前に、大事な話があるんだ」

ロイはそこでようやく、その違和感に気づいた。

彼の荷物が全てまとめられ、部屋の隅に置かれている。まるで引っ越しでもするかのように。

「……話って？」

ロイは椅子には腰かけず、机に手をつき、まるで威圧するように郁実を見下ろした。

彼は少しだけ怯《ひる》んだが、すぐに保護者らしい厳《いかめ》しい表情を浮かべて、もう一度座るように促した。

足を組んで座ると、郁実はその態度に眉を寄せながらも、それ以上は何も言わずに言った。

「ここに……その、痕《あと》を付けてたのはお前か？」

郁実は少し頬を赤らめて、それでも厳しい顔を崩さないまま自分の首筋を指差した。

「ああ、そうだ」

「……っ、なんでこんなことするんだ！」

「郁実が俺以外の奴《やつ》に、奪われないように」

平然とそう答えると、郁実は赤い顔を隠すように片手で覆い、溜息《ためいき》を吐《つ》いた。

「前から言ってるだろ。相手の同意を得ずに、……そういうことをするのはやめろ」

「そういうことって？」

わざと意地悪く彼がぼやかした言葉を聞き返すと、郁実はさらに顔を赤らめた。そんな表情を見ると、歪《ゆが》んだ衝動が湧き上がり、もっと困らせたくなる。

「キスとか……キスの痕を付けるとか、嫌がる人もいる。だからちゃんと、していいか確認してからしなきゃだめだ。どんなことでも……俺だから許してるだけで、他の人が受け入れられるかは分からない」

「じゃあ、何も問題ない。郁実にしかする気はない」

「だから、なんで俺にするんだよ。おかしいだろ？　頬にキスするとかは家族でもする挨拶《あいさつ》かもしれないけど、口にキスとか、痕まで付けるのは……その、恋人とか、夫婦とか、特別な関係でする行為なんだ。お前はまだ、区別がついてないのかもしれないけど」

郁実がいよいよ、今まで決して言わなかった言葉を口にした。疑似的に親子のような関係の自分たちにとって、〝恋人〟という言葉は禁忌のようなものだからだろう。

彼はロイの行動にどれだけ違和感を覚えていても、これまで決してその言葉を口にしなかった。

「俺はお前とは、キスとか、そういうことは出来ない。俺にとってお前は大事な子供だ。本当の子供みたいに思ってる」

その言葉に、無意識にぶるりと手が震えた。

これまで彼が決して触れなかった〝恋人〟という関係性への明確な拒絶だった。

郁実はロイの顔を見つめると、決意を固めたようにまとめた荷物を見せて切り出した。

「先月、サムが故郷に帰っただろ？　彼の部屋が空いてるんだ。俺はこれからあの部屋で暮らす」

途端、ロイの目に激しい憎悪の火が揺らいだことに気づくと、郁実は首を振った。

「俺にとってお前が一番大事なことに変わりはない。自分の命よりも大事な存在だ。でも、今のこのおかしな関係を続けるわけにはいかないから……物理的に距離を置いた方がいい。お前はもっと、他の人にも目を向けるべきだ。みんな、熱心に話しかけてくれるのに、何もあんな態度取らなくてもいいだろ」

「……俺があの女共とセックスでもすれば……郁実は満足するのか？」

「セッ……」

郁実は絶句して、しばらくの間沈黙していた。

「どうしてそうなるんだ。俺はお前に……もっと普通に恋をしたり、友達を作ったり……多くの人と、ただ、幸せに過ごして欲しいだけなんだ」

ただ、幸せに。

その清らかな願いは、ロイが思い描く幸せの形とは乖離《かいり》していた。他の世界から隔絶された薄暗《うすくら》闇《やみ》の中、ただ二人きり、熱を貪《むさぼ》り合いたい。ロイは本気でそう思っていた。

だが郁実はロイに恋人が出来たら、とても嬉《うれ》しそうに笑うのだろう。ロイに対して一切の恋愛感情を持ち合わせていないから、心から綺麗《きれい》に喜べるのだ。

その笑顔を思い浮かべた時、抑えつけていた感情が、ついにどろりと溢《あふ》れ出した。

——俺はお前とは、キスとか、そういうことは出来ない。俺にとってお前は大事な子供だ。

（……ああ、もうダメだ）

気が狂いそうな程渇望しているものは、一生手に入ることはない。

こんなに愛を貰《もら》っているのに、異常な飢えを感じていた。幼い頃、檻《おり》に閉じ込められたときと、全く同じ、激しい飢餓感だった。

ロイの顔に浮かぶ仄暗《ほのぐら》い闇《やみ》に気づかず、郁実は続けた。

「はっきり言うぞ。……もう、十五歳になったんだ。俺にばっかりくっついてないで、ゆっくりでいいから親離れしろ」

「親離れ？」

ロイはおかしなことを聞いたと言うように目を見開いた後、嘲《あざけ》るような笑みを浮かべて立ち上がり、郁実にゆっくりと歩み寄った。

「な、なんだよ」

様子がおかしいと思ったのだろう、郁実は少し怯《おび》えを滲《にじ》ませて立ち上がった。

無意識に後ずさろうとする郁実の肩を強引に摑《つか》んで止めると、近くのベッドに押し倒した。

古い木枠が、ギシッと音を立てる。

「痛っ……何するんだ！」

郁実は身を捩《よじ》って逃げようとするが、彼の体は少しも動かない。力加減を間違えたら、手首の骨を折ってしまいそうだ。

「郁実が俺から逃げたいだけだろ。バケモノが手に負えなくなってきたから適当な女とくっつけて厄介払いしようと思ったか？」

「ちがう！」

片手で郁実の細い両手をまとめ上げながら、空いたもう片方の手で、シャツのボタンをゆっくり外していくと、郁実が青ざめた顔で叫んだ。

「な、何してる、やめろ！」

「俺は郁実を、親だなんて一度も思ったことない」

「な……っ」

郁実がショックに目を見開いてロイを見上げ、長いまつ毛を震わせた。その表情にチクリとした胸の痛みを感じたが、衝動は止められなかった。

「ふざ、けるな……っ、なんのつもりだ！」

必死に身を捩って抵抗する郁実を押さえつけたまま無理矢理服を剝《は》いだ。頭の中で、何度も何度も彼を犯したのと、まったく同じ光景が現実になろうとしている。

「はい、そこまでー」

勢いよくドアが開く音と共に間の抜けた声がした。シグルドだった。いつも通り飄々《ひょうひょう》とした声だったが、その額には汗が浮かんでおり、走ってきたらしいことが分かった。

「念のため見に来てよかった〜〜〜！　郁実君、貞操は無事？　……みたいだね」

「シグルド……悪い……ありがとう」

郁実は仰向けのまま手の甲を顔に当てて、力なく礼を言った。

シグルドは、自分の着ていたナイトガウンを郁実の体にかけてやると、その細い肩を摩《さす》った。

「……荷物は僕が届けてあげるから、先に引っ越し先の部屋に行ってな」

「……ごめん」

「つーか荷物こんだけ⁉　いっぱい給料あげてるのになぁ。何に使ってんの？」

その軽口にも郁実は力なく笑い、乱れた衣服を整えた。ボタンをはめるその指先は、微《かす》かに震えていた。

「……ロイ。お前とはしばらく口を利かない。一人でゆっくり、自分のしたことを考えろ」

郁実は振り返ってロイに冷たくそう言い放つと、足早に部屋から出て行った。

後を追おうとすると、シグルドが肩を掴んでこちらを向かせ、突然思い切り頬を殴られた。治癒師らしい実にひ弱なパンチだったが、なぜかひどく、痛く感じた。

「坊ちゃん、目、覚めた？」

「…………」

「気持ちは分かるよ。郁実くん、僕らのこと完全子供扱いだもんね。特にお前は、子供扱いどころか、完全に子供だ。郁実君は保護者として、絶対にお前をそういう目で見ること出来ない。あの人はそういう人だから、お前は僕以上に、絶望的に勝ち目がないわけ」

「……てめえ」

胸倉を摑み上げると、尚《なお》も怯むことなくシグルドは続けた。

「いつまでもそんなだから、郁実くんはお前を、ますますお子様としてしか扱えないんだよ」

吐き捨てるように言うと、シグルドは僅《わず》かばかりの郁実の荷物を抱え上げると、いつになく乱暴に部屋のドアを閉めて出て行った。

23. 巣立ちの寂しさ

一人で眠るベッドは、異様に広く感じて落ち着かず、なかなか眠りにつくことが出来なかった。

自分の服を性急に脱がそうとするロイの表情を思い出すと、自然と頬が熱を持ち、鼓動が早くなる。

（あれってやっぱり……いや、でも……）

あの時、ロイが何をしようとしていたのか。シグルドが止めなかったら何をされていたのか。

郁実《いくみ》はそれを、認めたくなかった。

一度それを認めてしまったら、自分たちの関係はもう取り返しがつかない程壊れてしまう気がした。家族の間に、その感情は絶対的にタブーだ。

だが、それを認めれば、これまで見ないふりをしてきたロイの不可解な行動も、全《すべ》て辻褄《つじつま》が合うように思える。

ロイが郁実の唇にキスを落とそうとする理由も。首筋に付けられた痕の意味も。

（俺……何か間違ってたのかな）

――俺は郁実を、親だなんて一度も思ったことない。

育ての親として、彼をどうにか守りたくて自分なりに精一杯やってきたつもりだった。だが、自分は彼のことを何も理解出来ていなかったのだろうか。

これから先、一体どうすればいいのか。

また同じことを求められたとき、どうやって話し合えばいいのか。

長いこと、郁実は顔を覆って考え続けていたが、どうしても答えは出せなかった。

郁実の不安をよそに、その一件を境に、ロイは郁実とほとんど関わることはなくなった。階下の食堂で顔を合わせても、以前のように隣に座ってくることはない。怒ってムキになり徹底して郁実を避けているという風でもなく、すれ違って挨拶をすれば、愛想はないものの普通に返してくる。

他の使用人たちに対しても、これまでよりも少し態度が柔らかくなった。

ヘレンやメイドたちに話しかけられても、完全に無視するのではなく、最近はそっけないなりに返事はするようになっていた。

近頃では、時折ロイとヘレンが屋敷内を連れ立って、何か話をしながら歩いているのも見かけた。その姿は、若く美しい、理想的な恋人たちのようで、屋敷内でも噂《うわさ》となっているぐらいだった。

まるで今までのことなど、何もなかったかのようだ。

いくら離れろと言ってもきつく自分を抱きしめていた腕も。シャワーのように注がれる柔らかい朝のキスも。あの時自分の体を押し倒した強い力も、激情も。

全てを忘れたかのように、ロイはごく自然と郁実から離れていった。

郁実は幾分安堵《あんど》しながらも、それ以上に大きな戸惑《とまど》いと喪失感を覚えていた。

どうせ、一時的なものだろうと思っていた。

それまでのロイは、大げさではなく一日中郁実にくっついていた。

少しずつでも自立を促さなければまずいだろうと思う程に、少し異常な依存具合だった。それがこんなに急に変われる訳はないだろう。長続きはしないだろうと。

郁実自身が、それを期待していたのかもしれない。

いずれはその日が来ることを覚悟していたのに、ロイがいない日々は思っていたよりもずっと寂しい日々だった。

だが、それからひと月が経《た》っても、ふた月が経っても、ロイはかつてのように郁実の元に戻ることはなかった。


この世界に来て四度目の、本格的な冬が訪れた。

ヘルズヘイムでは十二月の終わりは安息週間となり、住み込みの使用人たちは年に一度の宿下がりをする。

アンドレセン家の使用人たちも同様で、郁実やロイなど帰る場所がない者以外はほとんどが休暇を取る。そのため、屋敷はかなり閑散としていた。

患者のケアも十分には出来ないため、シグルドも、よほどの緊急性がない限りは入院の受け入れは出来ないと予《あらかじ》め言っているが、今年は一人だけ、入院患者が運び込まれてきた。

アンドレセン家とは長い付き合いがあるというカールソン伯爵家の五男であるアントンという若者が落馬で大ケガを負ったのだ。

シグルドがすぐに治して退院できる状態にしたが、大雪のせいで馬車が出せず、しばらくの間屋敷に入院させなければならなくなった。

「お薬の時間です」

薬草を調合して作った薬を持って、郁実が部屋を訪れると、アントンは気だるげにこちらを見上げた。

「……悪いんだけど、飲ませてくれる？　手がまだ痛くて」

「はい、もちろんです」

大ケガで腕も骨折していたのだ。シグルドは跡形もなく治したと言っていたが、しばらくは痛むだろう。

郁実もこの屋敷に来たばかりの頃《ころ》、大ケガを負っていたが、ケガ自体は治っても痛みが完全に引くまでは相当な時間がかかった。体を起こすのを手伝おうと背中に手を添えると、思い切り抱き着かれる形になり、少し狼狽《ろうばい》した。

「ごめん」

「いえ、ゆっくりで大丈夫ですよ」

無理に動かすと余計痛いだろうと慎重に体を離し、投薬して水を飲ませ終えた時、アントンは郁実の顔を見上げながら言った。

「あのさぁ」

「はい」

「この屋敷、若いメイドは残ってないの？」

「はぁ、おりますが……」

幼い頃から奉公に出されるほど家が貧しいヘレンは、宿下がりをするだけの金がないと言い、屋敷に残っていた。シグルドが、帰省費用は負担すると言っていたのだが、それでも残ることにしたらしい。

「若い女の子、ちょっと〝貸して〟くれない？　何日も溜《た》まってるし」

一瞬、理解が及ばなかったが、彼が言外に言っていることをなんとなく察すると、郁実は唖然《あぜん》とした。同僚たちを侮辱されたことに怒りで頭が沸騰《ふっとう》しそうになったが、相手はこの屋敷にとって長年の大事な顧客であるカールソン伯爵家の子息ということもあり、なんとか冷静を装って無理やり笑みを浮かべた。

「生憎《あいにく》、そういうサービスは行っておりません」

「じゃあ、君でもいいや。男はＮＧだけど、君はちょっと、いけそうな気がする」

「…………」

郁実は閉口しながらも、にっこりと笑って首を横に振った。

ヘレンは絶対にこの患者に近づけてはいけないとアマンダに伝えておかなければならない。

郁実はしつこい誘いを笑顔でかわしながら、飲み終わったグラス等を片付け、部屋を出た。洗い物を届けに、階下へ向かおうと階段を下っていると、踊り場でばったりロイと出会った。ちらりと郁実を見やって通り過ぎようとする彼に、郁実は慌てて声をかけた。

「……ロイ。最近はどうだ？　急に寒くなったけど、毛布とか足りてるか？　もし、寒かったらちゃんとアマンダさんに言うんだぞ」

「別に、問題ない」

短く答えて、ロイは再び仕事の場へと向かった。彼は最近、シグルドの仕事も手伝っているらしい。

力だけでなく、記憶力と頭の回転も抜群に早い彼は、屋敷の経営にも携わっている。

「久しぶりに、ちょっと話さないか。今週末、久しぶりに街にでも買い物に出て……」

「……買い物は、先週ヘレンと済ませた」

「そ、そうか……楽しかったか？」

「ああ」

「……よかったな」

「じゃあ」

それだけ言って、ロイは去っていった。

あのロイが、自分以外の人間と街に買い物に出かけた。すごい進歩だ。それは本来ひどく喜ばしいはずなのに、胸がジクジクと痛み、郁実は一人しばらく、踊り場に立ち尽くしていた。

（こういうもんなんだよな……）

巣立ちの瞬間というのは、突然訪れるものだ。彼を拒絶して自分から離れるように促したのは自分だ。もしこの先、自分が病やケガで倒れたり、命を落とすことがあっても、ロイは寂しい思いをすることなく、ちゃんと生きていける。

「……これでよかったんだ」

ズキズキと痛む胸を押さえて言い聞かせるように呟《つぶや》き、郁実は少し寂し気に笑った。

（えーとネビアの粉末は大量に吸い込むと体の自由が利かなくなるが、ごく少量なら鎮痛効果がある……）

郁実はその日、自室に引きこもって本を読みながら、メモを取っていた。

外は今もまだ吹雪《ふぶき》が止《や》まずに、雪が降りしきっており、屋敷内は耳が痛くなるほどの静寂に包まれている。入院患者はアントンだけで来客もなく、安息日の間は屋敷の仕事は最小限と決まりがあるため、本当にやることがない。

去年のこの時期は、ロイと一緒に街に買い物に出かけたり、ボードゲームをしたりと充実した休暇を過ごしていたが、今年は何もすることがなかった。

ロイは郁実を積極的に避けている訳ではないが、以前とはまるで様子が違うし、屋敷の人間たちと交流を持っているようだから、邪魔するのも悪い。

せめて何か役に立つことをと、本格的に薬草の勉強を始めてみることにした。ぼんやりとしていると、無性に寂しさを感じてしまうから、気を紛らわせるのにちょうどよかった。薬草が取り扱えれば、万が一この屋敷を出ていかなければならなくなった時も、ロイを養っていけるだろう。

（リグドラ草とティグドラ草はよく似ているが、効用が全く違うので取り扱いに注意。匂《にお》いで判別する。……そういえば、地下にあったな。あとで嗅《か》ぎ比べてみよう）

その時不意に部屋のドアが開いた。ロイだと思い慌てて顔を上げると、シグルドが苦笑を浮かべながら言った。

「そんなあからさまにしょんぼり顔しないでくれる？」

「なんでだよ。そんな顔してないだろ」

「いやしてたねー。一瞬目を輝かせてこっち見て、僕だって分かったとたんしょんぼりしてた。ご主人様が帰ってくるのを待ってるワンコみたいだったよ。ロイじゃなくてごめんね～」

「いけしゃあしゃあと嘘《うそ》を吐《つ》くな」

呆《あき》れたような声で言いながらも、ついちらりと鏡を見てしまうと確かにしょんぼりとした自分の顔と目が合った。

「ていうか……うわ、何!?　休みだっていうのに勉強!?　ドン引きなんですけどー」

「こう天気が悪いと何も出来ないしな」

苦笑いしながら言うと、シグルドは「それもそうか」と言ってテーブル横の椅子に腰かけた。

お茶でも淹《い》れようかと立ち上がろうとしたとき、シグルドが不意に言った。

「郁実くん」

「？」

「抱きしめてあげよっか」

「……いきなり何言ってんだ」

シグルドはよく、こういう突拍子もないことを言うので別段驚くこともないが、「寂しそうだから」と言われると少しだけドキッとした。

「びっくりしたよねー。あいつ、急に郁実くん離れしちゃって。あんな急に変わられると正直ショックでしょ？」

「別に、そんなことないぞ。毎晩朝まで快適に寝られて、最高だ」

本当は、逆に寝つけなくなってしまった。

毛布は十分に温かいものを支給されているから、寒くて眠れないという訳ではないが、冷えてくると、ロイの腕の熱が無性に恋しくなる。

「フーン。それならよかった。あいつもちょっとは成長したみたいだね。最近、女の子たちと割とまともに話してるところ見かけるし。この屋敷にモテ男は僕一人だけでいいんだけどなぁ～」

「……クールにしてみたらモテるんじゃないか？」

ヘレンがおしゃべりな男は嫌いと言っていたことを思い出しながら言うと、シグルドは首を横に振った。

「無理無理黙ってらんない。それに、話してて楽しい奴《やつ》の方が絶対よくない？　まー僕のよさはもう少し大人のレディにならないと分からないかぁ」

「そうだな。本当にそう思うぞ」

　大雪による静寂を吹き飛ばすように一気に部屋を明るくしてくれるシグルドに、郁実は救われたような気持ちになって深く頷《うなず》いた。するとシグルドは少し照れくさそうに目を逸《そ》らした後、少しの間黙り込み、やがて言った。

「郁実くん。これを言うのは最後にするけど……本当に、元の世界に戻る方法探さなくていいの？」

「え？」

「帰れるのかどうか分からないけど……もし帰れるとするなら、今ならまだ、三、四年じゃん？　これが十年とか経《た》って、あいつが完全に大人になって、元の世界に戻りたいなって思ったとしても……戻っても、そこに居場所あるの？」

「………」

　居場所。その言葉にドキリとした。

　優斗《ゆうと》はもう、社会人としてしっかりやっているだろう。陸斗《りくと》も大学を卒業しているはずだ。

　大人になった彼らの姿を一目見たい。

　仕事も、とっくにクビになっているとは思うし、数年の空白が出来ているが、それでもまだ二十代なら、なんとかやり直せるかもしれない。

　思考とは全く裏腹に、自分でも無意識に首を横に振っていた。

「ちょっとは大人になったって言っても、……まだあいつ十五歳ぐらいだから。それに半魔だし、この先まだどうなるか分からないからな」

そう、十五歳はまだまだ子供なのだ。

――下の弟の陸斗の反抗期はかなり激しく、高校に入ってからは徹底的に郁実を避け、家出を繰り返すようになった。心配して喧嘩《けんか》をして、何度も探しに行って捕まえて。それを繰り返すうちにさらに嫌われていった。

郁実自身も疲れ果て、もう放っておくしかないのかと思っていた、ある日のことだった。

深夜、仕事先から帰ってきてマンションの廊下を歩いていると、陸斗がなぜか家の中に入らず、玄関のドアの前に座り込んでいた。その顔は真っ青だった。近づいてみると、妙に焦げ臭い。

『おい、何があった!?』

様子がおかしいことに驚いて聞いてみると、彼は震える声で『三十万貸して』と言った。

『……なんで三十万?』

『……万引きでもなんでもして、金を作って来いって。出来なかったら、次は目を焼いて川に突き落とすって……』

よく見てみると陸斗の前髪はライターのような物で炙《あぶ》られたのか、焦がされていた。

一体どういうことなのか経緯を問いただすと、陸斗は俯《うつむ》きながら依然声を震わせて話しだした。

陸斗は、家出を繰り返すうちに少し年上の悪い仲間ともつるむようになっていたらしい。と言っても、まだ高校生の彼に、夜遊びする金などない。悪い仲間はカラオケ代も飲み食いする金も〝奢《おご》って〟くれたと言う。だが、ある日突然、相手は〝貸して〟いたのだと言い張り、今まで貸した金三十万を払えと脅してきたらしい。

『……ダメだ。三十万なんて貸せない』

『なんでだよ！　郁兄、どうせ貯め込んでんだろ⁉』

『貯め込んでる。でもこれは、お前らの将来のための金だ。……三十万渡したら絶対次は五十万。百万ってなるぞ。そんなバカげたことに、大事な金は渡せない』

『でも、じゃあどうするんだよ！』

『大丈夫だから。俺に任せとけ』

正直、こんな時の対処法など郁実にも分からず、恐ろしかったが、ガタガタと震える陸斗を前にしたら、そう言うしかなかった。

結局、郁実が頼ったのは警察だった。幸いにもそのときすぐに警察は動いてくれて、相手の少年を補導した。もしまた恐喝したり、危害を加えるようなことがあったら、次は逮捕だという言葉が効いたのだろうか。彼らは釈放されても陸斗に報復を加えることはなかった。

『えらかったな』

『は？』

警察署からの帰り道、少しだけ安心した様子の陸斗に、郁実は声をかけた。

『万引きとか、悪いことに手を出す前に、ちゃんと俺に話して相談しただろ。えらいぞ』

『…………』

彼はバツが悪そうにしながらも、小声で『ごめん』と謝った。

陸斗はそれからも郁実に対する態度はあまり変わらなかったが、よほど懲りたのか、夜遊びに出かけることはなくなり、二度とそう言ったトラブルに巻き込まれることはなかった。

その時思ったのだ。郁実のことをどれだけ嫌っていようと、彼らにとっての保護者は自分だけだ。自立したように見えても、まだまだ間違いを犯してしまう年だと思う。

間違いを積み重ねて、子供は大人になる。間違いを犯したとき、あるいは犯しそうになったとき、フォローする保護者がいなければ、彼らは間違ったまま進んでしまう。

「どんな時でも力になってくれる絶対的な味方って必要だと思うんだ。ほら、シグルドにとってのアマンダさんみたいな」

「絶対的な、味方……」

「それに……向こうの世界に、俺……居場所って言えるような場所はないんだ。弟たちのことも……俺が一方的に好きなだけで、結構嫌われてるし……戻っても、うざがられると思う。それでも、会いたいと思っちまうけどな。どこの世界に行ってもほんと、ダメな大人なんだよ」

こういう大人にはなるなよと言って笑うと、シグルドはしばらく口元を引き結んで不意に立ち上がり、郁実をギュッと抱きしめた。

「……ダメな大人でも、すごいよ。僕は尊敬してるから」

少し早口にそう囁《ささや》いて身を離すと、シグルドは珍しく照れくさそうに目を逸らした。

シグルドと久しぶりにゆっくりとお茶をしながら話をして、幾分気分も浮上すると、郁実はリグドラ草とディグドラ草の匂《にお》いを嗅ぎ比べようと、地下室へと向かった。カンテラの明かりで照らしながら、整然と並んだ薬壺《やくつぼ》を見て回っていると、薬棚の間から、白い女性の足が見えた。

一瞬幽霊かと勘違いして竦《すく》みあがり、危うくカンテラを落としてしまうところだった。

白い足はじたばたと激しく動き、何かに抵抗しているようだった。

「いや……っ、やだ！　やめて！」

（この声、ヘレンか……!?）

24. 波乱

ただごとではない様子に、郁実《いくみ》は足音を忍ばせて近づき、その目に映った光景に驚愕《きょうがく》した。

アントンが、ヘレンの上に馬乗りになっていた。彼女の衣服は乱され、これから何をされそうになっているのか嫌でも分かる。

「なっ……何を！　おやめください！」

郁実は慌てて駆け寄ってそれを止めようとした。

「なんだよ、邪魔すんなよ」

アントンは不機嫌に舌打ちして振り返り、郁実の姿を捉《とら》えるとニヤリと笑った。

「君かぁ。僕は別に、君でもいいんだよ。男っていうのが気に入らないけど、たまには変わり種も食ってみたいし」

「……このことは、旦那《だんな》様に報告します」

「報告？　そんなの無意味だよ。たかが成り上がりの治癒魔法師のアンドレセン家が、名門のカールソン家に敵《かな》う訳ないだろ」

アンドレセン家の方が、圧倒的に財力はある。だが、地位は確かにこの男の方が上だった。

アンドレセン家が世界的な治癒魔法師として名を馳《は》せるようになってからまだ歴史が浅いというのと、治癒魔法師という特性上武勲も上げられないためだ。

だが、立場が上だからと言って、屋敷の使用人をレイプするなんて言語道断だ。

このまま自分が話していても埒《らち》が明かない。今はヘレンを連れて逃げようと、泣きじゃくる彼女の手を引こうとしたその時だった。

「うっ……あっ……!?」

ビリッとした強い衝撃が体中を駆け巡り、郁実はその場に倒れた。

アントンの右手には、バチバチと小さな雷のような電光が取り巻いている。

「僕は貴族だから特別な魔法が使えるんだよ。驚いたか？　無能の役立たずのゴミ共」

「な……っ」

「尤《もっと》も、さすがに大ケガが治るまでは使えなかったが……お前のありがたい看病のおかげで、ここまで回復した」

アントンはニコニコと語りながら、未《いま》だ倒れて震えている郁実の背中に手を当て、再び魔法を放った。

「ああ……っ、あああああっ」

何度も連続で電流を流され、郁実は悲鳴を上げた。

「いいねえ。その声。その顔。興奮してきた」

（こいつ……やばい）

あまりの痛みに意識が朦朧《もうろう》としてくる。だが、今気を失ったら終わりだ。なんとか起き上がろうとするが、指の先まで痺《しび》れて体に力が入らない。口の中は、血の味がした。

「あれ？　気絶しちゃった？　反応ないとつまんないなぁ。じゃあ、起きるまではこっちで遊んでようかな」

アントンは自分の足元で泣いているヘレンを見ながらつまらなそうに言った。

「いや……やだ、助けて。ロイ、助けてよ」

ヘレンが啜《すす》り泣《な》きながら祈るようにそう言っていた。

郁実は全身の痛みで未だ冷や汗がだらだらと流れる体を引きずり、なんとかヘレンを守ろうと這《は》い寄《よ》った。

その時、ふと薬棚の壺のラベルに目が行った。

――ネビア草。

（効能は……ごく少量で鎮静剤。大量に吸い込むと一時的に体の自由が利かなくなる）

「ヘレン！　息止めてろ！」

郁実は自分の鼻と口を片手で覆い、その壺を掴《つか》むと、思い切りアントンに向けて中身をぶちまけた。

「なっ……に、を……」

持続時間は短いものの、ネビア草の効果には即効性がある。アントンは一瞬で体中が麻痺《まひ》したのか、涎《よだれ》を垂らし、その場に倒れ、ピクリとも動かなくなった。

「お、ま……覚、えてろ……」

悪魔のような形相で自分を睨《にら》みつけるアントンに目もくれず、郁実は無我夢中でヘレンを起こし、手を引いて走って逃げた。

ネビア草は即効性の割に持続時間が短い。完全に麻痺しているのは僅《わず》かな時間だろう。追いつかれる前にと必死に走ったが、地下から地上へと繋《つな》がる階段の途中でヘレンが急に走るのをやめて立ち止まった。

「どうした？　立ち止まるな」

「……ね、ねえ、あの人、貴族だよね？　あんなことして、大丈夫？　……私、この屋敷をクビになったら困る。レイプされそうになったなんて、ロイに知られたくないし……」

ヘレンは涙を拭《ぬぐ》いながら、自身の体を見下ろして言った。郁実は背後を気にしながらも、切実な声で訴えるヘレンを安心させるように、少し背をかがめて視線を合わせながら言った。

「今後の事は、シグルドに相談するけど、ヘレンのことは名前を伏せて報告するから。……でも、アマンダさんには話した方がいいんじゃないか？」

心のケアの事も考えても、抱え込むのはよくないと思いながらそう言うと、ヘレンは「そうする」と言って頷《うなず》いた。

じゃあ行こうと急いで手を引っ張ったが、やはりヘレンは立ち止まったままだ。

「ヘレン！」

「……シグルド坊ちゃまに相談して、解決するのかな。伯爵様のご子息で、お得意様なんでしょ？」

「伯爵家だろうとなんだろうと、こんな横暴を許せるわけないだろう。ヘレンの名前は出さないから、とにかく戻ろう」

「シグルド坊ちゃまはこの屋敷の当主じゃない。旦那様は絶対に使用人を守ってくれないし、伯爵の機嫌を損ねないようにあなたを解雇する。郁実がこの屋敷クビになったら、ロイも出て行かなきゃいけないいんでしょ？　そんなのやだ」

「ヘレン……」

　ヘレンは、郁実をじっと見つめて訴えるように言った。

「ねえ、お願い。謝ってきてよ。あなたは男なんだから大丈夫でしょう？　あの人を満足させてあげれば……それで許してくれるかも」

「な、何を馬鹿なこと……」

　とにかく行こうと強く手を引っ張ったが、ヘレンは動かず、郁実の背後をちらりと見た。

「え……？」

　振り返ろうとしたその時、バチッという音と共に、体中に凄《すさ》まじい痛みが走った。

「がっ……はっ……」

　あまりに強い衝撃に悲鳴もあげられないまま、郁実はそのまま階段を転がり落ちた。背中と頭を強く打ち付け、痛みに呻《うめ》く郁実をアントンがすさまじい怒りの形相で見下ろしていた。

　アントンの肩越しに、ヘレンが真っ青な顔で立ちすくんでいるのが見える。

　逃げろ。

口だけ動かしてそう促すと、ヘレンはハッとして脱兎のごとく逃げようとした。

その背中に向かって、アントンが言う。

「君はここで見張りしててよ」

「ヘレ、ン……、い、いから、逃げ……ぐっ、う……っ」

靴の底で思い切り腹を踏まれ、郁実は苦痛に呻いた。

「コトが終わったあと、もしドアの前に君がいなかったり、誰《だれ》かを呼びに行ったりなんかして邪魔したら……お父様に頼んで、君を娼館に売り飛ばして貰《もら》うから」

「や、やだ……！」

「じゃあそこで終わるまで立って、誰も中に入れるなよ」

「やめ、ろ……その子は、まだ子供なんだ……。逃がしてやって、くれ」

「口の利き方に気を付けなよ？　〝やめてください〟〝逃がしてやってください〟だろ」

「痛……っ、や、やめて、ください……逃がしてやって、ください」

腹を踏みつけられるまま、必死にそう訴えると、アントンはニヤニヤと言った。

「……今から、僕の言うことに少しでもお前が逆らったら、そっちのオンナノコを犯すから」

「ひっ……」

ヘレンが怯《おび》えたように身をこわばらせた。

「そんなこと、させない。だい、じょうぶ、だから、な……」

「かっこつけやがって。いつまで持つかな？」

興奮して息を荒らげながら郁実の髪を摑むと、アントンはもう一度ヘレンに見張りをするように言い、薬草庫の中へと引きずり込んだ。

「まず、服を全部脱げ」

「わ、分かった」

「分かりましただろ！」

「わ、分かり、ました……」

手に電流を纏《まと》わせながら脅され、郁実はその息も止まるような激痛を思い出すと、ぶるぶると手を震わせながら服を脱いだ。

これからされるであろうことを思うと、恐怖と絶望に涙が零《こぼ》れそうになったが、この男の前でそれを見せるのはプライドが許さなかった。出来るだけ事務的に衣類を脱ぎ捨てると、アントンはごくりと喉《のど》を鳴らし、郁実の体を嘗《な》め回すように見た。

「へえー、肌綺麗《きれい》じゃん」

無遠慮に体中を撫《な》で回され、肌が粟立《あわだ》つ。郁実は目の前の男から目を逸《そ》らし、歯を食いしばって耐えながら、さりげなく薬棚を見回した。

先ほどのネビア草のように、何か使えそうな薬草はないだろうかと、すばやくラベルに目を走らせる。だが、それに目ざとく気づくと、アントンは思い切り郁実を蹴《け》り飛ばし、その場に押し倒した。

そして自分のボウタイを解くと、郁実の両手首を後ろ手にギリギリと縛り上げる。

「ナメてんの？　またさっきみたいなマネしたら殺すよ？」

「……っ」

痛いぐらいにきつく縛られてしまうと、少しも手が動かない。それに相手は、魔法が使える。

絶望的な状況だった。

アントンはズボンの前をくつろげると、すでに興奮のためか勃《た》ちあがっている性器を取り出し、郁実の前髪を摑み上げて上を向かせ、口の前に突き出した。

「舐《な》めろ」

「………」

目の前に突き出されたグロテスクな大きな性器を見ると、とても舐めることなど出来ずに躊躇《ちゅうちょ》していると、アントンは少し苛立《いらだ》った様子で前髪を摑む手に力を込めて言った。

「嫌なのか？　じゃああの子に代わってもらう？」

郁実は慌てて首を振ると、目をきつく閉じてその性器を舐めた。

「もし少しでも歯を立てたら、あの子とチェンジな」

震えてしまいそうになる唇でなんとか慎重に舐めていると、しばらくしてまどろっこしそうにアントンが郁実の後頭部を摑み上げ、思い切り喉奥に突き立てた。

「ぐっ……!?」

反射的にえずきそうになったが、後頭部を押さえこまれたまま何度も喉奥を突《つ》かれる。そのあまりの苦しさに、目から涙が溢《あふ》れ出た。

「んっ……ぐっ、ん……っ、んん――――っ」

「あー、最高」

まるで玩具《がんぐ》のように荒々しく喉奥を犯され、程なくして口内に思い切り青臭い精液が吐き出された。

「ゴホッ、ゴホッ……」

激しく咳《せ》き込みながら必死で息を整える。

欲望を吐き出したのだから、これでもう解放してもらえると思った。

だが、そう必死に祈る心をあざけるように、アントンは未《いま》だ咳き込み続けている郁実の両太股《ふともも》を摑むと、左右に大きく割った。

「次はこっちだ」

「っ……」

「くそ、狭いな……入らない」

本来男を受け入れる場所でもなく、なんの準備も施されていないのに入るはずもない。それなのに、アントンは苛々《いらいら》としながら、力任せに入れようとした。

「痛っ……む、りだ、やめ……っ」

「うるさい！　黙ってろ！」

アントンはそう言って郁実の頰を張ると、薬棚に転がっていた細身の薬瓶を手に取った。

「……ちょうどいい。これで慣らすか」

細身とは言え、硬質な瓶を無理やり捻《ね》じ込まれると、郁実は経験したことのない痛みにのけぞった。

無我夢中で足をばたつかせるが、アントンはそれを力ずくで中に押し込んでいき、太股に、血が伝った。

「ゆ……ゆ、るしてくれ……たのむ、い、痛い……っ」

額から脂汗を流しながら懇願する郁実に、アントンはさも楽しそうに言った。

「別にいいよ。ギブアップするなら代わりにあの女の子を呼ぶだけだから。どうする？」

その時ほんの少しだけ理性が揺らいだ。悪魔に魂を売ってでも、この苦痛から逃れたかった。

だがそれでも結局逃げることは出来ずに、郁実は縛り上げられた手をきつく握りしめて押し黙った。

「震えてるのに頑張るねえ。嬲《なぶ》りがいがあるよ」

（たすけて……たすけて、誰か）

朦朧とする意識の中、脳裏に浮かんだのは、なぜかロイの顔だった。ロイは、自分が守らなければならない立場だというのに。

その時、ドアの向こうでヘレンの悲鳴が上がった。

25. 衝動を止める

（ヘレン……？）

ただならない様子の悲鳴に郁実《いくみ》は目を見張り、それとほぼ同時に薬品庫のドアが開く音がした。

助けてくれ！　と咄嗟《とっさ》に悲鳴をあげるよりも早くアントンが郁実の口を押さえた。

「……っ」

「大人しくしてろ。……くそ、あのガキ見張りもできないのか」

遊びを邪魔された子供のようにアントンは不機嫌になり、舌打ちした。

明らかに誰かが入ってきたにも拘《かか》わらず声がしない。カツン、カツンという足音だけが冷たい石床の地下室に響き、ただならない緊張感に、アントンも少し不審そうに立ち上がる。

やがて足音はピタリと止まり、薬棚の間に誰《だれ》かの人影が長く伸びた。辺りは薄暗く、アントンの体に遮られて、足元しか見えなかった。

その影の主に向かって、アントンが不機嫌に話しかける。

「君は誰だ？　見たことのない使用人だな。ここは今、取り込み中だから出、てって……がっ……」

アントンが最後まで言い終わることはなかった。

何があったのかは見えなかったが、彼の体はまるで魔法のように勢いよく吹っ飛び、薬棚に激しく体をぶつけた。その衝撃で、薬瓶がいくつか床に落ち、次々と割れる。

その衝撃にきつく目を瞑《つぶ》った後、郁実は恐る恐る目を開け、そこに立っていた人物に驚愕《きょうがく》した。

「ロ、イ……なんで……」

どうしてここに。

以前はいつも郁実の後を付いて回っていたが、最近はずっと避けられていると感じるほどに距離を置いていた。

都合のよい幻ではないだろうか。

ロイは頭から血を流して呻くアントンの横を通りすぎ郁実の前に立った。その顔は無表情で、真っ青だった。

「………」

郁実は今の自分の姿を思い出してハッとした。下着一つ身にまとっておらず、顔にはアントンの精液がこびりついている。こんなひどい姿を見られたくなくて必死に身を捩《よじ》るが、手を後ろ手に縛られていてどうにもならない。

ロイは郁実の太股に伝う血を見ると、ハッとしてわなわなと手を震わせた。

ギリギリと握りしめた手には、魔物特有の長い爪が食い込み、血がぽたぽたと滴り落ちる。

彼は勢いよく振り返り、アントンの髪を掴《つか》み上げると、その頬をめちゃくちゃに殴り始めた。

「ぐあっ……」

骨が砕けるような音に、郁実は真っ青になった。

「ロイ!!　ダメだ！」

魔物の力で本気で人間を殴ったら、ただでは済まない。アントンの顔は瞬く間に血まみれになって腫《は》れあがった。倒れ伏したその体を今度は激しく蹴り上げる。

「ひ、ひ、い……ころ、さ、ない、で……ギャアアアアッ」

「ロイ！　やめろ！　やめてくれ！」

必死に呼びかけるが、ロイの暴行は止まらなかった。そのあまりに凄惨《せいさん》な光景に、郁実は涙と吐き気がこみ上げてきた。

（このままじゃロイは……人を殺してしまう……）

郁実は無我夢中で不自由な手を動かし、割れた薬瓶の欠片《かけら》を指先で挟むと、必死にそれで手首を縛っているボウタイを切ろうとした。

すでにアントンの体は生きているのが不思議なぐらいの血に染まっていて虫の息だ。

無我夢中になりすぎて、人間への変身を保つのも忘れたのだろうか。ロイの瞳《ひとみ》はみるみる血の色に染まっていき、頭からは魔物の角《つの》が生え、体の周りを黒炎が取り巻いていく。

「ば、バケ……、モノ……」

息も絶え絶えに言ったアントンに、ロイは口の端を歪《ゆが》めて笑った。

「はは、〝同胞〟だな」

ロイが思い切り手に力を籠《こ》めると、天井まで覆いつくすような黒炎の柱が立ち上った。すさまじい風圧に薬棚が倒れ、激しい音を立てる。

あの炎を浴びせたら、アントンは間違いなく死ぬ。

ロイがやろうとしていることに気付いた時、郁実はめちゃくちゃにガラス片を動かした。うまく動かず、手の甲を何度か誤って刺してしまったが、無我夢中だったので痛みすら感じない。

「死ね、バケモノ」

そう言ってロイが黒炎を放つのとほぼ同時に、郁実は拘束するボウタイを切り、手をかざして光のバリアを張った。

凄《すさ》まじい力に押されながらも必死で食い止めると、ロイは目を見開き、慌てて黒炎を消した。彼は信じられないというようにしばらく呆然《ぼうぜん》としていたが、やがて怒りに肩を震わせて叫んだ。

「なんで止めるんだ！」

「……殺すの、だけは……ダメだ」

「殺されて当然だ！」

「それでも、ダメだ」

「……お前はレイプした奴《やつ》も笑って許すのか。お人よしを通り越してどうかしてるぞ」

その言葉に、郁実は目を見開いた。

「許せないよ。……許せるわけないだろ」

悲しみに、自分の意思では堪《こら》えられない涙が溢れて、頬を伝い落ちる。それを見て、ロイはハッと息を呑《の》んだ。

「でも……こんな奴のために、お前が〝人殺し〟をするなんて絶対に嫌なんだ」

頼むからもうやめてくれと懇願する。

ロイは血まみれのアントンを見下ろしながら尚《なお》も怒りで肩を震わせていたが、やがて手を下ろした。


それから程なくして、物音に気付いたシグルドが薬草庫の様子を見に来た。

「何？　なんなの？　痴話喧嘩《ちわげんか》でも始まった？　……ってか何この惨状。大損失なんだけど」

シグルドは倒壊した薬棚や、割れて散乱した薬瓶を見回して、苦笑しながらひょいと薬棚の陰から顔を出したが、足元に広がる血だまりと、郁実の姿を目にするとすぐに全《すべ》てを察した様子でその顔から笑みを消した。

「…………」

ロイはその視線に気づくと、黙って自分の上着を脱ぎ、まるで隠すように郁実の体に羽織らせた。

シグルドはしばらくの間押し黙っていたが、やがて血だまりの中に横たわるアントンの姿に目を移すと、しゃがみ込んでぽつりと呟《つぶや》いた。

「うわぁ。生きてるのが不思議。こんなにヤバい状態のはいつかの郁実君のとき以来だな」

「シグルド……すまない。こんな……」

郁実は声を震わせて謝った。

シグルドもアマンダも、ロイを半魔だと知って、それでもこの屋敷で働かせてくれた。それなのに、最悪の形になってしまった。

だが、シグルドは意識のないアントンを注意深く観察した後、胸倉を掴み上げて、すでに原形をとどめていないその顔を立て続けに三回殴った。

「シ、シグルド……？」

驚いて声を上げると、彼は滅多に見せない怒りの表情を見せて言った。

「もう三発ぐらい殴ってもギリ死ななそうだったから。このまま生ゴミとして処理したいところだけど、……死ぬと面倒だからなんとか治すよ。出来るだけ長～く苦しめる方法でね。治癒魔法師はそういうの得意なんだ」

手についた血をハンカチで拭《ぬぐ》いながら淡々と語った後、シグルドは郁実の方を向き直り、深々と頭を下げた。

「ごめん、郁実くん」

「……？」

「全部僕の責任だ。郁実君がアマンダにこのゴミのこと報告してくれた時に、無理やりにでもこの屋敷から追い出してればよかったんだ。……ほんとごめん」

シグルドにもどうにもならなかったことだろう。彼はまだ十五歳の子供で、この屋敷の当主ではない。父親の意向には逆らえないだろう。本来背負わせてはいけない問題だ。

「シグルド……ちがう、お前は何も悪くないだろ」

首を横に振ったが、彼は手をきつく握りしめたまま言った。

「この件は僕の方でなんとかする。ケガは跡形もなく治すよ。〝暴行だなんて、息子《むすこ》さんが大げさに言ってるだけです〟って押し通せるぐらい、傷痕《きずあと》一つ残さずにね。まあそう簡単にコトが済まされるとは思えないけど……」

シグルドはそこで、ちらりとロイの姿を見た。

「一番問題なのは……こいつが魔物だっていうのを見られたことだね。カールソン伯爵は、グランフェルト公……つまり、ロイのおじい様と交流があるから」

「！」

「それがなければ……〝魔法薬の影響で幻でも見たんでしょう〟で押し通すんだけど」

どのような目的のためか分からないが、グランフェルト公はかつて、ロイに懸賞金をかけて探していた。もし耳に入れば取り返しに来るかもしれない。

「どっちにしろ、吹雪《ふぶき》が止《や》むまではこのゴミは屋敷に置いておくしかないし、明日考えよう。それより、郁実くんのケガの治療が先だ。こっちはその後でいいや。止血して心機能高めとけばあと三十分は持つでしょ」

ひどく億劫《おっくう》そうにアントンに軽い魔法をかけると、シグルドは郁実の方に向き直った。思わず目を逸《そ》らし、血の滴る太股《ふともも》をすり寄せると、彼は悲しげに笑って首を横に振った。

「大丈夫。そのままで、何もしなくていいから」

白い光が全身を包み込むと、殴られた痣《あざ》も、傷の痛みも消えて行った。あの悪夢など、何もなかったかのように。

「まだ痛むとこはない？」

胸だけが、ズキズキと痛んだままだ。だが、これは彼には治せない痛みだということは分かっている。

「……ああ、大丈夫だ。シグルド。念のためヘレンも診《み》てやってくれ。あの子も……こいつに襲われたんだ」

「必要ない」

ロイが被《かぶ》せるように言った。その目はゾッとするほどの憎悪に満ちていた。

シグルドが何かを察したように苦笑を浮かべる。

「さっき泣きながら元気に階段を駆け上がってるの見たけど？　……ま、いいや。アマンダにお願いしておく。多分、ケガをしてたとしても掠《かす》り傷だろうからね」

26. 抱擁

郁実《いくみ》は部屋に戻ると食事も摂らずに、頭から毛布を被《かぶ》って部屋に引きこもっていた。アマンダが心配して温かい飲み物や、簡単に食べられそうなものを運んで来てくれたが、どうしても食べることが出来なかった。

彼女は郁実に何も言わなかったが、シグルドから聞いて大体のことは知っているのだろう。寝る前に、温かいお茶を差し入れてくれて、しばらくの間、ただ黙って優しく肩を摩《さす》ってくれた。

最後までされた訳ではない。だが郁実にとっては、どちらにしろ同じ事だった。嬲《なぶ》られ、弄《もてあそ》ばれた恐怖と屈辱が何度もフラッシュバックして、叫び出しそうになる。喉《のど》の奥に、まだあの性器の苦い匂《にお》いが残っている気がして、何度も嘔吐《おうと》した。

これから一体どうなるのか。この屋敷を出ていかなければならなくなったら、どうやって金を稼いでロイを守っていけばいいのか。色々と考えなければならないのに、何も考えられない。

どれだけ時間が経《た》っただろうか。

廊下の床がギシリギシリと軋《きし》み、誰かがこちらに向かってくる音がした。

(……?)

安息期間で帰省中のため、郁実の部屋の周辺は皆、空き部屋となっているはずだ。

アントンは今、生死を彷徨《さまよ》うような重体で起き上がれるはずもない。それなのに、不意にドアが開いてまた彼が襲ってくるような気がして怖かった。

恐る恐る起き上がり、耳を澄ませると、やはり足音は明確に郁実の部屋に向かって歩いて来ている。

冷たい汗が全身から吹き出し、体に纏《まと》わりつく。

（アントンの訳ないだろ。しっかりしろ）

自分で自分を叱咤《しった》するが、どうしても恐ろしくなってベッドの隅で蹲《うずくま》り、毛布を握りしめて祈るような気持ちで震えていると、不意にドアが開いた。

怖くて目が開けられずにいたが、肩をそっと摑まれ、「おい」と呼びかけられ郁実は顔を上げた。

「……ロイ」

全身から力が抜けていく。冷や汗で、全身がびっしょりと湿っていた。

「な……、なんだよお前か。びっくりした……」

まだ激しく鼓動を立てる心臓を押さえながら笑顔を取り繕ったが、ロイは郁実の様子に驚いたように目を見張った。

あの一件以来、ロイが郁実の部屋を訪れるのは初めてのことだった。

先ほど、部屋に戻るとき、ロイが用があると言ってヘレンの部屋へと向かったのを郁実は見ていた。今はヘレンについていてやっているのだろうと思っていたから、自分のことも気にかけて来てくれたことが無性に嬉《うれ》しかった。

「ああ……そうだ。さっきアマンダさんが、お茶を持ってきてくれたんだ。ジンジャー入りのやつ……ちょっと冷めちゃったけど、飲むか？」

郁実はベッドの横に椅子を置いて座るように促し、もう一つカップを用意した。ポットからジンジャーティーを注ごうとするが、手がカタカタと震えて、上手《うま》く入れられない。

「郁実……」

「ごめん、寒くてかじかんでるみたいだ。ちょっと待って……」

手を擦り合わせても尚震えがおさまらない。もう一度ポットを持とうとしたとき、ロイが郁実の手からそれを取り上げた。そしてポットをチェストの上に置くと、そのまま郁実の体を緩く抱きしめた。

昔よく一緒に寝ていた時にされた少し苦しいぐらいの抱擁ではなく、優しく包み込むような抱擁だった。

「ロ、ロイ……」

「俺にこうされるの、嫌？」

「嫌じゃない……けど」

「けど？」

「…………っ」

自分を抱きしめる腕の温かさに安心すると同時に、目に熱い涙が浮かんだ。慌てて止めようとしても止まらずに流れだし、嗚咽《おえつ》までこみ上げてくる。

「ごめ、ん、や、やっぱ……離して……」

涙声で訴えても、ロイは離してくれず、郁実はただ小さな子供のように震えて、泣くことしかできない。

「ご、め……っ」

「なんで謝るんだ？」

「だって、俺……、大人なの、に……、男なのに、こんな、ごめ、ん……っ」

しゃくりあげながら言うと、ロイは抱きしめる腕をほんの一瞬解き、郁実の頬に伝う涙を親指で払うと、真剣な声で言った。

「関係ねーだろ。大人とか、子供とか、男とか」

「ロイ……」

その言葉に、ふっと心が軽くなった。

〝ねえ、お兄ちゃんなんだからあの子たちの面倒見てよ？〟

〝もう大きいんだから、そんな風に泣いたら恥ずかしいと思わない？〟

〝偉いわね。お兄ちゃんだからしっかりしてるのね〟

子供の頃《ころ》からずっと、周りの大人たちから言われ続けたその言葉が棘《とげ》のように胸に刺さっていた。

年上の自分はどんな時でも傷ついてはいけないような気がしていた。何か悲しいことがあった時は、一人で、誰《だれ》もいないところで泣かなければいけないと思っていた。

元の世界で、弟たちの反抗期に苦しんだ時も、一度も彼らの前で泣いたことはなかった。

あの時に我慢していた痛みまで、まるで膿《うみ》のようにどろどろと涙となって流れ落ちてくる。

ロイの体は、出会ったときよりもずっと大きくなり、その逞《たくま》しい腕に包み込まれるように抱かれると、ひどく安心して、郁実は縋《すが》り付くように震える手でしがみ付いた。

「……俺は、郁実以上に大事なものはない。側《そば》でガキが泣いてようとなんだろうと、無視して真っ先にお前を助ける」

そう言いながら自分の髪を撫《な》でる手は、ひどく優しく、先ほどまでアントンに凄《すさ》まじい程の暴力を振るっていたものと同じ手だとはどうしても思えなかった。

その晩、ロイは朝までずっと郁実の側についていてくれた。郁実はほとんど眠れずにいたが、時折短い眠りに落ちて悪い夢にハッと飛び起きても、ロイはすぐに気づいて郁実の髪を撫でてくれた。

誰かの前で泣きながら眠るのは、初めてのことだった。


冬の朝とは思えない温かさの中郁実は目を覚ました。

ガンガンと頭が痛み、全身がひどく怠《だる》い。泣き続けるという行為がこんなに疲れるものだと、初めて知った。

「おはよう」

頭を撫でられて瞬きを繰り返すと、ロイがすぐ目の前にいて驚いた。随分久しぶりの光景だ。

昔のように息が出来ない程ギュウギュウに抱き締められているという訳でもなく、緩やかな抱擁のままだった。

「おはよう……」

喉の奥から出てきた声はひどいガラガラ声だった。寝起きの顔をじっと見つめられて恥ずかしくなり、仰向けになって手の甲で目元を覆うと、ロイが不満げに言った。

「なんで隠す」

「ひどい顔してるから……」

「可愛《かわい》いけど？」

「からかうな。そんなわけないだろ」

そう言って顔を背けるとロイはちょっと待ってろと言って部屋を出て、程なくして硬く絞った冷やした布を持ってきた。それを目に当てられると火照《ほて》りや頭の重さが幾分マシになった気がした。

「食欲ないか？」

「うん……」

喉奥にまだ、あの欲望の匂《にお》いが残っている気がして、郁実はこみ上げてくる吐き気を堪《こら》えながら頷《うなず》いた。

もう涙は出し尽くしたはずなのに、少しでも思い出してしまうと、自然と瞼《まぶた》が熱くなる。ロイはそれに気づくと、郁実をゆるく抱きしめて言った。

「果物ぐらいならどうだ？」

「いい。大丈夫だ」

「じゃあ、飲み物は？」

小さく頷くと、ロイは微《かす》かに笑って「アマンダにもらってくる」と再び部屋を出ていった。

（……なんか……、いつのまにか、随分大人になったな）

頼りがいのある背中に少し頬が熱くなるのを感じると、郁実は慌てて布を押し当てた。

これではまるで、自分が子供になってロイに甘えているようだ。

（しっかりしないと……これからが大変なんだぞ）

気怠い体をどうにか叱咤して起こして窓辺に寄ると、少したてつけの悪い窓を押し上げて、外の冷気を浴びる。

連日続いた吹雪《ふぶき》は止《や》み、太陽が出ている。照り返しがひどく眩《まぶ》しく、郁実は思わず手でひさしを作った。

辺りは耳が痛くなるほどの静けさに包まれていた。吹雪が止んだということは、アントンはすぐに領地に帰るだろう。

そうなったら自分とロイはどうなるのだろうか。

果てしなく続く銀世界に途方に暮れて白い溜息《ためいき》を一つ吐《つ》いたとき、遠くの方で微《かす》かに馬の嘶《いなな》く声がした。

身を乗り出して見てみると、屋敷の裏門の前に馬車が止まっている。

まさか、もうアントンが、と身を硬くしたが、雪の照り返しに目を凝らして見てみると、ヘレンがアマンダに見送られ、ひっそりと馬車に乗り込もうとしているのが見えた。

「ヘレン!!」

思わず叫んだが、雪に吸収され声は届かない。慌てて部屋を飛び出すと、ちょうど部屋に入ろうとしていたらしいシグルドにぶつかった。

「おっとー。様子見に来たんだけど、随分熱烈な歓迎だねえ。嬉しいなぁ」

胸に飛び込むような形になってしまったのを、シグルドは上機嫌にからかったが、郁実は真剣な声で言った。

「シグルド……ヘレンが……ヘレンは、〝解雇〟されたのか？」

ややあってシグルドは「ああ」と思い出したように言った。

「紹介状を書いて、彼女は僕の叔父《おじ》さんの屋敷に移ってもらうことにした。叔父さんは僕のお父様の弟とは思えないぐらいちゃんとしたイイヒトだから大丈夫。むしろここより仕事楽だと思うし、いい環境じゃないかなあ」

それを聞いて少しだけ安堵《あんど》した。彼女の家は貧しく、働き口を失うことは死活問題だ。

「アントンか……？」

瞳《ひとみ》を揺らしながら聞くと、シグルドは間髪《かんはつ》を容《い》れずに「違う」と首を振った。

「あいつに……ロイに殺されないように守るため」

「……え？」

「昨日《きのう》あいつ……ヘレンを殺そうとしたんだ」

郁実の目が、驚愕《きょうがく》に見開かれた。

「な……なんで……」

「ヘレンは昨日、地下室の〝見張り〟をしてたでしょ」

「あれは、アントンに脅されたんだ。娼館に売り飛ばすって……」

「それはそうだろうって僕は思ったよ。彼女も間違いなく被害者で、こんなことになって当主代理として申し訳ないと思ってる。罪滅ぼしになるか分からないけど、見舞金は出したし、新しい仕事先も彼女にとって最善の職場を手配したつもりだよ。……でも、彼女はもう一人の当事者だから。確認しに行ったんだ。郁実くんに聞くのは酷だから、どういう経緯であんなことになったのか知りたくてね。でも、そうしたら……」

シグルドはその先の言葉を言うのを止《や》め、目に怒りを宿して口を噤《つぐ》んだ。

「ま、とにかく。僕はロイの気持ちは理解できるんだけど、実際に行動に移しちゃダメじゃん？人として。だから一応止めたけどね」

でも、と郁実は呆然《ぼうぜん》と呟《つぶや》いた。

「……ロイはヘレンと……あんなに仲よさそうにしてたじゃないか」

最近の彼らは、恋人同士だと噂《うわさ》が立つ程よく一緒にいた。一方的にヘレンが話しかけるだけではなく、ロイも以前よりも柔らかい表情で会話に応じていた。

少し胸が痛くなるぐらい、仲がよさそうに見えていたのだ。そのヘレンを、ロイが殺そうとしたというのが、信じられなかった。

「全部、郁実くんのためだと思うよ。仲よさそうにしてたのも含めて全部。屋敷の人間と仲よくすれば、郁実くんが喜ぶから。他の女と仲よさそうにしてたら、郁実くんが少しは嫉妬《しっと》してくれるかもしれないから。気を引きたいから。そんなとこじゃない？　あいつの行動基準は全部郁実くんなんだよ」

　それからシグルドは笑みを消し、真剣な声で言った。

「……あいつはいつか絶対、郁実くんのために人を殺すと思う。……魔物だから」

「シグルド！」

「侮辱じゃない、事実だよ。僕らとは考え方が違う生き物だ。自分にとって一番価値があるものを守るためなら越えちゃいけない一線を軽々越える。そこに道徳も善悪もないんだ」

　アントンの顔を殴り続けていた時のロイの表情を思い出し、郁実は無意識に手を握りしめた。

「手に負えないと思うなら、これを機に、今の内にグランフェルト公の元に返すのもありだと思う」

「…………」

　思わず黙り込んでしまうと、シグルドは笑って郁実の肩に手を置いた。

「出来ないんでしょー？　分かってるよ」

「でも……カールソン伯爵の口からグランフェルト公に報告が行ったら……」

　グランフェルト公は魔物の子供を探していることを周囲に伝えているはずだ。カールソン伯爵の口から伝わるのは時間の問題だろう。

「そう、それなんだけどね」

シグルドは、少し表情を曇らせて切り出した。

「アマンダとも相談したんだけど、アントン……ていうかカールソン伯爵がどう出るか分からない以上、君たちはこの屋敷にはいない方がいいと思う」

苦い表情で語るシグルドに、郁実は微かに俯《うつむ》いた。そうなるだろうと思っていたし、そうするしかないだろうと思っていた。だが、三年間をこの屋敷で過ごしてきて、ここがもはや居場所となっている郁実にとってそれは辛《つら》いことだった。

ここ以上に安全に、ロイの成長を見守れる場所はないだろうと思っていた。

何より郁実はこの屋敷も、この屋敷の人々も大好きだったのだ。皆、家族のように大切に想《おも》っていたから、こんな形で去ることになるのはひどく寂しかった。

「……そう、だよな。分かった。荷物をまとめておく。と言っても、そんなに荷物はないんだけど」

そう言って笑うと、シグルドはそうじゃないと言うように首を横に振った。

「あのね、これは解雇じゃないよ。ほとぼりが冷めて屋敷での君たちの安全が確保出来るまで、身を隠しててってこと。その分の手当も出す。君たちにその間、アマンダの家を使ってもらうから」

「アマンダさんの……？」

そういえば、アマンダは安息期間も家に帰っていなかった。これまで、彼女が屋敷を留守にしているのを見たことがない。

もしかしたら何か事情があるのかもしれないと思い、あまり深く詮索《せんさく》することはなかったが、休みは取らなくていいのかと聞くと彼女はいつも曖昧《あいまい》な笑みを浮かべていた。

「アマンダが若い頃《ころ》、旦那《だんな》さんと住んでた家だよ。その時僕はまだ生まれてなかったから詳しいことは知らないけど、若くして旦那さんが亡くなって、それでアマンダはこの屋敷に住み込みで働くようになったんだ。でも、思い出の詰まったその家はどうしても手放せないんだって。今は空き家のままにしてるらしいけど、定期的に人を雇って掃除とか修繕して貰《もら》って維持管理してるから、多分普通に住めるって」

「そんな大事な家に……俺たちが住んでいいのか？」

「うん。君たちが住んでくれたら嬉《うれ》しいってアマンダは言ってたよ」

「…………」

ただでさえ泣きはらして腫《は》れぼったい瞼がまた熱を持つ。

「でも……俺たちだけ逃げて、シグルドはどうなるんだ」

するとシグルドはおかしそうに首を傾《かし》げた。

「え？　僕？　どうにもならないけど？」

「カールソン家がこの件を放っておくはずないだろう」

それでもシグルドは、大げさだというように肩を竦《すく》めて言った。

「だからと言ってどうにもならないよ。アンドレセン家の治癒魔法には、世界中の貴族が世話になってるんだから。どんなに金も地位も名誉も持ってる人でも、命にスペアはないからね。僕はどんな病気でもケガでも治せて命を救えるんだから、もはや神の領域ってやつだよね。だからカールソン家がこの家を潰《つぶ》そうとしたとしても、現実的に不可能だ。それに今やもう、僕がいなきゃこの屋敷は回らないから、お父様に勘当されることもない。なんらかのペナルティはあるかもしれないけど、アマンダもいるし大丈夫。君たちは君たちの心配だけしててよ」

飄々《ひょうひょう》とそう語るシグルドは自分よりもずっと年下なのにひどく頼もしく思えた。

「何度でも言うけど、こうなったのは僕のせいなんだ。当主代理として責任取らせてよ。郁実くんのことは絶対守るし、郁実くんが大切にしてるアイツのことも、まあ一応、守ってあげようと思ってるから」

「シグルド……！」

「わっ」

郁実はたまらず、シグルドに抱きついた。

四年前、ボロボロになってこの屋敷に辿《たど》り着《つ》いてからずっと世話になっていた。今回も、窮地を救ってもらって、この少年に自分はどれだけ感謝をすればいいだろう。とても言葉では言い表せない。

シグルドはしばらくの間驚いたように固まっていたが、やがて少し頬を赤くしたまま言った。

「郁実くーん、すんごく嬉しいんだけど、僕殺されそう」

「？」

顔を上げると、いつの間にか郁実のための果物を持って戻ってきていたらしいロイが殺意に満ちた目で黒炎を纏《まと》わせ、こちらを睨《にら》んでいた。

「ろ、ロイ！」

そのあまりの形相に驚いてシグルドから離れると、ロイは郁実の手を掴《つか》み、自分の後ろに隠すようにした。

あからさまな行動に、シグルドは心底呆《あき》れたように笑う。

「……はぁ、この不毛な馬鹿馬鹿しいやり取りも、しばらくなくなると思うとちょっと寂しいなぁ」

いつも通り冗談ぽく言ったシグルドの声は、ひどく寂しげだった。


出発は出来るだけ早い方がいいだろうと、その日の夜のうちに郁実はロイと共に馬車に乗り込み、隣町に向けて発《た》った。

見送りにはシグルドとアマンダが来てくれた。

「馬車の中は冷えるから毛布を使いなさいね。それからこれも」

そう言って、アマンダは温かいスープを持たせてくれた。

「ありがとうございます。アマンダさん……」

アマンダは目に涙を溜《た》めて腕を大きく広げると、郁実とロイの両方を包み込むように抱きしめた。

「……明日から屋敷にあなたたちがいないと思うと、それだけで寂しいわ」

そう言って自分たちをぎゅうぎゅうに抱きしめる腕の力は、苦しいぐらいに強い。

「大袈裟《おおげさ》だなーアマンダは。別に永遠のお別れってわけでもないし、ほとぼりが冷めたらすぐ戻ってくるのに」

眉《まゆ》を下げながら笑ったシグルドに、アマンダは呆《あき》れたような顔をして目を細めた。

「坊っちゃまこそ、先ほどは大泣き……」

「あ――――っ、それは言わない約束だよアマンダ!!」

真《ま》っ赤《か》になって必死に腕を振るシグルドを見ると、年相応の少年の反応で、郁実は思わず笑みをこぼした。

御者に促されていよいよ馬車に乗り込もうとすると、シグルドは「待って」と郁実を呼び止め、ポケットから少し大きめの石を取り出した。その石は暗闇《くらやみ》の中で薄く発光している。

「郁実くん、これ持ってって」

「これは……?」

「魔石。月の光に当てると魔力がチャージされて、離れていても僕とお話し出来る。一回使うとしばらく使えなくなるから、あんまり頻繁には使えないんだけど、何かあったら遠慮なくこれで知らせて。使い終わったら月光に当てるのを忘れずに」

「……分かった。何から何までありがとう」

そう言ってポケットにしまい込むと、シグルドは不意にかがみこみ、郁実の頬に素早くキスを落とした。そして、ロイが殴りかかってくる前にひょいと後ろに下がってかわし、代わりにロイの胸倉を掴み上げた。

「郁実くん泣かしたら、僕が許さないから。逆さ吊《づ》りにしてやる」

「ふん、やれるもんならやってみろ」

「僕じゃないよ。アマンダがやるんだ」

「…………」

ロイは腕組みして頷《うなず》くアマンダを見ると、少しバツが悪そうにしていた。

馬車に乗り込み、車窓からシグルドたちに手を振る。彼らも笑って振り返してくれた。

ほとぼりが冷めるまでのほんの少しの間の別れだ。

それなのにどうしてだろう。まるで長い別れのような切なさがあった。

それは郁実だけではなく、自分たちに手を振る彼らの目にもまた、漠然とした寂しさが浮かんでいた。


馬車は真っ白な街道を一晩中走り続けた。

車内は息が真っ白になるほど寒かったが、アマンダが持たせてくれた毛布はとても温かかった。

「寒くないか？」

そう話しかけると、ロイは「寒い」と不満げに即答して郁実を思い切り抱き寄せた。バランスを崩して完全に胸に寄りかかる形になる。

さすがに恥ずかしいと体を少し起こそうとしたが、その時ロイが真剣な声で言った。

「……郁実。悪かった」

「!?　何がだ？」

ロイが謝ることなど滅多にない。いや、初めてかもしれない。動揺に上ずった声を出すと、彼は外を見つめながら言った。

「俺のせいで、お前まであの屋敷を出る羽目になった。……さすがに後悔しただろ。バケモノを拾ったこと」

「こら!!」

郁実は大きな声でそう言って、ロイの頬をぐいっと摘《つま》んだ。

「?」

ロイは何事かというように、珍しく少し驚いた表情でこちらを見る。

「お前のせいじゃないだろ。お前は俺を助けてくれただけだし、殺さないでくれっていう俺の願いも聞いてくれた。それに、別にあの屋敷を出た訳じゃない。三年間休みなく真面目《まじめ》に働いてたご褒美の〝長期休暇〟だ。ありがたく、のんびりさせて貰おう」

毎日昼まで寝て過ごそうと笑いながら言うが、ロイは尚《なお》も続けた。

「……もしあの時、あのクズを殺してたら、俺のこと嫌いになってたか？　俺は今でも、アイツを殺したいって思ってる。次顔を合わせたら、今度こそ絶対に殺すと思う」

それはまるで、捨てられた子犬のような表情で、郁実は慌てて首を横に振った。

「俺はお前に殺しなどしてほしくない。それだけは、この先も何があっても命がけで止める。……でも、お前が何をしたとしても最後まで一緒に責任を取るし、どんなことがあっても味方でいる」

「………」

「……ただ、一つだけ。俺はお前を、〝バケモノ〟っていう奴が一番許せない。たとえお前自身でも」

そう言って摘んだロイの頬を少し引き伸ばして離すと、瞬間、不意にグイイッと自分を抱く腕に思い切り力を込められて、郁実は思わず悲鳴を上げた。

「痛い痛い痛い！　何度言ったら分かるんだ！　力が強すぎるんだよ！」

抗議すると、ロイは慌てて力を緩めた後、ひどく不満げに言った。

「人間はもろすぎるんだ。どこまでなら大丈夫なんだよ」

ロイは文句を言いながら、抱きしめる腕に少し力を入れた。

「ちょっと痛いけど……それぐらいならいい」

「全然足りない。……けど、これぐらいか。覚えておく」

ロイはそう言って力加減を調節しながら、馬車に揺られる間中ずっと郁実を抱き締めていた。

27. 二人暮らし

翌早朝、ようやく目的地へと辿り着いた。

隣街のリーメルはクルムトよりも少し田舎《いなか》っぽく鄙《ひな》びた印象で、市場も少ない。だが、自然豊かでのんびりとしていて、まるで絵本の世界のような町並みに郁実《いくみ》は感動してしまった。

アマンダの家はリーメルの中心地から少し外れた川沿いに建ち、南向きの陽当たりのいい可愛《かわい》らしい一軒家だった。小さい庭もあり、雑草の手入れさえしてくれれば好きに使っていいと言われている。かやぶき屋根のてっぺんに可愛らしい草花が生えているのにときめきながら、郁実は感嘆の声を上げた。

「うわぁ……本当にここに住んでいいのか」

掃除などの必要はあるものの、定期的に修繕されているその家は、思った以上にとても綺麗《きれい》だった。暖炉のある居間にキッチン。

アマンダたちがかつて幸せで愛のある生活を送り、とても大事にしていたのが手に取るようにわかる。

なんて素敵な家だろう。

「とにもかくにも、まず掃除だな」

腕まくりをしながら言うと、ロイが首を横に振った。

「……俺がやっとくから、お前はどっかで休んでろ」

「なんでだよ」

「人間と魔物じゃ体力が違うからだ。馬車の中で、ろくに寝てねーだろ。それに……お前は」

ロイはそれ以上言わなかったが、郁実は彼の言わんとしていることが分かった。

〝あんなことがあったんだから〟だろうか。

「動いてた方が、気が紛れるんだ」

それは虚勢でもなんでもなく、本心だった。考える時間があればあるほど、アントンのことを想《おも》い出してしまう。体は確かにまだ本調子ではないし長い馬車旅で疲れてはいるが、情けないことに、今は休んでいたところで一人ではちゃんと眠れる気がしなかった。

それなら、ロイと一緒に動いていた方がいい。

「……無理はするな」

「ありがとな、ロイ。気遣ってくれて」

思わず背伸びをして「いいこだな～」と赤毛を撫《な》で回すと、ロイは少し照れくさそうにプイッと顔を背けてしまった。

ロイと手分けをして家中の清掃を行い、それから二人で当面必要なモノの買い出しにも出かけた。

これはあくまで〝長期の休暇〟という扱いだ。この三年、郁実は一度も仕事を休んでいなかった。

帰省先がないため、長い休みを取る必要がなかったからだ。それを今まとめて消化する。

再びあの屋敷に戻れるかどうか分からないため仕事がないのは不安で仕方ないが、今はあまり外を出歩かない方がいいだろうと、当面はロイと二人、家の中だけでひっそりと過ごす予定だ。買い物も出来るだけ控えようと、一週間分ぐらいの食糧やら必需品を買い込んだので荷物も相当の量になったが、ロイがそのほとんどを涼しい顔で運んでくれた。

全《すべ》てが終わったのは、日もすっかり暮れた頃《ころ》だった。

「今日はお疲れ様。さすがのお前も疲れただろ。初日だし、スペシャルメニューデーに……しようと……思ったんだけどな」

郁実は食卓に並んだものを見て思わず苦笑した。

昔、ロイに作ってやりたくて結局作れずじまいだったモナの肉で作ったハンバーグと目玉焼きを作ったのだが、やはり牛と豚の合挽《あいびき》肉で作ったハンバーグのようには上手《うま》く行かず、見た目はかなり不恰好《ぶかっこう》になってしまった。

昨日《きのう》まで暮らしていた屋敷では、屋敷の専属シェフが料理を作っており、シグルドの方針で使用人たちもそれなりの食事を摂ることが許されていた。毎日バイキングのように、食堂にはたくさんの料理が並んでいた。

それに比べると、スペシャルメニューといいつつ随分みすぼらしい食事になってしまった。

「初めて見る食い物だ」

「ハンバーグって言うんだ。元の世界で特別な日によく作ってたんだけど……ちょっと材料が揃《そろ》わなくて、上手く作れなかった。味見はしてみたけど、別にまずくはないと思う。でも……屋敷の時みたいな美味《うま》いメシは期待すんなよ」

早口で言い訳がましくごにょごにょとまくしたてていたが、その間にロイはハンバーグをフォークとナイフで切り分け、口に運んだ。

「美味い」

「え、マジ？」

思わず聞き返すと、ロイは大真面目な顔で言った。

「今まで食ったメシの中で一番美味い」

「屋敷のメシより？」

「ああ。次点があの、ゲロみたいなやつ」

一瞬、お世辞かと思ったが、彼がそんなことを言うはずもない。

それに、彼のいつもどこか冷めているように見える目が、キラキラと輝いている。

ロイは美味いと繰り返しながら、残りのハンバーグを勢いよく食べ始めた。

「やっぱり、郁実の作ったメシが、一番美味い」

「…………」

郁実は、言われた言葉が信じられずしばらくの間放心してしまった。

弟たちが自分の作る料理は食べたくないと言って、よく食事や弁当を残していたから、これまで料理には自信がなかった。

あまり食に執着のないロイが勢いよく食べてくれるのを見て、郁実は思わず自分が食べるのも忘れて見つめてしまった。

「なんだよ……」

「いや、なんでもない。たくさんあるんだ。どんどん！　どんどん食えよ。ほら、おかわりいっぱいあるからな！」

「お、おう……」

郁実の勢いにロイは少し驚いたように頷いた。

（あー……嬉《うれ》しいなぁ。デザートも作ればよかった）

明日は何を作ろうと考えながら、郁実は「お前も食え」と注意されるまで、ロイの食べっぷりをニコニコと眺めていた。


長期休暇といってもこれと言ってやることもないし、出かけることも出来ない。

きっと一日中昼頃までダラダラと寝て過ごしてしまうのかと思っていたが、アントンとのことでどうしても夢見が悪く魘《うな》されてしまい、結局早朝に目が覚めてしまった。

それでも朝目覚めたとき、自分を包み込む温かさに気づくとホッと安心する。

ロイはようやく人間を抱きしめる加減を覚えてくれたらしく、息苦しさは感じない。それはそれで少しだけ物足りなさを感じてしまうが、優しい力加減の抱擁は心地よく、つい微睡《まどろ》んでしまう。

子供の時からそうだが、彼は魔物の血ゆえなのか朝はあまり得意ではないようだ。

起きている時は随分大人っぽく見えるのに、寝顔はまだあどけない子供のままで、ついつい笑みが零《こぼ》れてしまう。

この家では完全に二人きりのため、ロイは家の中にいるときは半魔の姿でいる。

郁実は大好きな黒い角《つの》を気が済むまで撫で回していたが、やがて満足すると、起こさないようにそっとベッドから抜け出した。

足音を忍ばせてダイニングルームへと向かい、暖炉に魔石を放り込んで火を点《つ》け、冷凍庫のように冷えている室内を温める。

食材をテーブルに並べながら、今日は何を作ろうかと考えていた。

自分が食べるというより、ロイが毎回とても美味《おい》しそうに食べてくれるから作るのが楽しみになっていた。屋敷の調理場にはシェフがいたので、郁実が料理をするようなことはなかったが、下ごしらえなどはやっていたし、この国の料理にも随分詳しくなった。

（ロイの好きな食べものが何か、全然分からないんだよなぁ）

屋敷で一緒に食事をしている時も、彼は最低限の栄養を摂るだけという感じで、何を食べても反応を示さなかった。美味しいかどうか聞いても「フツー」と答えるだけだった。

だが今、毎食目を輝かせて食べてくれるのを見ると、郁実はそれだけで自分のお腹《なか》も満たされるような気がした。

（……たまには甘いの作ってみるか）

この国では朝食にデッグという少し甘いパンケーキのようなものを、フルーツと一緒に食べることが多い。

屋敷では朝食も日替わりのバイキング形式だったが、デッグだけは毎日必ずある程の定番メニューだった。

ロイは積極的に食べることはなかったが、時折食べていたから嫌いではないのだと思う。

ミジャルという粉を水で溶かしてミルクと蜂蜜《はちみつ》を混ぜ、焼き上げる。

弟に、日曜の朝だけはホットケーキを作ってやっていたことを思い出した。

パンケーキの焼き上がるいい匂《にお》いを嗅《か》ぎながら、付け合わせのフルーツを切っていると、「郁実い……」という寝ぼけた声と共に後ろからロイが抱き着いてきた。

(竈《かまど》の方が美味しそうに焼けるなぁ)

「わっ、びっくりした。こら、包丁持ってるんだから危ないだろ」

「……何作ってんだ?」

「デッグ。出来上がったら呼ぶから、まだ寝てていいぞ」

まるで大型犬を撫で回すように左手でロイの頭をグリグリとして言い聞かせるが、彼は寝ぼけたままいつまでも離れようとしない。

「……郁実」

「んー?」

「キスしたい。ダメか?」

「…………」

一瞬、ドキッとして郁実はフルーツを切る手を止めた。

ロイは子供の頃から、キス魔と言っていいほど朝起きるなり郁実の顔中にキスをしていた。郁実が寝ぼけている時は、口にされたことも何度もあった。

だが、半年前、郁実が明確に拒絶してからは一度もしていなかった。そもそも部屋も分かれていたし、ロイも郁実に寄り付かなくなっていたから、ついにキス魔の癖が治ったか、他にキスをする相手が出来たのかと思っていた。

（でも……そうか。ヘレンとは……そうじゃなかったんだもんな）

仮にもし恋仲だったのなら、どんな理由があろうと殺そうなどとはしないだろう。

ヘレンと一体何があったのか、郁実はなかなか聞けずにいた。聞くとしたら今回の休暇がチャンスのような気がする。

「キスって、ど、どこに……」

「どこならいい？」

耳元で囁《ささや》かれ、ぞくりと肌が粟立《あわだ》つような感覚がした。

「口以外なら……」

そう言うと、ロイはようやく「待て」を解除された犬のようにがっついて、郁実の額やら頬やらキスの雨を夢中で降らせた。

「も、もういいだろ。くすぐったい」

何度もされるキスに、こそばゆくなって少し笑いながら言ったが、ロイはキスをやめる気配はない。

それどころか、やがてそれは顎《あご》から首筋へと下りて行った。

(え……?)

確かに口以外ならいいとは言ったが、チクッとした痛みを感じる程吸い上げられ、胸元をまさぐられ、ボタンに手をかけられると、思わず悲鳴のような声が出た。

「お、おい!」

肩を押し返すと、ロイはしばらく郁実のことを見下ろしていたが、やがてハッとして目に見えて狼狽《うろた》えた。

「……悪い。寝ぼけてた」

珍しくバツが悪そうに言われ、郁実は緊張から解放され、思わず深い溜息《ためいき》を吐《つ》いた。

心臓はまだバクバクと音を立てていて、頬が熱い。

「なんだよ……びっくりした」

「怖い思いさせたか?」

ひどく心配そうに覗《のぞ》き込まれ、郁実は首を横に振った。

——俺は郁実を、親だなんて一度も思ったことない。

あの時自分を力ずくで押さえつけたロイの腕の力強さが、妙に生々しく思い起こされる。

頬を赤くしたまま、郁実は「大丈夫だ」と短く答えて、ロイに背を向けて朝食の準備を進めた。

「……？　どうした？　メシ出来たら呼んでやるぞ」

その場に立ち尽くしたままのロイを不思議に思いながら振り返る。

「いや……なんか」

ロイは微《かす》かに頬を赤らめた。

「……エプロン、いいな」

「え？」

郁実は思わず目を丸くした。ロイが衣類に興味を示すのは珍しい。

「あ、ああ。これアマンダさんに貰《もら》ったんだ。餞別《せんべつ》にって。丈夫だし、汚れにくくて使いやすいんだ。ロイが気に入ったなら譲るぞ。俺が貰ったんじゃなくて、俺たちにって貰ったんだ」

「いや、別にいらない」

あんなに興味を示したくせに、すっぱりといらないと言われ、郁実は納得できずに首を傾《かし》げたが、竈に入れたデッグが随分こんがりと焼き上がっていることに気づくと、慌てて取り出して皿の上に並べた。

28．ずっと一緒にいて

ロイと二人で暮らし始めて一週間ほどが経《た》った。

ずっと晴天続きで天候が崩れることもなかったので、そもそも大雪による影響で屋敷に留まっていたアントンもおそらく領地へ帰ったと思うが、シグルドから連絡はない。

連絡用の魔石は一度使うとしばらく使えなくなるという。毎日窓辺に置いて月光に当てているものの、肝心な時に使えないと困ると思ってこちらからは非常時以外は連絡をしないことにしていた。

二人きりの生活はとても静かで、満ち足りたものだった。

遊びたい盛りの年頃のロイには二人きりで引きこもるような生活は退屈なのではないかと心配していたが、屋敷にいた頃《ころ》には見られなかったような笑顔も見られて、今のところ生活に不満はないようで安心した。

ロイは基本的に一日中郁実《いくみ》にべったりで、料理をしていても後ろから抱きついてくるし、長椅子に腰掛けて本を読んでいると、すぐに隣にやってきて半ば強引に抱え上げられ、膝《ひざ》の上に乗せられてしまう。

保護者に対する距離感としておかしいことは重々承知しているし、止《や》めさせるべきなのかもしれない。屋敷にいた時よりも、さらにエスカレートしている気さえするが、三年ぶりの長期休暇中だということもあり、好きなだけ甘えさせていた。

それに、アントンとのことで傷を負った郁実のことを心配してくれているのだろうとも思う。彼はまるで壊れ物を扱うように郁実を気遣ってくれている。そのうち嫌でも自分から離れる日が来るのだし、せめてこの束《つか》の間《ま》、穏やかな日々を受け入れて満喫しようと思っていた。

だが少し、いやかなり困ることがある。

(やっぱり……どう考えても当たってるんだよな……)

郁実は上の空で古本市で買ってきた本のページを捲《めく》りながら、赤くなった顔を俯《うつむ》けていた。先ほどから腰の辺りに硬く熱いものが当たっている。位置的にどう考えても、自分を膝の上に乗せているロイのモノだ。

以前、屋敷にいた時も、朝目を覚ました時に、腰にロイの硬いモノが当たっていることがあった。

朝なら分かる。郁実自身にも覚えがある。朝勃《あさだ》ちという生理現象だ。

だが、今この状況で当たっているというのは説明がつかない。

もしかして、シグルドから借りた官能小説でも読んでいるのだろうかと膝に乗せられたままの不自由な体勢のままそっとロイが読んでいる本を覗き込んでみるが、彼が読んでいるのは小難しい魔法についての学術書のようだ。興奮を引き起こすような要素はない。

(どうしよう……)

聞いた方がいいのか、何も言わない方がいいのか。思春期の息子《むすこ》にどう性教育すべきか悩む父親のように、ぐるぐると悩みながら、もう随分時間が経っていた。

全く集中できないまま、同じ個所を何度も何度も繰り返し読んでいると、ロイがふと耳元で言った。

「エロ本でも読んでんのか？」

「は、はぁ!?」

こっちのセリフだと思いながら振り返り、郁実は少し怒りながらロイに自分の読んでいる本を見せつけた。

「『素人《しろうと》ガーデニング入門』！　これのどこがエロ本だよ」

するとロイは郁実の胸に触れながら言った。

「さっきからお前の心臓、すごい音立ててる。顔も真《ま》っ赤《か》だし」

（……誰《だれ》のせいだと思ってるんだ）

確信犯なのか？　と思いながらも、さっきからずっと勃ってるのはどういうことだと切り込めず、郁実は散々目を泳がせたあげくに話題を変えることにした。

「俺は元々脈が速いんだ。もうオッサンだからな。……それより、今日は買い物に出かけないか？」

気が進まないというようにロイは郁実を抱きしめる手に力を込める。

「……明日にしよう」

「でも、雪がちらついてる。風も少し出て来てるから、明日にはまた吹雪《ふぶき》になるかもしれない。今日のうちに行った方がいい」

「……」

ロイはしばらくの間名残惜しそうに郁実の肩に顔を埋《うず》めていたが、やがてチッと舌打ちしつつも重い腰を上げた。

一週間ぶりに外に出ると、道路は完全に凍結していた。

昨日《きのう》まではずっと晴れの日が続いていたのに、今日は生憎《あいにく》の曇天だった。マフラーに手袋にセーター二枚にと厳重装備で外に出たが、あまりの寒さに家の中に逃げ帰りたくなった。

「魔石を大量に買わないとな。暖炉の火が絶えたら凍え死ぬ。あと暇つぶし用の古本と、食料か」

頻繁に外に出られない分、買い残しがないようにと念入りにメモをチェックすると、寒さに負けないよう気合を入れる。

「よし行くぞ。足元、凍ってるから滑らないように……なっ……!?」

一歩踏み出した瞬間つるんと滑ってしまい、郁実は目を見開いたが、ロイが咄嗟《とっさ》に抱き止めてくれたため、頭から叩《たた》きつけられずにすんだ。

「悪い……助かった」

「………」

自分を抱き止めたまま見下ろすロイの顔は、笑いを噛《か》み殺《ころ》したような何とも言えない顔をしていた。

「………こ、こうならないように気を付けろって見本を見せたんだ」

注意した自分が真っ先に滑ったということが恰好《かっこう》悪すぎて、真っ赤になりながら負け惜しみを言う。

「へえ？　勉強になった。渾身《こんしん》の見本だったな」

ロイは少し意地悪く笑いながらも、「また滑ったら困る」と郁実の手をしっかりと握り締めた。

いつの間にか、彼の手は郁実の手より一回りも大きくなっていた。

（これって〝恋人繋《つな》ぎ〟ってやつじゃないか……）

手を握るというよりは、指を深く絡めて繋ぐという方が正しい。

自分には縁のないものだと思っていたことをされて、またしても鼓動が早くなる。

落ち着かないし恥ずかしいが、転びそうになった手前、心配して繋いでくれている手を振り解《ほど》く訳にもいかない。

いつも弟たちや他の誰かに差し出す方だった自分の手が、ロイに繋がれている。これでも、しっかりしている方だと思っていたのに、ロイと一緒にいると、どうも間抜けな姿を晒《さら》してしまう。ロイが随分大きくなって、気が抜けているのだろうか。

（しっかりしろ）

妙にドキドキとする胸を押さえ、自分自身を叱咤《しった》して、白く雪化粧されたおとぎ話のような町並みへと歩き出した。まるでアイススケートのリンクのような道は、気をつけていても足が滑り、その度にロイが手を引いて支えてくれた。

中心地の市場まで歩くと、やはり吹雪に備えようとする人たちが多いらしく、人混みでごった返していた。ちょうど、春夏秋冬の一シーズンに一度行われる冬の大市も開かれていたようだ。

リーメルの街に海はないが、運河の辺《ほとり》には商船が並び、荷役の男たちが樽《たる》や重そうな木箱をせっせと運んでいた。市場はすでに商人たちが声を上げて呼び込みをしており、寒さなど物ともしないような活気にあふれていた。

「すごいな」

屋敷にいた頃、たまの休日にまだ自分よりも小さかったロイを連れて街の広場で行われた豊穣《ほうじょう》祭へ出かけた時のことを思い出す。

あの頃、まだロイは人間に変身することもできず、いつもフードを被《かぶ》っていた。郁実はロイに色んな経験をさせてやりたいと思いつつも、周りに正体がばれるのではないかとハラハラしていて、彼を外に連れ出すときは何があっても絶対に守らなければいけないと思っていた。

当時の癖が未《いま》だに抜けず、「はぐれるなよ」と言おうとすると、先にロイの方が口を開く。

「郁実、はぐれるなよ」

そうして強く手を握り直すと、彼は人混みの中を歩き出した。

「…………」

「なんだ？　手、痛かったか？」

「……いや、大丈夫だ」

（随分頼もしくなったなぁ）

こんなにのんびりと安心して買い物ができるのは、郁実にとっては初めてのことだ。

いつも市場に来ても生活の必需品や、ロイに取って役に立つものしか見ていなかったが、今日は郁実自身もいろんな店を見回しながら買い物を楽しんでいた。

　市場の奥の一角は、異国の工芸品のコーナーとなっていた。魔法が仕掛けられて模様が変わり続けるケトルや、見たことのない柄の絨毯《じゅうたん》が所せましと並んでいる。

「なあ、あの店すごいな。毛皮がいっぱい並んでる。リコフって国の工芸品だって。どの辺の国なんだろう」

「リコフならヘルズヘイムから二千キロ北東にある国だ。一年の四分の三は雪が降ってるから、毛皮の防寒が欠かせない」

「……お前何でも知ってるんだな」

　学校に行けない代わりにと、古本をたくさん買い与えて暇を見つけては勉強に付き合っていたが、いつの間にかロイの方がずっと博識になっていた。彼は魔物として身体能力も高いが、記憶力も抜群によく、本を読むスピードも速い。

（あ、あのマフラーいいな。ロイに似合いそうだ）

　毛皮商品に混じって、深い緑の落ち着いたグリーンのマフラーがあった。遠目から見ても上等な毛糸を使用していると分かる、とても温かそうなマフラーだった。値は張りそうだが、一本ぐらいなら買って置いてもよさそうだ。

　それに気づいた店主の男はニコニコとしながら言った。

「このマフラー、二本在庫アルヨ！　アナタタチ、カップルデショ？　お揃《そろ》いで買ってカナイ？　アッタカイ！　フユのミカタ!!」

（カップル？？？）

長身の多いヘルズヘイムでは、郁実は小柄な方で体躯《たいく》も細身なため、ロイと並ぶと遠目からだとそう見えたのだろうか。

慌てて誤解だと言おうとしたが、ロイがピタリと足を止め、低い声で言った。

「……おいお前。今なんつった？」

「あれ、カップルって〝コイビト〟って意味じゃなかった？　コッチのコトバムズカシイから、間違ってタラごめん」

男はロイの威圧感に驚き、慌てふためいた。

「お、おいロイ」

勘違いされただけなのだからそう怒るなと窘《たしな》めようとしたが、ロイは見たこともないような笑みを浮かべて言った。

「ヘルズヘイム語が随分得意みたいだな。それ二つくれ」

「!?」

ロイが衝動買いするところなど、初めて見た。

男は、嬉《うれ》しそうに「マイドアリ」と言って代金を受け取ると、二本のマフラーをロイに渡した。

「オシアワセニー」

そう手を振られて見送られ、郁実は誤解を解くことも出来ずに呆気《あっけ》に取られたまま、ロイに手を引かれてその場を歩き去った。ロイは今自分がしているマフラーを取って、買ったばかりのものを首に巻くと、郁実の首にもお揃いのものをぐるぐると巻き付けた。

値段を見る暇もなかったが、やはりかなり高級品だったようで、格段に温かくなる。

「よく似合ってる」

そう言って満足げに笑うロイの顔はひどく大人っぽくて、郁実は微《かす》かに頬が赤くなり、隠すようにマフラーに埋めた。

「もう、いきなり無駄遣いすんなよ。こんな高級品……二本も」

「……最初は郁実に似合いそうだと思って、お前の分だけ買おうと思ったんだ。でも……あの店主があんなこと言うから……」

ロイは少し気まずげに言い訳した。

郁実も、全く同じことを考えていたから驚いた。

同じものを二人で見ていたから、店主に声をかけられたのだろうか。そう思うと、つい、笑みが零《こぼ》れてしまった。

お揃いのマフラーをして手を繋いで歩いていたら、ますます誤解されそうだと思いながらも、どうしてもそれを外す気にはならず、宝物のように何度も触れてしまった。

少しくすぐったいような照れくさいような気持ちを覚えながらお互いに無言で歩く。

(なんか……すごく幸せだな)

鼻先をちらつく雪を見つめながら、ふとそう思った。郁実にとって、それはこれまでの人生で、初めて芽生えた見知らぬ感情だった。

買い物を一通り終えると、あとは暖炉用の魔石を買っておしまいだった。魔石は食料品と並ぶ必需品だが、最後に残しておいたのは単純に重いからだ。

ロイは自分の方が力があるからと頑《かたく》なに郁実に重い荷物を持たせないため、魔石も彼が持つことになってしまう。少しでも負担を軽くするため、最後に買うことにしていた。

「魔石を買うならニクラス魔石店で買うと安くて質がよいってアマンダさんが言ってた」

買い物メモを見ながら言うと、ロイも「アマンダが言うなら間違いない」と笑って同意した。

ニクラス魔石店は市場から少し離れたところにあるが、徒歩五分程でつく。

マフラーを買ったせいだろうか。

この厳しい寒さもまた、なんとなく楽しく感じて、手を繋いだまままとりとめもない話をしてのんびりと歩いていた時、郁実はふとどこからともなく刺すような視線を感じて足を止めた。

さりげなく振り返ってみるが、誰《だれ》もいない。

「どうした？」

「い、いや、なんでもない」

魔物の血が流れるロイの方が、遥《はる》かにそういう感覚に鋭い。

その彼が何も感じていないのだから、おそらく気のせいだろう。

だが、その後も、やはり絡みつくような視線の感覚は消えることがなかった。つけてくるような足音もしないのに、嫌な予感がして、郁実はロイに耳打ちした。

「誰か見てる」

「………」

ロイは怪訝《けげん》そうな顔をして立ち止まって、辺りを見回した。

「誰もいないぞ」

「でも、なんか変なんだ。もしかして、あ、あいつかも……逃げないと……っ」

郁実は名前を言おうとすると吐き気に襲われ、青ざめたままぶるぶると震えた。

アントンの訳がない。もし、追手があったとしても、彼本人が来るわけはないだろう。

頭では分かっているが、どうしてもそうとしか思えなくなった。

この感覚には、随分昔に覚えがある。

黒沢の付き纏《まと》い行為がエスカレートしていったとき、どこにいてもどこかで見られているような気になった。実際本当に見張られているのか、そうではないのか分からなくなる程追い詰められていた。

ロイは本当に、何の気配も感じなかったのだろう。それでも、郁実の尋常ではない怯《おび》え方を見て、頷《うなず》いた。

「分かった。すぐに帰ろう」

そう言って郁実の手を引くとロイは足早に歩き出した。


家に帰ってくる頃《ころ》には視線は感じられなくなっていたが、それでも郁実は家中の窓のカーテンを閉めた。

ロイはそれを手伝いながらも、一通り閉め終えると、とにかく落ち着けと、郁実を暖炉の前に連れて行き、ソファに座らせた。そして、魔石をくべつつ、ぶるぶると震えたままの背中を撫《な》でてくれた。

「視線を感じたって、どこから？　後ろからか？」

「わからない。背後からって訳でもなくて……どこからともなく、誰かから見られてるような気がして」

顔を覆って項垂《うなだ》れると、ロイは温かい飲み物を淹《い》れてくると行って立ち上がろうとしたが、郁実は反射的にそれを摑《つか》んで引き止めてしまった。

（行かないで）

子供のようにそう言いそうになって、慌てて口を噤《つぐ》む。

ロイは驚いたように郁実を見ていたが、再び腰を下ろすと、震えが収まるまで何も言わずに抱きしめてくれた。

どれほど時間が経《た》ったか分からないが、震えが収まってくるとようやく冷静になり、郁実は自分の取り乱し様を思い出して思わず額を押さえた。

「わ、悪い。俺、パニック起こして……勘違いだったかもしれないのに。魔石を買わなきゃいけなかったのに……」

「いや、少しでも何か感じたなら用心するに越したことはないだろ。魔石はまだあるから、大丈夫だ」

ロイはあくまで冷静だった。その冷静さに郁実は救われたが、一方で自分を情けなく思った。

(なんか……本当にダメだな俺。ずっとロイに頼りっぱなしで……)

こんなに弱い自分を曝《さら》け出《だ》したのは初めてだった。黒沢にストーカーされていた時、弟にも危険が及ぶかもしれないと注意を喚起したことはあったが、相談をしたり、頼ったりするようなことはなかった。

時間が経つごとに、やはり恐怖心から来る勘違いだったのではないかと言う思いが強くなったが、ロイは郁実の言う〝視線〟の話を重く考えてくれた。

「勘違いだろうと本当だろうとどうでもいいんだよ。郁実が怖かったってのは事実なんだから」

そう言って彼は、しばらくはカーテンを閉めっぱなしにして魔石も買いに行かずに家の中で用心することにしようと提案してくれた。魔石は節約しようということで、暖炉はなるべく使用せず、家でも防寒具を着て同じ毛布を着てくっついて暖を取ることにした。

ますます生活が不便になったことに、申し訳ないと思うが、謝ったら彼は怒るだろうと何も言えなかった。

日が暮れる頃には郁実も大分落ち着いて、ロイと毛布にくるまりながら、市場で買ってきた本を読んだ。

「……ガイドブックか？」

「ああ。リコフってどんな国なのか気になって」

郁実は工芸品市で買った異国のマフラーにそっと触れながら言い、リコフの旅行ガイドブックを見せた。そこには地図や、観光地、名産品の紹介が載っている。

郁実は地図を見ながらほぼ世界の北端に位置しているリコフを見つけると感嘆した。

「リコフってここかぁ。こりゃ寒いだろうなー。でも一面氷で出来た家はちょっと見てみたいな」

「郁実、ガイドブックばっかり買ってるな」

「そういえば……そうかもな」

暇つぶし用にと買った本は園芸や料理の本もあるが、大体が世界各国のガイドブックだった。子供の頃から、旅行というものに憧《あこが》れていた。両親に連れて行ってもらえるような環境ではなかったから、いつか弟たちを家族旅行に連れていってやりたいと思っていた。

「大金持ちになったら世界一周旅行に行ってみたいんだ。俺、この世界はヘルズヘイム以外なにも知らないし」

笑いながら夢物語を語ると、暖炉の消えた部屋には白い息が上がった。その向こう側で、ロイが妙に真剣な顔で言った。

「俺が連れて行ってやる。権力者になって」

ふと、子供の頃に弟が同じことを言っていたのを思い出した。

——大きくなったら大金持ちになって、郁兄《いくにい》を世界一周旅行に連れてってあげる。

「……ありがとな」

懐かしく思って目を細めながら言うと、ロイは少し苛立《いらだ》ったように言った。

「なんだその気のない返事は。行く気ねーのかよ？　そんなガイドブックばっか買ってるくせに」

「そりゃ行きたいし、その気持ちは嬉しいけど……」

「俺が権力者になることはないって言いたいのか？」

「そんなことはない。ロイは将来きっと大物になるって思ってるけど……弟にも昔同じこと言われたんだ。でも、いざ大きくなったら一緒に買い物行くのもヤダって言うんだぞー。お前との買い物も今のうちに楽しんでおかないとな」

　するとロイはそれまでの苛立った表情を消して、真剣な表情で言った。

「前から言おうと思ってたけど、俺はお前の〝弟〟じゃないぞ。同じように育つと思うなよ」

「…………あ、悪い」

　確かに、弟の時と同じように考えてしまう癖があった。優斗《ゆうと》も陸斗《りくと》も、大体同じ年頃で同じように郁実から離れていったから、ロイもつい、そうなると思ってしまうのだ。

　だが、それは本人にとっては不愉快なことだろう。

　ロイは郁実を見つめながら続けた。

「ましてや、親子でもない。なんの血の繋《つな》がりもない。種族すら違う。前に言ったよな。俺はお前を親だと思ったことは一度もないって」

「ロイ……そんな」

　そんなことは言わないでほしい。郁実はロイを家族だと思ってここまで一緒に過ごしてきたのだ。

　傷ついた顔をした郁実に、ロイは、そうじゃないというように郁実の手を強く握りしめて言った。

「なんの繋がりもない者同士なんだから、お前は俺に無償の愛なんて注ぐ必要はないんだ。確かに俺はまだガキだけど……だからってお前が、何もかも我慢して俺を優先する必要はないだろ。俺がお前を頼ってきた分、俺のことも同じだけ頼れよ。一方的に散々愛情を注がれて、大人になったら返さずに捨てるなんて、そんな関係冗談じゃない。悪いが俺は、独り立ちなんてする気はないから。生きていくだけなら、もう十分一人で生きていける。でも……それじゃダメだ。俺は郁実がいないなら、生きていく意味がない。俺は一生、お前と一緒に生きていきたい。保護される立場じゃなくて……対等な立場で」

　真剣にそう告げるロイの顔は見たこともないぐらい赤かった。

　言われたことがすぐに飲み込めずに、ポカンとしていると、ロイは焦《じ》れたように言った。

「お前は鈍いからハッキリ言うぞ。俺はお前のこと、愛してるんだ」

「あ、愛って……」

　じわじわと熱くなっていく頬を思わず押さえながら反芻《はんすう》すると、ロイはさらに焦れったそうにして郁実の後頭部を摑み、思い切りキスをした。

「こういう愛だ。分かるか？」

　それはとても深いキスで、家族の愛情ではないことがハッキリと分かる。

　理解が追い付かないのに、感情だけが先走るように瞼《まぶた》が熱くなり、泣き出したいような気持ちになった。

　こんなのはおかしい。ロイのことはずっと子供のように思って育ててきた相手だ。

年頃の子供の、気の迷いに決まっている。大人として、正さなければならない。

そう理性が呼びかけるのに、それ以上に嬉《うれ》しくてたまらなかった。ロイが自分を、愛してくれている。

一生、側《そば》にいたいといってくれている。

「………」

「なんか言えよ」

「お前は……まだ……」

カラカラに乾いた喉《のど》から出た声はひどく嗄《かす》れていた。頬が熱くて、鼓動が早くて、うまく呼吸ができない。

「まだ、なんだ？　ガキだから？　狭い世界で生きてて、郁実しか知らないから勘違いしてるんだろうって？　そう言われるのが嫌だから、半年間、屋敷中の人間と関わった。うるさい女共とも」

「お前、まさかそのために……？」

この半年、ロイは郁実に寄り付かず、まるで別人のように穏やかに屋敷の人間と接していた。

「俺が女と喋《しゃべ》ってた時、お前辛《つら》そうな顔で見てただろ？　あれ正直ゾクゾクした。ああ、大人ぶってるだけで、郁実も俺と同じなんだなって」

「なっ……」

ちがう、と否定しようとして声が出なかった。

「……もう少し待とうって思ってたんだ。郁実は俺が完全に大人にならない限り、俺を一人前の男として見られないだろうからな。でも、やっぱりもう待てない。……人間は俺のことバケモノっていうけど、人間の世界もバケモノだらけだ」

ロイは何かを思い出すと、怒りを押し殺すようにギリ……と奥歯を噛《か》み締《し》めた。紅《あか》い瞳《ひとみ》の瞳孔《どうこう》が針のように鋭くなる。

「……バケモノは、俺と同類だから郁実みたいな優しくて綺麗《きれい》なヤツが大好きなんだよ。だから、いつもずっと側にいて、守らないと」

ロイの大きな手が、郁実の髪を撫で、赤くなった頬を包み込んだ。ますます激しくなる鼓動を抑え込むように郁実は胸に手を当てた。

（……ダメだ）

この気持ちに気づきたくない。気づいてはいけないのに——ロイは畳みかけるように問いかけてくる。

「これが俺の気持ちだ。お前の気持ちは？　俺の将来とか、大人としての立場とか、人間の綺麗ごとはどうでもいいから……お前自身はどうなのか教えろよ」

郁実は無意識に、マフラーに触れた。

今日一緒に歩いたときに感じた幸せは、今まで感じたことのないものだった。

「……お前は本当に俺がいつか、他の女と一緒になって遠く離れていくことを望んでいるのか？」

郁実はその言葉に反射的に首を横に振った。

目には大きな涙の粒が浮かび、頬を流れ落ちていく。

誰《だれ》かを育てたら、いつか自分から離れていくことを受け入れなければならない。

引き止めてはいけない。

ずっとそう思っていたはずなのに、ロイが自分以外の別の人と愛し合うことを考えると、それだけで胸が苦しくなって我慢が出来なくなった。

本当は半年間、ずっと胸が痛かった。ロイがヘレンと買い物に行ったと聞かされた時も、彼が屋敷の他の人々と上手《うま》く行っているのを見たときも、喜ばなければいけないはずなのに、本当はちっとも嬉しくなかった。

ロイに幸せになって欲しい気持ちに嘘《うそ》はない。だが、自分も一緒に、隣で幸せになりたい。自分が愛した分と同じだけロイに愛されたい。

抑えつけていた貪欲《どんよく》な本心がどろどろと溢《あふ》れ出す。

「いやだ……っ、ロイ、ずっと俺と、一緒にいて……」

嗚咽《おえつ》のような声でそう訴えると、ロイは目を見開き、少しの間惚《ほう》けた顔をしていたが、やがて心からの深い安堵《あんど》の溜息《ためいき》を吐《つ》いた。

29. 三年間のおあずけ

とんでもないことを口走ってしまった。

嵐《あらし》のようなキスを受けながら、郁実《いくみ》は混乱していた。

(ロイは俺のことを愛してくれてて、一生、いっしょにって……それってつまり……)

元の世界の言葉で言うならプロポーズに値する。そして自分はそれにＹＥＳと答えた。

(それって……つまり俺たち……)

「ロ、ロイ……まっ、……んっ……」

落ち着いて、事態を呑《の》み込みたいのにそうはさせないとばかりに抗議の全《すべ》てがキスで塞《ふさ》がれてしまう。

「……今更なしなんて言ったらこのまま一生監禁するからな」

「なっ……」

俺は本気だと囁《ささや》き、戒めのように首筋に牙《きば》を立てられる。ツキンとした甘い痛みに、郁実はきつく目を瞑《つぶ》る。そのままなし崩しにキスを受けていたが、やがてセーターの内側に熱い手が滑り込んでくると、慌てて首を横に振った。

「ロイ……っ、たのむから待って……」

胸を押し返そうとすると、その手は捕まえられ、ソファに力強く押さえつけられた。

ロイの息は荒く、覆い被《かぶ》さられると、硬く盛り上がった性器の熱を感じる。

それを足の間にグリグリと押しつけられると、ゾクッとした感覚が背筋を這《は》い、鼓動を早めた。

（ロイは俺と……セックスしたいんだ）

熱っぽく絡みつくようなロイの視線に、コクッと喉が鳴る。

だがそれと同時に、アントンに犯されそうになった時の、痛みや苦くどろりとした精液の匂《にお》いを思い出し、郁実は目を見開き、息を呑んだ。

「だ、ダメだ。それはダメだ……ロイ」

「ごめん、もう我慢できない」

ロイは呻《うめ》くようにそう言って、性急に自分のズボンに手をかける。

「ダメだ!!」

思わず悲鳴のような声を上げると、ロイはハッとして手を止めた。

「悪い……俺、お前を無理やり……アイツと同じことしようとした」

苦しそうに眉《まゆ》を寄せるロイに胸が痛み、郁実は慌てて首を横に振って言った。

「そういうことするのは、お前がもう少し大人になってからだ」

「…………は？」

ロイは、思っていた理由と違うと思ったのか怪訝《けげん》に眉根《まゆね》を寄せた。

「お前が十八歳以上になるまで、絶対しない。今多分十五歳ぐらいだから、あと三年ぐらいだな」

「……意味が分からない。どういうことだ？」

「俺が元いた世界では、そういう法律になってる。大人が子供に手を出すのは違法なんだ」

真剣な顔で言うと、ロイはイライラとした様子でもう一度自分の性器を郁実に押しつけながら言った。

「ヘルズヘイムにそんな法律ねーよ。それに、お前が手出されてんだろうが。そんな理由なら我慢できねえ。無理だ。何年我慢したと思ってる？　精通してからずっとだ。お前を犯すことだけ考えて、毎日抜いてたんだぞ」

あけすけな言葉にカアッと顔どころか身体中が熱くなったが、郁実は欲情した目で自分を睨《にら》むロイから顔を背け言った。

「お、俺だって本当はしたいんだよ……」

ロイに抱かれて、アントンにされたことを、何もかも忘れたかった。

だが、そんな理由でロイと行為をするのは間違っている。

あの出来事について自分なりに折り合いをつけて、ちゃんとロイだけと向き合って行為がしたかった。それにやはり、自分には大人になるまで生きていた元の世界の価値観が根付いていて、子供とするのには強い抵抗があった。

ましてや、自分が負った傷痕《きずあと》を癒《い》やしてもらうために行為をするなど。

「お前は俺のこと……親だと思ったことはないって言うけど、俺にとってはやっぱり成長を見守ってきた子供でもあるから……ちゃんと最後まで……もう少しだけ親でいさせてくれ」

「…………」

ロイは「あと三年我慢……」とショックを受け、しばらくの間絶句していたが、深く重い溜息を吐いて郁実の上から身体《からだ》を起こした。

「その代わり。三年後は覚悟しておけよ？　気絶するまで、グチャグチャに犯してやるから」

セーター越しに腹を撫《な》でられながら恐ろしい脅しを受け、郁実は強張《こわば》った顔で頷《うなず》いた。

閑話休題・我慢は幸せ

　その夜、ロイは色んな感情が入り混じり興奮し、眠りに付けずにいた。

　郁実《いくみ》が自分の想《おも》いを受け入れてくれた。そのことが、未《いま》だに信じられず、寝転がったまま放心状態で天井を眺めていた。

（いや、でも三年……三年？　三年……）

　お預け期間を胸の中で何度か反芻すると、その長さに改めて絶望した。隣では、自分に残酷な宣告をした張本人がスヤスヤと規則正しい寝息を立てて眠っている。

　その横顔を恨みがましく見つめていたが、少し触るぐらいならと、葛藤《かっとう》の末そっと興奮に震える手を伸ばすと、郁実がふと薄く口を開いた。

「ん、ロイ……」

「！」

　起こしてしまったと慌てて手を引っ込めようとすると、郁実は目を閉じたまま微《かす》かに口の両端をきゅっと持ち上げて笑った。

「ロイ、すき……」

「!?」

驚いて思わず固まってしまった。聞き間違いだろうか。だが、はっきり好きだと聞こえた。

その一言で、カアッと耳まで熱くなり、心臓を鷲摑《わしづか》みにされたような気になった。

今すぐ叩《たた》き起《お》こしてもう一度はっきり言わせたいが、こんなに幸せそうな顔で眠っているのを起こせるわけもない。

（一体、どんな夢見てるんだよ……）

全く分からないが、ただ一つ確かなことは郁実は今幸せな顔で自分の名を呼び、好きと言ってくれたということだけだ。

暴れ狂う自分の下半身をどうにかやり過ごしロイは毛布を深く被って無理やり目を瞑った。

子供の頃《ころ》から、郁実と一緒に寝る時は、後ろから抱きしめて寝るのが癖になっていた。だが今日は、初めて前から抱きしめた。

抱き合うとすっぽりとはいかないが、以前より小さく感じる。郁実の身長が縮むはずがないから、自分が成長しているのだろう。

そしておそらく、あと三年したらもっと成長しているはずだ。

（……寝て起きたら、三年後になってねえかな……）

未練がましくそんな奇跡を願いながらロイはやがて眠りに落ちた。

……——月明かりと魔石のランプが煌々《こうこう》と照らすベッドルームには、ただならない雰囲気が立ち込めていた。

ロイはまるで、何日も獲物にありつけていない猛獣のように荒い息をしながら、ベッドの上に横たわる郁実の体に覆い被さっていた。

「ろ、ロイ待て……」

すさまじい興奮に気圧《けお》された様子の郁実がまるで宥《なだ》めるように言ってロイの胸をそっと押し返すが、その手首を摑んでシーツの上に押さえ付ける。

「……もう十分待った。三年待ったんだぞ。これ以上一秒も待てない」

やっとの思いで両想いになり、そこからまさかの我慢を言いつけられて三年。

目が覚めたら三年後になってないかと祈りながら毎晩眠りにつき、本日ようやく念願の三年目の夜を迎えた。

今、自分の体の下に組み敷いている郁実の体が、以前よりも小さく華奢《きゃしゃ》に見える。

ロイの背は、三年前よりもさらに伸びて体格もよくなった。どこからどう見ても立派な大人の男だ。

だが、心には大人の余裕など少しもなく、前から郁実に宣言していた通り、彼が気絶するまで滅茶苦茶に犯したい衝動に駆られていた。

郁実の手首を押さえつける手にはギリギリと自然と力が籠《こ》もってしまう。後で痣《あざ》になってしまうかもしれないと心配しつつ、どうしてもこれ以上力を緩められなかった。

一方で、初めてのセックスは絶対に郁実に嫌な想いをさせたくないという気持ちもあった。

女と違って、郁実の体は男を受け入れるように出来ていない。自然に濡《ぬ》れる訳でもなく、そのまま欲望に任せて突っ込んでしまったら流血は間違いないだろう。

ましてや自分は魔物だ。体力も力も人間の郁実とは桁違《けたちが》いで、自分の三年分の欲望の全《すべ》てを叩きつけたら彼は壊れてしまうかもしれない。

それは嫌だと思う気持ちが魔物の残虐な本能を僅《わず》かに上回っていた。

絶対にケガや痛い思いをさせないようにと潤滑油や、魔物の粘液から作られたローションなどずらりとサイドデスクに並べて準備をしている。

これらを使用して、少しずつ拡張してから慎重に行為をしなければならないと頭では分かっているが、三年もの我慢を強いられてきた自分にそんな理性的な行為が出来る自信がなかった。

極度の飢えからようやく解放された者が、極上の料理を前にテーブルマナーを意識して相手を気遣いながら食べることが出来るだろうか。手摑みで貪《むさぼ》ってしまうに決まっている。

（……ダメだ、堪《こら》えろ）

深呼吸して少しでも冷静さを取り戻そうとしながら郁実の着ているシンプルな白いシャツに手を伸ばした。

興奮で手が震えて上手《うま》くボタンを外せずまどろっこしい。いっそのことシャツごと破り捨ててしまいたいが、物を大切にしている郁実にそんな暴行を加えたら怒られるだろうとなんとか堪《た》える。

すると、郁実がロイの手をそっと摑んだ。

まさかここでさらにお預けを食らうのかと思わず目を剝《む》くと、郁実が首を横に振ってこちらを上目遣いに見ながら言った。

「……三年待てたご褒美だ。ロイの好きなようにしていいんだぞ」

甘い声でそう言われて腕を首に回され、唇に柔らかいキスを落とされる。その瞬間、必死に保っていた理性の糸がブツッと切れてしまった。

派手な音を立ててシャツを引き裂き、彼の肩の骨を砕かんばかりの勢いで力任せに押さえ付ける。古い木で出来たベッドが大きく軋《きし》んで悲鳴のような音を立てた。

郁実のシャツのボタンが床に落ちて転がり、カツンという音を立てる。

「……煽《あお》ったのはお前だからな」

荒く息を吐きながら低い声で言うが、郁実は優しく微笑《ほほえ》んで言った。

「分かってる。ロイ、好きだ……。愛してる」

潤んだ瞳《ひとみ》で見上げられると、たまらない気持ちになってロイは荒っぽくその唇に口づけた。

「んっ……ん……」

舌を突っ込んで蹂躙《じゅうりん》するように郁実の口内を貪ると、彼は少し苦しそうにしながらも、ロイの体をぎゅうぎゅうに抱きしめ返して、必死に舌を絡ませてくれた。

子供の頃から郁実の裸は幾度となく見て来ていたが、肌に直接触れたことはほとんどない。寝ている時に頬や手に触れたことがあったが、服の下の肌に触れるのは初めてだ。

胸や腹を夢中で撫で回すと、彼の体は手に吸い付くように滑らかで、ずっと触っていたいと思うような感触だった。

激しいキスをしながら片手で揉《も》み込むように乱暴に平らな胸をまさぐっていると、手のひらに当たっている胸の突起が徐々に硬くなっていく。

綺麗《きれい》に色づいたそこを唇で吸い上げると、郁実の体がビクンと跳ねた。

「あ、ん……っ」

耳に響く甘い声に、ゾクゾクとした興奮が背筋を這い上がる。

夢中でその場所をじゅるじゅると音を立てて吸っていると、ふと、郁実に髪を撫でられた。

「んっ……、ロイは……そこ、が……っ、あっ、すき、なんだな」

「……嫌か？」

これまでシグルドから借りて読んだエロ本では、ここを吸うと女たちが悦《よろこ》んでいたようだった。

郁実は男だし実際どうなのか分からないが、ロイがただ、その場所を吸いたいとずっと前から思っていた。彼が無防備に自分の前で着替えをするのを盗み見てはそう考えていた。

だが実際、郁実が気持ちよくならなければなんの意味もない。少し緊張しながら反応を窺《うかが》うと、郁実は熱で浮かされたような表情で微笑んだ。

「嫌、じゃない……っ、ん…きもち、いい……、もっと、して……」

いつもしっかり者の彼の甘えるような声に、ロイは下半身が痛いぐらい張り詰めていくのを感じた。

もっと気持ちよくさせたい。もっと乱れさせたい。これまでのエロ本知識では女を悦ばせる知識しか得られなかったが、同じ男同士なら確実に気持ちいい場所は分かる。

視線をその場所に落とすと、彼のズボンの前は膨らんでおり、先走りでじわりと染みが出来ていた。

その場所をズボン越しに撫で回しながら「濡《ぬ》れてる……」と呟《つぶや》くと、郁実はカアッと耳まで赤く染めた。

下肢に手を伸ばし、その場所に触れると、すでに勃《た》ち上がり、先端から白濁の先走りを零《こぼ》していた。

ぬらぬらと濡れているそこを指で扱《しご》くと、郁実は断続的に声を上げた。

「あっ、ああっ……ロイ、ロイぃ……っ」

甘い声で自分の名前を呼びながら、縋《すが》りついてくる郁実にたまらなくなり、彼の体を抱く片腕に思い切り力を込めて抱きしめ返す。

(やばい……っ、力を込めすぎたか?)

少しでも強く抱きしめるとよく郁実に「背骨が折れる!」とか「死ぬ!」と抗議されるが、大人になって力も強くなった今、あながちそれは冗談では済まない。

さすがに骨は折れていなくても相当痛い思いをさせたのではないかと焦るが、郁実は相変わらず蕩《とろ》けた顔のまま「もっと」とねだった。

いつのまにか彼の先走りでべっとりとぬるついていた手で陰茎を握りこみ、荒っぽく擦《こす》る。

本当はもっと優しくしたいのに、どうしても手に力が入ってしまった。だが郁実は特に痛がる様子もなく、蕩けた顔でひっきりなしに嬌声《きょうせい》を上げた。

「やっ、ああっ、あぁー～っ！」

ビクンッと郁実は背筋をしならせ一際高い嬌声を上げ、先端から白濁をビュルッと勢いよく吐き出した。

一度の射精では止まらず、その後も郁実は何度かビクンビクンと腰を震わせ何度か精液を吐き出すと、つま先をピンと伸ばしたり丸めたりを繰り返した。

郁実はしばらくの間ピクピクと身体《からだ》を痙攣《けいれん》させ、荒い息を吐いて放心していた。

「い、郁実……大丈夫か？」

その情景に興奮しながらも、どうにかなってしまったのではないかと心配していると、郁実がむくりと起き上がった。

「ロイのも……舐《な》めていいか？」

「は……？」

頬を赤らめたまま上目遣いにそう言うと、彼は横髪を耳にかけて、躊躇《ためら》いなくロイのその先端を口に含んだので、息を呑《の》んだ。

（嘘《うそ》だろ……郁実がこんなことしてくれるなんて……）

いつも自慰をするとき、妄想の中で何度も口で郁実に奉仕して貰《もら》ったことはある。

実際にはして貰えないだろうと思っていた。彼は性的な事に対して基本的に奥手だ。

元の世界でも弟たちを育てるのに追われていたという郁実は、これまでも誰《だれ》とも交際したことがないらしく、そういう話にもかなり初心《うぶ》だった。

頼み込んだら何でもしてくれるお人よしなところはあるが、だからと言って初めてのセックスでこんな風に喜々として、してくれるとは思ってもみなかった。

(すげー嬉《うれ》しい……)

「ん……む……っ」

小さな口が自分の凶悪なモノを咥《くわ》え込む。少し苦し気に、だが、まるで美味《おい》しいものでも頬張《ほおば》るかのように恍惚《こうこつ》とした表情でこちらを見上げる。

「ロイ、きもひぃか？」

口に含んだままそう尋ねられたので、こくこくと夢中で頷《うなず》いた。彼はロイの反応に嬉しそうに目を細め、喉《のど》の奥まで咥え込んだり、裏筋を丹念に舐めあげてくれた。初めてとは思えない巧みな技と淫靡《いんび》な表情に興奮して、ただでさえ張り詰めていた性器はすぐに上り詰めてしまった。

「郁実……出る……っ」

思わず郁実の額を押し返して余裕なく言うと、彼は気にすることなく、舌を這《は》わせたまま言った。

「出していいぞ」

優しい声でそう言われ裏筋を舐め上げられると、それが引き金となって、ロイは低く呻《うめ》いて思い切り吐精した。

郁実の上気した頬に、ドロリとした自分のモノが伝っていく。

「悪い」

慌てて親指の腹で精液を拭《ぬぐ》おうとしたが、三年分の我慢が詰まったそれは物凄《ものすご》く濃くべったりしていて、郁実の顔中にこびりついていた。

綺麗な郁実の顔が、自分の出したもので汚れている。

ずっと親のように接してくれていた彼のその顔は、背徳的な情欲を掻《か》き立て、今空になって萎《な》えたばかりの自身のモノがムクムクと興奮して勃ちあがってくるのを感じた。

「今……拭《ふ》く物持ってくる……」

その後ろめたさを隠すようにそう言おうとすると、その手を郁実に摑《つか》まれて止められた。

「ロイの舐めてたら……我慢できなくなった」

郁実は蕩けた表情でそう言うと、ぴったりと合わせていた膝頭《ひざがしら》に自分で両手をかけ、誘うように足を開いてその場所を見せた。

「郁実……」

「ロイ、はやく……、入れて」

郁実のその場所は薄ピンクに色づいていて、彼自身の放ったもので濡れそぼっている。

誘うようにヒクついているその場所を目の当たりにして、ロイは頭がグラグラしそうなほどの興奮を覚えた。

(もう我慢できねえ……今すぐぶち込みたい。滅茶苦茶に犯したい)

その衝動に身を任せサイドデスクに並んだ潤滑油を横目に郁実の両足を荒っぽく摑んで持ち上げると、これ以上開けないぐらい思い切り開かせた。

グッと性器の先端をあてがった所で、まだ微《かす》かに残っている理性が咎《とが》める。

(ダメだ……ちゃんと、慣らしてからじゃないと……郁実は、女じゃないんだから……よく準備しないとダメなんだ)

郁実の細い腰やキュッと締まった秘部を見ると、とてもではないが自分のモノが入る気がしない。

郁実が痛いと泣いても自分を止められないかもしれない。

力任せに捻《ね》じ込みたくなる衝動をどうにか堪えようと歯を食いしばると、その躊躇を感じ取ったのか、郁実がロイの首に抱き着き、そっと耳元で囁《ささや》いた。

「ロイ、大丈夫だから」

「……大丈夫な訳ねーだろ。何にも慣らしてないんだぞ」

「……三年経《た》ったら俺のことグチャグチャに犯すから覚悟しろって言ってただろ？　俺、楽しみにしてたんだぞ」

おかしい。何か変だ。

彼はこんなに性に積極的な人間だっただろうか。これまで妄想の中では(無理やり犯すという過激な妄想をするときもあるが)基本的に郁実はロイとの行為に積極的で、進んで色んな事をしてくれた。

だが、それはあくまで妄想の中でのことだ。

郁実はシャイで、ロイに対していつも大人として手本となるような理性的な言動を徹底している。

妙だとは思いつつも、行為をねだる郁実に興奮を覚え、尚《なお》も誘うようにロイにキスをする郁実を引き剝《は》がすようにベッドに押し付けた。

「……洒落《しゃれ》にならないから煽るな。俺は魔物だ。本気でお前のこと滅茶苦茶にしたら壊れるぞ。少なくとも、あばらは折れる」

抱きしめる力だって、本当はもっときつく抱きしめたいのに、十分の一にも満たない力で加減している。それは理性でどうにか抑えているからだ。

すると郁実は首を横に振った。

「大丈夫。壊れない。どれだけしても……お前がいつも俺のために我慢して力加減してくれているの全部解放して……強く抱きしめても、大丈夫だから」

「そんな訳ないだろ」

「そんな訳あるんだよ。だってここは……」

「?」

――ここは、お前の夢の中だから。

「は……?」

その時だった。

――ロイ！　起きろ馬鹿！　お前何考えてんだ！

遠くから、なぜか郁実の声がする。

――あと三年、我慢しろって言っただろ！

「何言って……今日で三年目だろ」

……――寝ぼけてんのか!?　まだ三日目だろ！　いいから起きろ！　目覚ませ！

頬に微かな痛みを感じて目を開けると、半泣きで真《ま》っ赤《か》になっている郁実と目が合った。

彼の寝巻は半分脱げていて、自分はその体の上に覆い被さっていた。

だが、先ほどまでと何か違う。郁実の体が、少し大きく感じる。

何度か瞬きをしてボーッとしていると郁実が相変わらず真っ赤な顔で言った。

「……お前、一体どんな夢見てたんだよ」

「は、夢……?」

今までのが全部夢。そう思うとロイは絶望した。

腕の中にいる郁実は先程より少し大きく感じる。抱きしめる自分の腕もまだ少し細く子供っぽい。

じわじわと目が覚めていくにつれ、ようやくその現実に気づいた。

三年どころか、まだ郁実と両想《りょうおも》いになって三日しか経っていないという残酷な現実だ。

「嘘《うそ》だ……」

思わず片手で前髪をぐしゃりと潰《つぶ》し、深く項垂《うなだ》れる。

だが確かに、現実にしてはおかしな点がいくつもあった。郁実があんなに積極的なはずがないし、シャツのボタンを引きちぎって裸に剥《む》いて怒らない訳がない。あの強さで抱きしめて、苦しがらないはずもない。

目が覚めたら三年後だったらいい。そう思いながら眠りについたからあんな夢を見たのだろうか。

（ということは……ここからまだ三年我慢……）

ロイのあまりの落ち込み様を哀れに思ったのかは分からないが、郁実が乱された寝間着を着直して慰めるように言った。

「俺もしたいんだから……一緒に我慢しよう」

「嘘吐くなよ」

こんな夢を見るほど余裕がないのはどう考えても自分だけだ。

本当に彼もしたいなら三年も待たせる訳がない。そう思うと無性に腹が立つ。

すると郁実が真っ赤になりながら長いまつ毛を伏せ、ひどく言いにくそうに言った。

「俺も……その、昨日《きのう》夢……見たから」

「……夢？　どんな？」

「詳しく覚えてないけど……ロイと、その……抱き合う夢」

「は？　抱き合うって……セックスする夢ってことか？」

彼がそんな夢を見るなんて信じられず、直接的な表現をぶつけると、郁実はカアッと耳まで赤くして「そこまで覚えてない」と早口で言った。

「でも裸で……あったかくて……きもちよくて……もっとしたいって思った」

そう語る郁実の表情はとても幸せそうで、そして名残惜しそうだった。彼が言っている言葉は決して嘘ではないということは分かる。

——ロイ、すき……。

そう言えば、昨晩郁実は寝言でそんなことを言っていた。どんな夢を見ているのだろうと思っていたが、まさかそんな夢を見ていたとは。ロイはドキドキしながらも、ぶっきらぼうに言った。

「……その夢の中で俺はどうだったんだよ？」

「え？　覚えてない」

「は？　なんだよそれ。本当に見たのか？」

思わず睨《にら》みつけると、郁実はムッと口を尖《とが》らせた。

「夢ってそういうもんだろ。起きたらすぐ詳細は忘れる。そういうお前は夢の内容ちゃんと覚えてるのか？」

人間は印象的な夢を見ても起きたら全部忘れてしまうことが多いというが、ロイは魔物ゆえか大体の夢は鮮明に覚えている。

今日の夢も、抱いた時の郁実の体温や肌の感触まで鮮明に覚えていた。

「夢の中の郁実は……素直で、どこもかしこも綺麗《きれい》で触り心地よくて、器用で積極的で最高にエロくて可愛《かわい》かった。俺の美味《うま》そうに舐めてくれたし」

「なっ、舐め……っ」

郁実は真っ赤になって絶句した後、しばらくして徐々に怒った顔になった。

「……な、なんだよそれ。あんまり夢膨らませるなよな！　実際したときがっかりするぞ。現実は厳しいんだ。全然そんなんじゃないからな」

肌ガッサガサのただのおっさんだからと拗《す》ねたように言う。ロイの夢の中の自分自身に対して嫉《しっ》妬《と》しているようだ。そんな郁実は自分よりずっと年上なのにどこか幼く見えた。

「……でも、目の前の郁実の方が百倍可愛い」

「な、何言って……」

驚いて照れる郁実にいや千倍かと胸の中で訂正した。

夢の中の郁実は自分にとってとても都合のいい存在だった。なんでもさせてくれたし、して欲しいことも器用に全部してくれた。

痛がったり苦しんだりもしないから、魔物の全力の力で抱くことが出来た。

だが現実の郁実は平気で三年待たせるし、キスで舌を入れるのも許さない。少し強めに抱きしめただけで痛いと文句を言う。

何もかも思い通りにいかないが、そのことに一層想いが募る。抱きしめる腕の力を加減しなければならないことをじれったく思うが、そのじれったさを愛《いと》おしく思う。

自分でも変だと思うが、郁実のためにする我慢を、幸せに感じるのだ。

そう思いつつも、いやいやと首を振った。

「……いやそれにしても三年は長すぎる。三日にしろ」

「お前な……せめて一年ぐらいは我慢しろよ」

「じゃあ一年」

「ダメだ。ちゃんと大人になってからだ。俺はそれまでお前に対しては口うるさい親として接するからな。ほら、いつまでも寝ぼけてないでさっさと顔洗え」

背中をパシッと叩《たた》かれてしぶしぶ立ち上がると、思い切り朝勃《あさだ》ちした性器がズボンの前を持ち上げていて、それを目にした郁実が慌てて後ろを向いて耳まで赤くした。

「……そそる反応して煽《あお》りやがって。誘ってんのか？」

「んな訳ないだろ！　俺は部屋出るから、ソレどうにかしてさっさと身だしなみを整えろ」

ぴしゃりとそう言い捨てると、郁実はさっさと寝室から出ていこうとしたので反射的に腕を掴んで止めた。

「な、なんだよ」

「安心しろよ。三年は何もしない。我慢する。でも、その代わり郁実も俺のために一つ〝我慢〟をしてくれ」

「……我慢？」

首を傾《かし》げる郁実に顔を近づけ、ロイはニヤリと笑って言った。

「これから三年間、毎朝キスな。郁実の方から」

「なっ……」

「なんだよ。出来ねーのか？」

半ば脅しのように低い声で言うと、郁実はギュッと目を瞑《つぶ》り首を横に振った。

「お、俺が育った世界ではモーニングキスなんて文化はなかったんだよ……出来るかそんなこと。大体、三十路《みそじ》近いオッサンのモーニングキスなんて嬉《うれ》しいのかよ」

「嬉しいに決まってんだろ。金払ってでもして欲しい」

間髪《かんはつ》を容《い》れずに大真面目《まじめ》にそう言うと、郁実はひどく驚いた顔をした。それからしばらくの間、ロイは郁実の手を離さずにいたが、やがて彼は根負けしたように溜息《ためいき》を吐《つ》いた。

「……目を閉じてちょっとかがめ」

言われた通りに従うと、数秒の後に唇に柔らかい感触がした。郁実の方からキスをしてくれた。

「郁実……」

目を開けてみると、目の前の彼の顔はこれ以上赤くなれないぐらい真《ま》っ赤《か》になっていて、相当頑張ってくれたに違いない。

「……まさか本当にしてくれるとは思わなかった」

少し惚《ほう》けた顔で本音を漏らすと、郁実はぷいと顔を背けたまま言った。

「お前がしろって言ったんだろ」

「そうだけど……ダメ元だった」

「お前が手を離さないから仕方なく、だ。ったく、おっさんのモーニングキスなんかが嬉しいなんて、変な奴《やつ》」

嬉しそうに、照れくさそうにゴニョゴニョとそう言う郁実に言いようのない興奮を覚え、ロイは彼の細い体躯《たいく》を抱きしめながら夢中でキスをした。

舌を思い切り捻《ね》じ込んで口内を蹂躙《じゅうりん》すると、郁実の体が何度かビクッと震えた後慌てたようにジタバタもがきだしたので、仕方なく口を離す。

はぁっ、はぁっ、と肩で息をしながら呼吸を整える郁実はひどく艶《つや》っぽく、名残惜しく思っていると、郁実がこちらをキッと睨んで言った。

「舌入れるのは禁止！　舌入れるんなら、キスしないからな」

「なんでだ？」

「なんでもだ！　つーか痛い死ぬ！　ちょっと腕の力抑えろ！」

少しは加減したつもりだが我慢強い郁実が痛いというのなら相当痛いのだろうと、仕方なく腕の力を抜いた。

全然足りない。もっともっと全力で抱きしめたい。だけどそれは魔物の自分にとってこの先一生叶《かな》うことがないだろう。

人間の郁実と愛し合うには毎日が我慢の連続だ。

だが、本当に三年経《た》って彼を抱ける日が来たら、その日は今よりもっともっと我慢をしようと思った。

衝動に任せて痛い思いをさせないように、宝物を扱うようにそっと優しく慈しみながら抱けるように。

三年後のその日を思い描きながらロイは心の中でそう誓い、今度は羽でくるむようにそっと郁実の体を抱きしめた。

30. 消失

ロイが目覚める時、大抵郁実《いくみ》は起きていてベッドの中にいないが、今日は珍しく腕の中でスヤスヤと眠っていた。

アントンの一件から、彼は夢見が悪いらしく朝はいつも顔色が悪かったが、ここ最近は安心しきった、幸せそうな寝顔をしている。それがひどく愛おしかった。

郁実が想《おも》いを受け入れてくれた。あの日を境に、まるで世界が一変したように、全《すべ》てが輝いて見えた。

〝生まれてきてよかった〟なんて、柄にもないことを思ってしまう。

自分を殺そうとした母親に、生まれて初めて心から感謝した。

――いやだ……っ、ロイ、ずっと俺と、一緒にいて……。

あの時の郁実の声を何度も反芻《はんすう》してしまう。

（無理やり言わせたようなもんだけど……）

彼は今、精神的にひどく弱っていると思う。

出会ってからずっと、郁実はいつもロイの前で頼れる大人であり続けていた。

郁実のことを親だと思ったことがないというのは本当だが、それでも彼が常に信頼できる大人でいてくれたから、自分はここまで〝人間〟として育つことができたのだと思う。

その彼が、自分に弱さを見せてしまうほど精神的に追い詰められていた。そこにつけ込んだという自覚はある。最低だと言われても構わない。何一つ、後悔はしていなかった。

ロイにとって郁実が全てだ。だから、彼の全てを手に入れたかった。

（可愛《かわい》い顔して寝やがって……）

三年という気の遠くなるような年月のお預けを喰《く》らわせられた身としてはこんな無防備な顔で寝られると憎らしさを覚えるが、暴力的な衝動をグッと抑えつけ、ロイは郁実の口元にある薄い黒子《ほくろ》に唇を這《は》わせた。

「ん……」

彼は微《かす》かに眉根《まゆね》を寄せたが、まだ起きる気配はない。

剥《む》き出《だ》しになっている白い首筋に目を奪われ、ロイは吸い寄せられるようにそこに口づけをしたあと、きつく吸い上げて痕《あと》をつけた。

目を覚まして気づいたら、郁実は怒るだろうがどうしても、このマーキングの習性をやめられない。

彼が目を覚まさないのをいいことに、いくつもいくつも痕をつけていると、彼のバター色の肌には花弁のようにいくつもの赤い痕が散った。

（エロ……）

昨晩自分で慰めたはずの股間《こかん》が再び熱を持つ。自分はその気になれば彼を押さえつけてでも無理やり犯すことが出来る。

そんな黒い考えがいつも頭を掠《かす》めるが、ロイは既《すんで》の所で思いとどまっていた。

——お前が大人になるまで、絶対そういうことはしない。

郁実はそう言って自分を拒んだ。

実に彼らしい理由だと思うが、本当のところは、きっとまだ心の傷が深いのだと思う。それを押し通して郁実を無理やり犯したら、自分はあの男と何も変わらない。

郁実が危惧《きぐ》していた通り、あの最後の外出の日を境に本格的に雪が降り続いていた。幸いにも吹雪《ふぶき》ではないが、しんしんと降る雪は街中を真っ白に覆い尽くし、部屋の中は身を切るような寒さに冷え込んだ。

魔物の体を持つロイにとっては凍死するような寒さではないが、郁実は危険だろうと思い、やはり暖炉に火を焚《た》くことにした。以前使っていた量の半量の魔石にしているが、それでも残りわずかとなってしまった。

（今日……買いに行くか）

郁実はあの日視線を感じたと言って怯《おび》えていたが、ロイは少しもそれを感じなかった。

魔物の感覚は鋭く、わずかな気配でも見逃さないため、おそらくあれは郁実自身が言う通り勘違いだったのだと思う。

彼はあの時、精神的にひどく不安定だったし、過敏になるのも当然だ。それでも、郁実が怯えている以上は外に出ないようにしようと思っていたが、さすがにそろそろ買い出しに行かないわけにもいかない。食糧も尽きてしまいそうだ。

どうして、被害者である郁実がこんな風に怯えてこそこそと隠れていなければならないのかと思う。自分にはどうすることもできないのが歯痒《はがゆ》かった。

魔物の自分は人間よりも力が強く、頭もいい。それでもこんなにも無力な理由は一つだけだった。

権力だ。

それを手にしない限りは、郁実を完全に守ることは出来ない。

グランフェルト公爵家の血を引く自分には、その権力を手にする術《すべ》が全くないとは言えない。あの家には未《いま》だ男子がいない。昔から密《ひそ》かに動向を探っていたが、男子が生まれたという話は聞いたことがなかった。祖父が何を企《たくら》み、自分を探しているのか分からないが、もし〝人間〟として、あの家に戻ったらどうなるだろう。

だが、そんなこと、郁実が絶対に許さないだろう。

それではなんのために、あの屋敷から逃げてここで隠れ暮らしているのか分からなくなるし、ロイ自身、郁実の元を離れる気はなかった。

シルクのような手触りの黒髪を飽きもせずに指先で梳《す》いていると、しばらくして郁実が長いまつ毛を押し上げた。彼は何度か瞬きをした後、いつも自分より遅くまで寝ているはずのロイが起きていることを怪訝《けげん》に思ったのだろうか。眠そうな声を上げた。

「あれ……今何時？」

「十二時だ。昼の」

時計《とけい》を見ながらそう告げると、郁実は「マジ!?」と慌てた様子で飛び起きた。

休暇中なのだから時間に縛られる必要はないのに、働き者の彼は毎日朝のうちにベッドから出ないと気が済まないらしい。

急いで着替えをしようとするのを両腕で捕まえると、ロイは耳元で言った。

「郁実。おはようのキスは？」

三年我慢させる代わりに、毎朝必ず郁実からキスをしなければならないという理不尽なルールを突きつけていた。郁実はとてもシャイな性格なので、かなりハードルが高いらしいが、それでも毎日、真《ま》っ赤《か》になりながらそのルールを遂行してくれている。

「おはようのキスって……もう昼だぞ」

今日はナシ、と少し恥ずかしそうに言って再びベッドから出ようとするのを連れ戻して自分の膝《ひざ》の上に無理やり乗せる。

「じゃあ俺からする」

そう言うや否や、ロイはキスをした。何度も繰り返すと、郁実は呼吸が苦しくなってきたのか薄く唇を開けた。そこを狙《ねら》うように、にゅるりと熱い舌を入れる。

「んっ……んーっ」

ディープキスは禁止だと言われているのにあっさり破ったことに、抗議するように郁実が胸を押し返してきたが、ロイはそのまま続行した。

舌を絡め取り、上顎《うわあご》をくすぐるように舐《な》めると、郁実の体がビクビクと震えた。

（すげー敏感……）

セックスなどしたら、彼はどうなってしまうのだろう。そう思うと、暴力的なまでの興奮が湧き上がった。

これ以上は理性が持たないと解放すると、郁実は酸欠になりかけていたのか真っ赤な顔で荒い呼吸を繰り返した。

「し……舌入れるのやめろって言ってるだろ！」

「……感じるから？」

揶揄《やゆ》するように言うと、郁実は「違う！」と言ってロイの頬を摘《つま》んだ。

そして、今度こそとベッドから出ようとした郁実を再び後ろから抱きしめて捕まえる。

「もー、なんなんだよ」

「暖炉に火を入れとくから、部屋暖まってから出ろよ。寒いから」

そう言って彼の体を毛布でくるむと、郁実は少し目を見開いた後、嬉《うれ》しそうに微笑《ほほえ》んだ。

「ありがとう。でも大丈夫だ。一緒に起きよう」

毛布を取り払って立ち上がるなり、郁実はぶるりと身震いした。

「うわ、ほんと寒いなぁこの国」

彼の形のよい唇から白い息が漏れる。

「ヘルズヘイムはそこまで極寒の国じゃないぞ」

「そりゃーリコフとかガチの北国に比べたらそうなのかもしれないけど、俺の生まれ育った世界は、冬でもここまで寒くなかったぞ。暖房は電気代かかるからあんまり使わなかったけど、ホットカーペットとか電気毛布っていう便利な物があってさ。冬はそれで大体我慢出来てた」

「ふーん……」

生まれ育った世界。

郁実がその話をする度に、ロイはいつも心がざらついた。

彼がもし、自分に嫌気が差して自分の元から逃げ出したとしても、世界中どこまででも追いかけて捕まえてみせるという自信はあった。だが、元の世界に戻ってしまったら、もう二度と会えないだろう。

元の世界には郁実の本当の〝家族〟がいる。

時々彼は、懐かしそうに弟たちの話をする。ロイにとって、彼らは一番の脅威だった。

ベッドから出ると、誰《だれ》に会う訳でもないが日常の習慣として身支度を整える。

樽《たる》の中の水は表面が凍っていて、柄杓《ひしゃく》の柄でそれを割り、中の氷水を暖炉で軽く温めて、顔を洗った。

鏡越しに目が合ったとき、郁実がクスッと笑う。

「お前、寝ぐせ直ってないぞ」

言われて鏡を見てみると、確かに、一束だけ跳ねている毛があった。

「イケメンが台なしだ」

そう言いながら、郁実は背伸びをして手を伸ばした。

髪を梳いて直してくれる優しい指先が心地《ここち》いい。

「郁実がよく言う〝イケメン〟ってなんなんだ？」

「うーん……説明するのが難しいな。顔がかっこよかったり、性格がかっこよかったり……とにかくそういうこと」

「郁実は俺のこと、かっこいいと思ってるのか？」

「ああ。こんなかっこいい奴《やつ》はそうそういないって思ってる」

親バカかもしれないけど、と郁実は付け加えながら言った。そう言われると、悪い気はしない。

「シグルドより？」

「ああー……シグルドは……また全然タイプが違うイケメンだな。違いすぎて比べられないぐらい違う」

「…………」

「うわっ、なんだよ！　痛いから馬鹿力で抱きつくのやめろって」

無言で抗議するようにきつく抱きしめると、郁実が苦しそうな声を上げた。

「郁実。俺たちは恋人になったんだぞ」

「？　だ、だからなんだよ」

「浮気したら許さない。殺すからな。相手も……お前も。それで俺も死ぬ」

思いのほか真剣な声が出た。冗談でもなんでもなく、本気だった。この腕に本気で力を込めたら、彼の背骨は折れてしまうかもしれない。

郁実は少し身を固くしたが、やがて呆《あき》れたように言った。

「浮気ってなんだよ。シグルドはベクトルの違うイケメンだって言っただけだろ。大体、それはこっちのセリフだ。屋敷の女の子たちに散々チヤホヤされやがって。イケメンだからって調子に乗んなよ」

（自分が屋敷の人間と関われって言ったくせに）

理不尽だと思ったが、大人げなくムスッと拗《す》ねた顔があまりに可愛《かわい》らしくて、ロイはもう一度キスをしようとした。その時、静かな部屋に騒々しい声が響いた。

『ハーイ！　お二人さん、元気？』

噂《うわさ》をすれば、久しぶりに聞いたその声に、思わず郁実と顔を見合わせた。

シグルドからいざというときの連絡用にと渡された魔石が青白く光っているのを見て、郁実が慌てて窓辺に駆け寄った。

「し、シグルド!?」

『お、郁実くん！　元気そうな声で何より。可愛い顔が見えないのが残念だよ～』

「……なんの用だ？」

魔石を郁実から奪い取って不機嫌な声で言うと、シグルドはあからさまに嫌そうに『うわ出た』という声を漏らした。

『郁実くんのこと泣かしてるでしょ』

「泣かしてねーよ。何決めつけてやがる」

早速ケンカになりかけているのを察知してか、郁実がロイを押しのけて魔石の前に陣取る。

「シグルド、そっちはどうなんだ？　お前、大丈夫だったのか？」

『ご心配どうも。いざとなったらアマンダにぶっ飛ばして貰《もら》おうと思ってたんだけどさぁ……』

シグルドは少しの間沈黙した。郁実が隣で、緊張気味にこくりと喉《のど》を鳴らす。

『……全然大丈夫だったんだよね』

拍子抜けするようなことをシグルドは言ったが、その声は明るくはなかった。

沈んだ様子でもないが、どうもしっくりこないというようなそんな声だった。

『怒り狂って乗り込んでくるかと思ったんだけど、普通に屋敷にカールソン伯爵が来てさ、何を言ってくるかと思ったら、〝愚息の行いを直接会って謝罪したい〟って……郁実くんに』

「え？　俺？」

『そう。なんか変なんだよ。カールソン伯爵のことは、僕も小さい頃《ころ》から知ってるけど、ザ・鼻持ちならない貴族って感じで使用人のことなど気にもかけないような奴なんだよね。年取ったら丸くなるなんて言うけど、それにしてもちょっと変だ。今は休暇を取ってるからって謝罪の件は保留にしたんだけど……特にその後は深追いもされなかったんだよね』

そう言ってシグルドは少しばかり沈黙した後、ためらいがちに「ねえ郁実くん」と切り出した。

『嫌なこと思い出させてごめんね。そこのお馬鹿さんがアントンを殺そうとしたとき……〝例の力〟を使った？』

「……あ、ああ。使ったぞ」

あの時、ロイが放った黒炎を、郁実は結界のような光で防ぎ、アントンを守った。

郁実が力を使ったことを肯定すると、シグルドは再び沈黙した。

『少し、気になることがあって』

「なんだ？」

『……僕はずっと、カールソン伯爵が気に掛けるとしたらロイだろうと思ってたんだけど……もしかするとそうじゃないのかも。調べてみたら、カールソン家はリスペル神殿に多額の寄付をしてるみたいなんだ。もしかしたら、神殿が、招喚に失敗したはずの神子《みこ》……つまり郁実くんがこの世界にいるかもしれないってことに気づいて居場所を探してるのかもしれないって』

（神殿……）

ロイは目を見開いた。

『とりあえず、何かお咎《とが》めを受ける訳でもなく、逆に謝罪されて何事もなく終わったよっていう報告。ただ、カールソン家とリスペル神殿の繋《つな》がりについて気になるから調べてみる。……もう少し様子見っていう意味でももうちょっとそこで休暇してて』

「……分かった。悪いな。長い間休ませて貰って」

『何言ってんの。帰ってきたらまたばっちり働いてもらうから、今のうちに休んでおきなよ。あ、そうだ！　アマンダが君たちと話したいって寂しがってるから、ちょっと代わるね！　アマンダー？』

ドスドスという激しい音がして、魔石が揺れた。アマンダが駆け寄ってきたようだ。

『あらー！　これ本当に喋《しゃべ》れるの⁉　すごいわ～久しぶりね！　元気？』

「アマンダさん、おかげさまで元気です」

『郁実！　元気そうでよかった。ロイはどう？　元気かしら』

黙って頷《うなず》くと、郁実が小声で「声で返事しろ」と言った。

「俺も元気だ。久しぶりだなアマンダ」

『そう。二人とも元気そうで本当によかったわ。私の家はどう？　不便なことはない？』

「問題ない。……いい家だと思う」

『まあ！　ロイがそんなこと言うようになるなんて！』

感激したように言われると、少しくすぐったいような気がした。

『嬉しいわぁ。あの家に主人と住んだのは、たった三年のことだったんだけど……私が言うのもなんだけど、いい家でしょう？』

「はい、すごく。住み心地がいいです」

郁実が間髪《かんはつ》を容《い》れずに言うのに、ロイも同調して頷いた。

『でしょー？　あの家で主人の帰りを待つのが大好きだったわ。金曜日の夜はいつも仕事の帰りにお花を買ってきてくれてね、それが嬉しくて窓辺の花瓶に飾ってたの。あの頃私は若くて……主人曰《いわ》く、〝町一番の美人妻〟でね』

『待ってアマンダ。もうあんまり魔石の力がないから手短にって……あっ、ちょっ、そろそろ切れ』

そこでプツッと糸が切れるように、音が途絶え、魔石の光が消えた。

「え!?　シグルド!?　おーい」

郁実が魔石に向かって呼びかけるが、返事はない。

「アマンダさんと、もっと話したかった」

郁実ががっくりと肩を落とす。毎日月光を浴びせてはいたが、ここ最近の大雪で夜も曇天が続いていたため十分ではなかったのかもしれない。

「……役に立たねーな」

そう言って毒づきながら魔石を指ではじくと、郁実が「こら」と窘《たしな》めるように眉根《まゆね》を寄せた。

「シグルドが無事でよかった」

それには同意する。シグルドは鼻持ちならない男だが、世話になっている分、何かあったら気分が悪い。

「それにしても神殿、か……」

郁実が呟《つぶや》いた言葉に、ロイは胸がざわざわするのを感じた。もし本当に神殿関係者が現れて、元の世界に戻る手段を告げたら、郁実はどうするつもりなのだろうか。

「元の世界に、帰りたいのか？」

「なんでそうなるんだよ」

「……元の世界に帰っても、幸せになれないぞ」

まるで暗示をかけるように、ロイは郁実の耳元でそう囁《ささや》いた。

出会ったばかりの頃、郁実はいつも、どこか寂しそうな顔をしていた。元の世界には居場所がないと本人が言っていたように、その世界は満ち足りたものではなかったのだと思う。元の世界が彼にとってどれほど幸せな場所だったとしても返す気はないが、孤独な場所だったのなら尚更《なおさら》だ。

「俺以上に、郁実を愛せる奴《やつ》は、どこの世界にもいないからな」

「……分かってる」

「勝手に帰ったら絶対に許さない。一生、呪《のろ》ってやる」

「だから、帰る気はないって言ってるだろ」

今まで郁実は一度たりとも帰りたいなどと言っていないのに、幼い頃に生み出された巨大な猜疑《さいぎ》心《しん》が彼を疑い続けた。だが、シグルドが言う「穢《けが》れのない体」でなければ異世界を行き来できないというのが本当なのだとしたら、郁実はもう無理なはずだ。

（郁実は……あの男に……）

思い出すと、殺意を覚えて、それに堪えるように手を握りしめる。

郁実は帰る気はない。すでにもう行き来出来ない体だ。そう思うのに、なぜだろう。

妙に不安で胸がざわついた。

（そうだ……もう一度。今度は俺が、郁実を犯して穢しつくしてしまえば）

そんなどす黒い感情に襲われ、我慢が出来なくなり、その細い肩に手をかけようとしたとき、彼はロイをまっすぐ見上げて言った。

「俺は絶対にお前を裏切らない。そう約束したの忘れたのか？」

「……」

——こんなバケモノと、お前は本当に一緒に暮らせるのか？

——暮らせる。俺は絶対にお前を裏切らないから。

三年前、郁実の元を去ろうとしたロイに、彼はそう誓ってくれた。

その時抱きしめられた腕の温かさを思い出すと、ロイは溢《あふ》れそうになっていた猜疑心が少しずつ晴れていくのを感じた。


その後しばらく様子を見ていたが、再び魔石が光ることはなく、こちらから連絡することも出来なかった。数日間に渡って降り続いた雪もようやく止《や》みそうだ。

月が出た時に再び光に当てていれば、またシグルドと連絡が取れるだろう。懸念事項はあるものの何事もなかったようで、引き続き休暇を取って再度の連絡を待つしかなかった。

「……俺今日、ニクラス魔石店に行ってこようと思う」

朝食という名の昼食を摂りながら弱々しく燃える暖炉の火を横目にそう言うと、郁実はピタリと木のフォークを口に運ぶ手を止めた。

「そうだな。休暇もまだ続くし、さすがにそろそろ買い物に行かないとな。食料も足りないし」

「俺一人で行ってくるから郁実は家で待ってろよ」

「だ、ダメだ。もしお前に何かあったら……。シグルドはああ言ってたけど、まだ本当に安全か分からないし、ロイのことを狙《ねら》ってるかもしれないじゃないか」

「そうなった時は、俺一人の方がどうにか出来る」

「それは……そうだろうけど……」

郁実は外に出るのを怖がっているようだし、何より、仮にもし神殿が郁実を探しているというのが本当なら、彼をこの家から一歩たりとも出したくなかった。

押し問答の末、結局、ロイが一人で買い物に行くことになった。郁実から買い物メモを受け取ると、未だにひどく心配そうな顔をしている彼に言った。

「一時間で戻る」

「……ああ。待ってる」

足早に玄関を出たが、少し歩いたところで「ロイ！」と呼び止められた。

「マフラー忘れてる。ちゃんとあったかくしてけよ」

慌てて玄関に戻ると、郁実は背伸びして、揃《そろ》いで買った深緑色のマフラーをロイの首に巻き付けてくれた。

ふわりと首回りが温かくなる。

彼の優しい眼差《まなざ》しが愛《いと》おしくて、ロイは身をかがめて郁実にキスを落とした。

「……行ってくる」

「いってらっしゃい。気を付けてな」

名残惜しく思いながら背を向けた時、またしても「ロイ」と呼び止められた。

また忘れ物かと振り返ると同時に、唇に柔らかい感触が当たった。不意打ちで起こった一瞬のことで、何が起こったか分からなかった。

「よし！　行って来い！」

郁実は真《ま》っ赤《か》な顔ではにかんでそう言うと、バタンと戸を閉めてしまった。

「…………え？」

これまで強要して郁実の方からキスをさせたことはあったが、向こうからされたのは初めてのことだった。

何度か振り返ったが、郁実は少し赤く火照《ほて》った顔をカーテンの隙間《すきま》からコソコソと覗《のぞ》かせて、いつまでもロイを見送ってくれていた。

雪はしんしんと降りしきっているが、寒さは全然感じなかった。嚙《か》み殺《ころ》しても嚙み殺しても、ニヤニヤと頬が緩みそうになる。

この街の人々もまた、寒さには慣れたもので、子供たちのはしゃぐ声が聞こえてきた。父親と母親の手に繫がれた子供の笑顔を見て、柄にもなくつい笑顔になった。

これが、幸せというものだろうか。

幼い頃《ころ》、暗い檻《おり》の中で母親や周りの大人たち、いや、全《すべ》ての人間たちに対して抱いていた激しい怒りや、憎しみは、もう思い出せなかった。

早く郁実の待つ家に帰りたいと、早々に買い物を終えて足早に帰路につく。

途中、路上で花を売っている少女がいた。

雪の季節だというのに、彼女の持つ花籠《はなかご》は白い花でいっぱいになっている。見た限り、造花ではなさそうだ。極寒に咲く、珍しい品種なのだろう。

「そこのお兄さん、恋人に綺麗《きれい》な花束はいかが？　こんな雪の日に、花束を送ったらきっと喜ぶわよ」

「…………」

――あの家で主人の帰りを待つのが大好きだったわ。金曜日の夜はいつも仕事の帰りにお花を買ってきてくれてね。

アマンダが嬉《うれ》しそうに言っていたのを思い出した。

これを買って帰ったら、郁実は喜んでくれるだろうか。

「……一つくれ」

そう言って代金と一緒にチップを渡した。

「あら、こんなにいいの？」

「ああ。帰りにマフラーと手袋でも買え」

「ありがとう。優しいお兄さん」

少女は嬉しそうに言って、皹《ひび》だらけの手で籠《かご》の中から花を多めに取ると、色紙に包んで渡してくれた。

大荷物と花束を手に、郁実の待つ家に戻る。アマンダの夫も、金曜の夜はこんな気持ちだったのだろうか。

少し、怖いぐらいに幸せな帰り道だった。

やがてかやぶき屋根の小さな家が見えてくると、ロイは花束を抱え直した。そこが本当に、自分たちの家のように感じた。門を音を立てずに閉めて、庭の雪を踏みしめながら一歩一歩玄関へと近づく。

サプライズで渡したいと、後ろ手に花束を隠すと、足音を忍ばせてそっと玄関に向かった。静かに鍵《かぎ》を回して家の中に入る。

彼はきっと、いそいそと出迎えてくれるだろう。そうして、冷え切った頬を、温かい手で包み込んでくれる。子供の頃からいつもそうだった。

だが、今日はドアを開けても「おかえり」の声はなかった。

小さな家だ。足音を忍ばせていたとはいえ、さすがに玄関を開けたら、帰ってきたことは分かるだろう。

（寝てるのか……？）

彼は日中、疲れている時に座ったまま、ほんの少しうとうとすることはあっても、横になって休んでいるところなど見たことがない。

まさか向こうもサプライズを企《たくら》んでいるのだろうか。

初めはそう思って笑っていた。

だが、どこを見回してもいないことに気づくと、徐々に笑みが消え、ロイの顔は青ざめて行った。

「郁実！　おい、郁実!?」

あとはもう、寝室しかない。ここにいなかったらどうしよう。

魔物の自分が神に祈るなど、おかしな話だ。

だがそれでも祈らずにはいられなかった。

震える手でドアを開け、ロイはポトリと花束を落とした。白い花弁が、床に散らばる。

寝室にも、郁実の姿はなかった。

微《かす》かに蠟《ろう》の燃える匂《にお》いを感じ下を見ると、そこには見慣れない魔方陣があった。

それが一体、何を意味するものかは分からないが、招喚魔法に使うものだということは分かった。

誰《だれ》かに、たとえば、神殿の者たちがやってきて、彼は無理やり連れさらわれたのだろうか。だが、辺りに、争った形跡はない。

「郁実……まさか、元の世界に……」

(嘘《うそ》だ。裏切らないって……一生、側《そば》にいるって約束したじゃないか)

きっと隠れているだけだ。自分を驚かそうとしているだけだ。

ロイは狂ったような叫び声をあげると、まるで、強盗のように家中のクローゼットや棚を乱暴に開けて回った。

しかし、やはり、彼の姿はどこにもなかった。

何者かに押し入られて、外に逃げたのだろうか。

だが、家の鍵は閉まっていたし、窓ガラスも割れていない。一体誰が、どこから入って来たというのだろう。

忽然《こつぜん》と姿を消した郁実を探して、ロイは街の外に飛び出した。

視界に広がる一面の銀世界を見つめていると、ふと恐ろしい白昼夢でも見ているような気になって、気が遠くなる。

それから長いこと、一睡もせずに狂ったように郁実を探して回ったが、彼はどこにもいなかった。

森を越えてシグルドの元に行き、郁実の失踪《しっそう》を伝え、クルムトの街も、リーメルの街も彼の広い人脈を使ってくまなく探した。

だが、方々手を尽くしても郁実は見つからず、彼はその日を境に姿を消した。

【第2章】転章

1. 兄の行方《ゆくえ》

『ぼくのおにいちゃんは、つよくてやさしい人です。テストで百点をとると、ぼくよりもよろこんでくれて、たくさんほめてくれます。しゅくだいをやらないとおこることはあるけど、ぶったりけったり、どなったりぜったいしません。そういうことをするのは、よわい人がやることだからだそうです。ぼくと、弟のりくとがおとうさんやおかあさんにぶたれそうになると、いつもかばってくれます。おにいちゃんはつよくてやさしいぼくらのヒーローです。おにいちゃんはさいきん、弟のりくとの方にばかりかまうので、よわいぼくはつい、りくとにいじわるしてしまいます。でも、ぼくも、りくとにとってはおにいちゃんだから、やさしくしてあげなければいけないとおもいます。いつか、おにいちゃんみたいにつよくてやさしい人になりたいです。　さくまゆうと』

「残念ながら……佐久間《さくま》郁実《いくみ》さんの行方は分かりませんでした。本当に、なんの目撃情報もないんですよ」

待ち合わせ場所の喫茶店で、探偵は渋い顔をしながら調査書と書かれた一束の資料と封筒を渡してきた。

「ご存じでしょうが、郁実さんは悪質なストーカー被害に遭っていました。マンションの隣室の方が、郁実さんとストーカーが言い争っているのを聞いたそうですが、それが最後の目撃情報でした。以降は一切、情報も手がかりもありません」

「そのストーカーが……兄をどこかに連れ去ったってことですか？」

「いや、その可能性は低いです」

「……なんでそう言い切れるんですか」

優斗《ゆうと》は机の上の資料に目を落としながら、暗い声で言った。

兄に対する執拗《しつよう》なストーカー行為がまとめられた資料は、吐き気がするような内容だった。封筒には、犯人が郁実に送り続けていたと思われるおびただしい量の盗撮写真が入っていた。

とてもまともな精神状態の相手とは思えない。

「その黒沢《くろさわ》というストーカーも、郁実さんのことを探していたからです。あなたと同じように別の探偵を雇ってね。偶然にも、繋《つな》がりがあったので、同業のよしみでこっそり教えてもらいました。血眼《ちまなこ》になって探していたようですからおそらく、誘拐の線はないと思いますね。何か別の事件に巻き込まれたか、あるいは黒沢を恐れて……どこかに身を隠しているのかもしれません」

「そんな、それなら……兄は俺たちに、連絡ぐらいはするはずです」

「結構多いですよ。こういう被害に遭われている方は、家族にすら行先を教えずに姿をくらませるって。相談は受けてなかったんですか？」

「……会社の人とトラブルになって付き纏《まと》われているから、おまえたちも一応気を付けてくれって言われていましたけど」

「その時は警察に相談は？」

「兄はしていたみたいですけど、パトロール強化ぐらいで、真剣には取り合ってもらえなかったみたいで……」

「まー……そんなもんですよね。こんな目に遭ってても何もしてくれないんだもんねえ。ご家族も大変だったでしょう」

　そう言われて、後ろめたい気持ちになって優斗は無意識に俯《うつむ》いた。

　兄から電話があったとき、自分はろくに話も聞かなかった。こんなにひどいことになっているなんて、思ってもみなかった。兄は助けを求めて電話をしてきた訳ではなく、優斗の身を心配していた。それなのに自分は、就活中に面倒ごとを持ち込んできて迷惑だと言った。

　兄の申し訳なさそうな声が、今さらのように生々しく蘇《よみがえ》ってくる。

『ごめんな、大事な時に迷惑かけて。でも……気を付けて欲しいんだ』

　この件で、〝家族〟として一切力になっていなかったから、何一つ大変な思いなどしていない。兄はこのバケモノのような男に付きまとわれ、たった一人で戦いながら休まず働き、自分たちに仕送りしてくれていた。

　その事実が、まるで鉛を飲んだように重く、息苦しく感じた。

「この後どうします？　調査を続けますか？　見つかるかどうか保証はできません。ここまで手掛かりがないのは初めてで」

「お願いします。些細《ささい》なことでもいいから、手がかりが欲しいんです」

「分かりました。そちらも、何か思い出しましたらご連絡ください」

　探偵は念のためにもう一枚と、連絡先の書かれた名刺を優斗に渡して立ち上がった。会計に向かおうとした時、優斗は先ほど聞かされた話の中で、一つだけ、微かに引っ掛かっていたことを思い出した。

「あの……黒沢は今、兄のことを探していないんでしょうか」

　郁実のことを「探していた」と、過去形で言っていたことが気になった。

「つい最近、探偵に調査を頼むのはやめたみたいです。なんか、妙なことを言って」

「妙なこと？」

「〝この世界をいくら探しても意味がない〟って」

「それって、どういう……？」

「目の前で、郁実さんが違う世界に消えたっていうんですよ。クスリでもやってるのかと思ったのですが、同業者の話じゃ、そんな形跡はないみたいで。まあ、頭がイカれてるのは間違いないでしょうけど……もし本当なら、神隠しか何かでしょうか」

　そうとしか思えないと探偵は半ば本気で言っていた。

「探偵の報告、どうだった？」

陸斗《りくと》がフードコートのジュースをストローで啜《すす》りながら、浮かない顔で聞いた。

優斗の表情から、その結果が芳しくないものだと、分かっているのだろう。

黙って探偵から受け取った資料を差し出すと、陸斗はパラパラと捲《めく》り、目を通した。

その表情は変わらないが、手が微かに震えていた。

全《すべ》てに目を通し終えると、長い沈黙の後、微かに苦笑を浮かべながら彼は言った。

「……親切にして変態のストーカーに目つけられるって郁兄《いくにい》らしいな。ガキの頃一緒に出掛けた時、不審者に気を付けろって俺たちにうるさく注意してたけど、郁兄が一番不審者に声かけられてたし」

「あったな、そんなこと」

兄は線が細く、子供の頃はまるで少女のように可愛《かわい》らしかった。

優斗の友人たちの中にも、家に遊びに来た時お菓子を出してくれた兄を見て、恋心を抱いた者もいる。

「俺たちと全然似てないからなー……顔も、性格も」

陸斗はしばらく、ズルズルと音を立てて残り少なくなったジュースを啜っていた。兄がこの場にいたら、行儀が悪いと注意されていただろう。

「郁兄、この変態に殺されちゃったのかな」

「……お前、ふざけんなよ」

「別にふざけてない。だって、そうとしか考えられなくない？　もう半年以上だよ」

「…………」

兄がいなくなったのは、今から半年以上も前のことだ。

最悪なことに、兄の失踪に気づいたのは、彼が最後に目撃されたという日から二週間以上も経《た》ってからのことだった。

最初の違和感は、毎年必ずある「あけましておめでとう」の電話がなかったことだ。帰省するか聞かれた時、随分ひどい物言いでそれを断った。兄もさすがに怒っているのだろうか。そう思ったものの、少し違和感を覚えて弟の陸斗に連絡を取ってみると、彼の方にも電話は来てないと言う。

おかしいと思いながらも、自分の方から電話をすることも、様子を見に行くこともなかった。酷《ひど》い言葉をかけたせいで、顔を合わせにくかったのだ。

だが、二週間ほど経ったある日、郁実の勤務先から電話があった。正月休みが終わってからもう一週間無断欠勤をしていて連絡がつかないとのことだった。無断欠勤など、兄がするとはとても思えなかった。

慌てて優斗たちも兄に電話を掛けたが繋がらず、マンションはもぬけの空だった。

郵便ＢＯＸには、二週間前の投函《とうかん》日付の郵便物がそのままになっていた。几帳面《きちょうめん》な兄が、郵便を放置しておくはずがない。

そこでようやくそれが、異常な事態だと気づいた。

慌てて警察に届け出も出したが、見つからなかった。藁《わら》にもすがる思いで探偵に頼み、長い調査期間の末受け取ったのがこの調査書だ。

　ストーカーによる殺人。

　陸斗の推測は、考えたくない最悪の事態だった。そのタブーを彼がさらりと口にしたことに、怒りが湧《わ》いた。

「言っていいことと悪いことの区別もつかないのかよ」

「何怒ってんの？　優兄だってずっと電話無視してたじゃん。その結果がこれだよ。俺たち郁兄がいなくなったことに気づきもしなかったじゃん」

　ストローで、カップに残った氷をガリガリとつつきながら、陸斗はポツリと言った。

「もしこれで、本当に殺されてたら……郁兄の人生ってなんだったんだろ」

「…………」

「遊んでたとこなんてみたことなかった。友達も全然いなかったし。自分のこと全部後回しで俺たち育てて……最後に変態に付き纏われて殺されて……家族は誰《だれ》も助けてくれなくて、いなくなったことにも気づかれず、たったひとりで……」

　ストローを持つ手の動きが激しくなり、ガリガリという音がさらに大きくなる。

「郁兄に、何度も助けて貰《もら》ったんだ。ガキの頃、酔った親父《おやじ》にボコられそうになった時も、小学校でいじめに遭って学校行けなくなった時も、高校のときやばいヤツに関わって、すげえ怖かったときも郁兄助けてくれた。でも俺、急に態度変えるの恥ずかしくて……いつか、恩返ししようって、郁兄がピンチの時は俺が助けるって……思って、たのに……っ！　俺、おれ、結局……一度も……

っ」

まだそうと決まった訳じゃない。そう言いたいのに言葉が出なかった。

どうして、たった一言でも「ありがとう」と言えなかったのだろう。

もし郁実がいなかったら、自分たちは中学を卒業出来ていたかどうかも怪しいし、ごく普通の青春の思い出などなかっただろう。家族などいないものとして育ったと思う。それは陸斗もそうだ。

子供の頃は気づかなかった。いや、薄々気づいていたのに、気付いていないふりをしていたのかもしれない。

自分たちが他の子供たちと同じようにサッカーや野球に打ち込んだり、友達とゲームで遊んだり、嫌々宿題をやったりとごく普通の学生時代を送っていた中で、なぜ兄だけが、部活もせず走って家に帰ってきて、自分たちの生活の全ての面倒を見てくれていたのか。

夕食の席で、陸斗と流行のアニメや番組の話をしている時、兄だけがついていけずに少し困った顔をしていたのはなぜか。

何も気づかないまま反抗期に入り、酷い言葉を投げかけた。

兄は兄であり、親ではないのに、まるで親のように思っていたのだ。

今思えば、あの当時の彼はまだ未成年で、自分たちを育てる責任などなかった。ただ一番初めに生まれただけだった。それなのに、友人たちが親に対して反抗的な態度を取るのと同じように、まだ高校生で、学生生活を犠牲にして必死に自分たちの面倒を見てくれている兄に対して反抗していた。

その愚かさにようやく気づいたのは、反抗期もようやく終わりかけていた頃だった。

その日、母が気まぐれに、家に戻ってきた。

父のＤＶから解放され、新しい男と上手《うま》くやっているらしい彼女は、見違えるように明るく上機嫌だった。

暴力を振るう父との間に生まれた子供である自分たちのことを、彼女は恐れていて、あまり可愛《かわい》がってもらった記憶はないのだが、その時は余裕があったのかやけに詳しく、息子《むすこ》たちの近況を聞いてきた。

――優斗はサッカーで大会出場、陸斗は全国模試八位？　すごいわね。郁実も、何か頑張って特技を見つけてみたら？

郁実だけ何もないと母が言うと、兄は取り繕ったような笑みを浮かべて俯いていた。

その無神経な言葉に激しく怒りが湧くと同時に、優斗は薄々気づいていたのに見て見ぬふりをしていたことにようやくハッキリと気付いた。

自分たちの充実した学生生活は、兄の人生の犠牲の上に成り立っている。この家はごく普通の家庭のようでいて、本当は、異常な家族であることをずっと忘れてしまっていた。

自分も陸斗も、友人を持って特技を身に付けている中で、兄だけは何もない。

何も、持つ暇がなかったのだ。

それに気づくと、苦い物が喉元《のどもと》までこみ上げてきた。

兄の顔を見る度に罪悪感で押しつぶされそうになり、大学に入ると逃げるように家を出てしまった。

いつかお礼を言いたい。

ちゃんと働いて経済力を付けて、真の意味で独り立ちできたら。

今までのことを謝って、感謝して、そして孝行がしたい。

いつか。いつか。

そう思っているうちに、兄はいなくなってしまった。もう二度と会う事はできないかもしれない。

何度目か分からない後悔の波に押しつぶされていると、やがて、陸斗がジュースを飲み終え、立ち上がった。

この後バイトがあるらしい。それは優斗も同じだった。

就職活動を早々に終え、内定を決めていたから、卒業までの残り期間はひたすらバイトに打ち込むつもりだ。

兄が自分たちの名義の預金口座を作ってくれていたから、どうにかこの半年、やりくり出来ていたが、陸斗もまだ学生だ。

これからのことを考えると、卒業までは朝から晩までバイトに明け暮れなければ心許なかった。

趣味も遊びもやりたいことも我慢して、自分の時間を失くして働く。それがどれだけ辛《つら》いことか、今頃《いまごろ》になってようやく身に染みた。兄はどれだけ長い期間、そうして生きてきたのだろう。

その時、不意にポケットに入れていたスマートフォンが鳴った。

バイト先からシフト調整の連絡かもしれない。掛け持ちでやっているので、そういう電話は多かった。

電話に出ると聞いた事のない声で、「佐久間優斗さんですか？」と聞かれた。

「はい。……はいそうですが。……え？」

電話越しに言われた言葉に、言葉を失った。

相手の言葉に、「はい、はい、わかりました」と機械的に返事をして、通話を終了した。

「………」

「どうした？　誰から？」

電話を切った後、呆然《ぼうぜん》と立ち尽くしていると、陸斗が怪訝《けげん》な顔で恐る恐るそう聞いた。

「警察から」

からからに乾いた喉《のど》から、言葉を絞り出す。

「郁兄が見つかったって」

陸斗の手から、捨てようとしていた紙コップが滑り落ちる。蓋《ふた》が外れて、中に残っていた氷が派手な音を立てて床に散らばった。

2．半年ぶりの再会

先程の電話でかろうじて理解したことは、兄はマンションの自室の真下で、倒れているところを発見されたということ。外傷などはないらしいが、念のために病院に運ばれたということ。

半信半疑のまま、無我夢中で陸斗と共にバスに乗り込み、電話で告げられた大学病院に駆けつけ、病室に駆け込んだ。

郁実《いくみ》はベッドの上で眠っていた。

その顔を恐る恐る覗《のぞ》き込《こ》み、ハッとして、思わず陸斗と顔を見合わせた。

兄が失踪《しっそう》して半年しか経《た》っていないはずだが、まるで数年の月日が経ったように少し年を重ねたように見えた。

髪が少し伸びたせいだろうか。兄に対してこういうのも少し変な話だが、美しく、艶《つや》っぽくなったように見えた。雰囲気がガラリと変わり、一瞬、別人に見えたぐらいだ。

だがよく見てみるとそれは、確かにこの半年間探し続けた兄の姿だった。

(郁兄……)

未《いま》だに実感が湧《わ》かず、呆然とベッドに横たわるその人を見つめていると、医師が説明してくれた。

「今は鎮静剤で眠って頂いています」

「鎮静剤？」

「……目を覚まされた時、錯乱状態で、窓から飛び降りようとしたんですよ。慌てて看護師たちが止めようとしたら、物凄《ものすご》い抵抗されて……〝あっちに戻らないと〟と何度も叫んでいらっしゃって……このままでは危険だと判断し、鎮静剤を入れて落ち着かせています」

「兄が……そんな……」

物静かな兄のすることとは思えない。

一体兄の身に何があったのか。「あっちに戻る」とは一体どういうことなのか。

何も分からないまま、入院の同意書やら何やらサインをし、ベッドの横に用意された椅子に腰かけて意識が戻るのを待っていると看護師が来て、兄が着ていたという服を一式渡された。

今は病院のものに着替えさせられているが、発見時はこの服を着ていたらしい。

それは、夏の今の時期に着るような服では到底なく、完全に真冬の服装だった。それも、幼い頃夢中になってやったゲームの中の登場人物が着ているような服で、素材も、ウールでもポリエステルでもない。一体なぜ兄は、このような服を着ていたのだろうか。どこで暮らしていたのか。

陸斗とは、ひと言も口を利かないまま兄の目覚めを待った。一体、何を話したらいいか分からないぐらい混乱していた。

結局、兄が目を覚ましたのは、夜になってからのことだった。

もう面会時間も終わりに近づいていて、明日また出直すしかないかと思っていた時、兄は薄く目を開いた。

「郁兄！」

顔を覗き込んで叫ぶと、彼は何度も瞬きを繰り返した後、優斗と陸斗の姿を目に捉《とら》え、泣き出しそうに長いまつ毛を震わせた。

「ゆ、優斗……陸斗……」

久しぶりに聞いた兄の声に、瞼《まぶた》がカッと熱を持つ。こみ上げてきそうになる涙を堪《こら》えながら、優斗は叫んだ。

「どこ行ってたんだよ！　半年間も、なんの連絡もなしに！」

「……半年？」

兄は驚愕《きょうがく》に目を見開くと、慌ててベッドから身を起こした。そして病室のカレンダーを見つけると、その日付を見て「嘘だ……」と呟《つぶや》いた。

「最低でも、四年は経ってるはずだ。……こっちの半年が、向こうで四年以上……」

兄は絶望したように呟き、顔を覆った。

その両手の隙間《すきま》から微《かす》かに誰《だれ》かの名前を呟く声が漏れたが、聞き慣れない異国の響きの名前だった。

「何、言ってるんだ？　なあ、本当にこの半年、何があったんだよ」

「…………」

兄は何を聞いても、この半年のことを語らなかった。

事情を確認しにきた警察に対しても同じで、「よく覚えていない」と説明していた。

黒沢からストーカーを受けていたことは認めていたが、監禁も誘拐もされていないと言い、警察も事件性はないと判断した。

精密検査をしても脳にも異常はなく、数日間の入院の後に退院となった。

兄の退院後、優斗と陸斗は自分たちのアパートの部屋を引き払ってマンションに一緒に住むことにした。

黒沢が郁実のことを未だに探している以上、マンションに戻るのはやめた方がいいだろうと、当面は優斗のアパートに住むことを勧めたのだが、郁実はなぜかそれを頑《かたく》なに固辞したからだ。

理由を聞くと、兄はまた、不思議なことを口走った。

『あのマンションにいないと、戻れないかもしれないから』と。

その言葉が意味するものはどうしても分からなかったが、どうしてもマンションに戻る気ならばと、自分たちもまた、マンションに戻り、そこで一緒に暮らすことにした。

理由もなく無断欠勤が半年も続いたということで、兄は高校を卒業してからずっと勤めていた会社もダブルワークで働いていたバイト先も解雇されていた。

仕方のないことだが、黒沢は会社の同僚であり、諸悪の根源だと思うとその対応にも怒りが湧く。

探偵の調査によると、会社の方でも、黒沢の兄に対するストーカー行為はよく知られていて、兄は実際、何度も上司に相談していたようだが、それについて何の対処もされていなかったようだ。
兄と連絡が付かなくなった時は、ついに黒沢に殺されたのではないかとまことしやかに噂《うわさ》され、若い男性の身元不明の遺体のニュースが流れる度に上司は戦々恐々としていたらしい。

優斗と陸斗はバイトを調節し、出来るかぎりどちらかは家にいるようにした。

今度こそ、兄を守りたいと思っていた。

そして何より、彼の様子はおかしくて、とても一人にはさせておけなかった。

暇さえあればベランダに立ち、手すりから少し身を乗り出して下を眺めていた。最初のうちは、飛び降りる気ではないかと、慌てて止めていたが、ただ眺めているだけのようだった。

その姿は、まるで何かを待っているかのようだった。

時折、深緑色のマフラーに顔を埋《うず》めて、密《ひそ》かに泣いていることもあった。

それを見る度に、妙な胸騒ぎがした。兄の精神が正常なのかどうなのか分からないが、どこか〝別の場所〟に戻りたがっていることは分かった。

それがこの半年間、兄が過ごしていた場所なのだろう。

またいつか、どこかに消えてしまうのではないかという、漠然とした不安があった。

高校を卒業するまで三人で暮らしていたとは言え、まともに会話をするのは中学生以来のことで、ひどくぎこちない。

一緒に住んでいた頃、兄はいつも明るかった。自分たちがどれほど冷めた返事をしても笑っていた。

それが今は、抜け殻のようで、部屋の隅で膝《ひざ》を抱えていることがほとんどだ。

優斗はかつての兄がそうしてくれたように、出来るだけ明るく他愛《たわい》のないことを話しかけたが、返事があればまだいい方だった。心ここにあらずと言った状態で無視されると、辛くなる。

だがそれは、かつて自分が兄にしてきたことだ。いや、もっとひどい態度を取っていたのだから、何も言えなかった。

3．兄の本音

ある日の早朝、陸斗《りくと》に「優兄《ゆうにい》、優兄」と起こされて目を覚ました。時刻はおそらくまだ六時過ぎぐらいだったが、すでにうだるような暑さで、セミも鳴いていた。

「なんだよ」

暑さと眠気で少し苛立《いらだ》ちながら不機嫌な声を出す。

「しっ」

陸斗は人差し指を唇に当てると、深刻な表情で言った。

「郁兄《いくにい》が、なんか変なんだ」

何事かと部屋を出てみると、ダイニングテーブルの上に並んだ現金の山に驚いた。

〝俺の口座の全財産引き出してきた。二人で計画的に使うように〟

そういうメモが書き置きされている。それを見た途端ひどい胸騒ぎに駆られた。

ジュワジュワというセミの声が、まるで警告のようにやけに耳についた。

頬を撫《な》でる生温い風にハッとしてリビングの方をみると、ベランダに続く掃き出し窓が開け放たれていて、カーテンが揺れていた。

その手すりに、兄がよじ登って身を乗り出していた。

「郁兄!!」

そう叫ぶのと同時に、ふわりと、兄の体が躊躇《ちゅうちょ》なく前に倒された。

落ちる。

そう思った時には、走り出していた。転落する寸前のところで、兄の腕を摑《つか》んで、陸斗と共に必死で引っ張り上げ、尚《なお》も飛び降りようとする兄を必死に引っ張って部屋に引きずりこんだ。

「何するんだよ！」

兄が荒い口調で叫んだ。

「それはこっちのセリフだろ！　何考えてんだ！」

「うるさい！　ここから飛び降りれば、あっちに戻れるかもしれないのに……っ」

「あっちってなんなんだよ！　落ちたら死ぬだけに決まってるだろ」

「死んだら死んだでいい」

信じられない言葉が、兄の口から漏れた。

「もういいだろ。お前らも大きくなったし……必要ないだろ？　どっちにしろあっちに戻れないなら、もう死んだっていい。俺、こっちには何もない。友達もいないし……仕事も失くなって……」

自嘲《じちょう》気味に笑いながら言う兄に、優斗《ゆうと》も陸斗も呆然《ぼうぜん》としていた。

「俺たちは……家族はどうなんだよ」

嗄《かす》れた声で、思わず聞いた。そんなこと聞く資格もないのに、聞かずにはいられなかった。兄が自分たちを捨てようとしているような、そんな気がして怖かった。

「家族……？」

兄はまるで聞きなれない異国の言葉でも聞いたように唖然《あぜん》とした後、みるみる怒りに顔を歪《ゆが》めた。

「お前ら、俺のこと散々邪魔にしてたじゃないか。俺の作った飯は食いたくないとか、一緒に暮らしたくないとか……うるさいから電話するなって……。俺だって……部活やりたかったよ。友達と海行ったり、ゲームしたり、してみたかったよ。全部我慢して……早起きして作った飯まずいからいらないって捨てられて……金が足りなくなった時しか連絡してこなかったくせに！　何が家族だよ!!　俺はお前らに、一度も家族扱いしてもらったことなんかねーよ！」

泣きながらそう叫ぶ兄に、言葉が出なかった。

今まで自分たちが抱えていた兄に対する気まずさや後悔など、比べ物にならないぐらい兄は深く傷ついていた。

どうしてこんなに傷つけるまで気づかなかったのだろう。

刃物で刺し続けても兄は血を流さず、痛みも感じないとでも思っていたのだろうか。

「い、郁兄……」

「無理だよ。これ以上は無理だ。もういいだろ。好きなようにさせてくれ。今まで稼いだ金は全部やるから。俺が死んでお前らが困るのは金だけだろ」

「金、いらないから……生きててくれよ」

隣に立っていた陸斗が、不意にそう呟いた。

「死ぬぐらいなら、その金使ってパーッと遊べばいいじゃん。なんで、俺たちに残すんだよ」

「……金がなくて、この先お前らどうするんだよ」

「郁兄の分まで働く。今まで散々、やりたいことやらせて貰《もら》ってきたから」

「…………」

「なんでもするから……今までしてきてもらった分、全部返せるように、頑張るから……生きてて、お願いだから……この半年間、郁兄がしん、死んじゃったと思って……っ、俺、俺……っ」

子供のように嗚咽《おえつ》を漏らして泣き出した陸斗に、兄は瞳《ひとみ》を揺らした後、歯を食いしばり拳《こぶし》を握りしめて俯《うつむ》いた。

その拳に、抑えられない涙がぽたぽたと垂れる。

優斗には、それがまるで血のように見えた。これまで自分たちが刃物で刺し続けてきた傷口から溢《あふ》れた血。これだけ傷つけてもまだ、自分たちは兄に甘えている。泣いて謝って頼み込めば、兄は今までと同じように自分のしたいことを我慢して、弟たちの言うことを聞いてくれると思っている。

最低だ。そう思うのに、それでも優斗は、陸斗と同じように謝ることを止められなかった。

兄に生きていて欲しかった。

「ごめん……郁兄、ごめん、いっぱいひどいことして……」

「うるさい、今、更……っ」

「ごめん……都合よすぎるって分かってる。でも、どうしても郁兄に生きててほしい……」

兄は口を引き結び、顔を背けたままだ。

「謝るから……許せないなら、殴っていい。何回でも、殴っていいから……っ」

そう口にしたとき、兄はハッとした。その顔がみるみる怒りに歪んでいった。

彼は「ごめん、ごめん……」と未《いま》だ譫言《うわごと》のように繰り返す優斗の両肩を乱暴に摑むと、不意にきつく抱きしめた。

「馬鹿！　〝殴っていい〟なんて、二度と言うな！」

——優斗、陸斗。いじめられたらすぐ兄ちゃんに言えよ。俺、絶対許さないから。

父の母に対する暴力を一番身近で見ていた兄はいつも、暴力だけはどんなことがあっても絶対に許さなかった。

父の暴力から、優斗と陸斗を守ってくれた。

その兄にとって「殴ってもいい」という言葉は、絶対に看過できないものだったのだろう。自分を抱きしめる腕の力強さに、兄の怒りが伝わってきた。

「ごめん、ごめん……言わないから、死なないで……」

情けなく、声を震わせながら謝り続けると、兄は「分かったから……」となだめるように言った。

「……もう絶対、殴っていいなんて言うな」

分かったな？

そう言われて、優斗は何度も頷《うなず》いた。

それからしばらくの間、兄はそうしていたが、やがて優斗の体を離し、手の甲で涙を拭《ぬぐ》った。

深く長い溜息《ためいき》を吐《つ》いた後、長い沈黙があって、消え入るような声で呟《つぶや》いた。

「ごめん……」

「なんで、郁兄が謝るんだ……？」

「かっこ悪くて」

兄は床を見つめたまま独り言のように続けた。

「ずっとかっこつけてたんだ。優斗が……小学生の頃《ころ》、作文で俺のこと、かっこいいって言ってくれたのが嬉《うれ》しくて……ずっと一人で突っ走ってた。スーパーヒーローになりたかったんだ。遊べなくたって平気だって、お前らを自分一人で完璧《かんぺき》に守ってみせるんだって……ずっとかっこつけてたのに……全然ダメだったな。助けて欲しいとか、手伝って欲しいとか、ずっと何も言わなかったくせに、今更こんな風にキレて……本当に……」

かっこ悪い兄ちゃんでごめんな。

兄は俯いたままそう言って、もう一度涙を拭った。

「郁兄……っ」

そんなことない。そう言いたいのに、声が出ず、涙と嗚咽が止まらなかった。ごめんとかありがとうとか、言葉だけでは言い尽くせない感情が、巨大な後悔の波に押し流されるようにしてこみ上げてくる。

「お前ら……小学生のときと泣き方全然変わってないじゃないか」

しょうがないやつら。

そう言って自分たちの頭を撫でる兄の手は、子供の頃、父から守ってくれた手と同じぐらい温かかった。

一体、どれぐらいの時間が流れただろうか。泣き声と嗚咽が治まってくると、気まずさと、倦怠《けんたい》感《かん》と、恥ずかしさが立ち込め、互いに無言のまま部屋に座り込んでいた。

その奇妙な空気を切り裂いたのは、陸斗だった。

「なあ郁兄」

長いこと泣き続けて、嗄れてグズグズになった声で、陸斗が不意に聞いた。

「半年間、どこにいたの？　……一体、どこにそんなに帰りたいの？」

すると郁実《いくみ》は、少し苦い顔をして笑いながら言った。

「話しても、信じないと思うぞ」

「信じる。……家族だし」

照れくさそうに言う陸斗に、郁実は長いこと考え込んだ末、ポツリポツリと話し始めた。

黒沢に殺されそうになり、ベランダから飛び降りたら、違う世界に行ってしまったこと。

その世界で経験した極度の飢え。

絶望の中で、ロイという魔物と人間のハーフの子供に出会い、育てたこと。

命の危機に瀕《ひん》したときに助けてくれた優しい人たちの話。雪深い美しい町並み。

いつのまにか昼も過ぎ、クーラーもかけていない部屋は強烈な暑さに見舞われていた。鳴き狂う蝉の声が、遠く聞こえるぐらいにぼんやりとしていて、普通ならとても信じられないような話も、信じてしまいそうになる。

それに、作り話や夢の話にしては、兄の話はやけに具体的で、街の情景まで生々しく思い浮かんだ。

何より、こんなに兄が熱心に自分の話をしているのを見るのは初めてのことだった。

「……異世界テンセイってやつ？」

半信半疑の頭でそう聞くと、陸斗が横で首を振った。

「転生って生まれ変わるやつだろ？　ちょっとちがくね？」

「あ、そっか」

「……郁兄、なんかチート能力とか授かったの？」

「いや、特に。手からあったかい風と光が出るぐらいだった」

「ハンドドライヤーかよ……」

思わずつっこむと、兄は少しムッとしたように唇を尖《とが》らせた。

「それで……どうやってこの世界に戻ってきたんだ？」

「わからないんだ。俺があの世界にいると、〝厄介だ〟って……」

「誰《だれ》が？」

兄は黙って首を横に振った。

「顔は隠してたから分からなかった。いきなり光を浴びせられて……目が覚めたら、こっちの世界だった」

「……郁兄はなんでそんな世界に帰りたいんだ？」

兄の話を聞いていると、その世界でも、苦労ばかりしていたようだった。

学生時代にアニメで見て憧《あこが》れていたような、チート能力もスローライフもない。むしろ、こっちの世界よりも遥《はる》かに過酷そうな環境だ。

「そんな大変なら、戻る必要なくね？」

情けなくも縋《すが》りつくような声を出してしまうと、兄は罪悪感を覚えたのか眉《まゆ》を寄せて俯いた。

「……ロイに、約束したんだ。一生側にいるって。俺は……俺だけは、絶対に裏切っちゃいけないし、裏切りたくない。裏切ったって思われるだけで、苦しいんだ……」

その横顔を見て、優斗は苦しくなった。

本当に異世界なんてあるのか分からない。

ただ、一つだけ分かるのは、兄はその世界に帰りたいのではなく、ロイという人の元に帰りたいのだということだ。自分たちに対する包み込むような愛情ではなく、もっと強く、激しい感情がそこにあった。

それに気づくとひどく寂しさを覚えて黙り込んでしまうと陸斗が先に口を開いた。

「……大丈夫だよ。郁兄は戻れる」

「なんでわかるんだ。戻り方も分からないのに」

「厄介ってことは、誰かにとって都合が悪いってことだろ？　……ってことは逆を言えば、郁兄はそれだけ向こうの世界に影響力があるってことだ。郁兄を必要としてる人がそのまま放っておくわけがない。現に郁兄はあっちの世界に一度呼ばれてるわけだから。大丈夫。また戻れるよ。……だからそれまで、ちゃんと生きてろよ」

「でも……こっちの半年が、向こうで四年だったんだ。こうしてる間に……どんどん向こうでは時間が経《た》っていくんだぞ」

兄の顔には焦燥が浮かんでいた。こんなにも弱々しく取り乱した兄を見るのは初めてだった。

「イチかバチか飛び降りて死んじゃったら、たとえ異世界に戻れても〝テンセイ〟になっちゃうだろ？　別人になったらロイって人も郁兄だって気づかなくね？　それに……もし、ただ死んじゃっただけで戻れなかったら、それこそ永遠にお別れだ。完全に裏切ることになる。確率的に言ったら、そっちの方が可能性は遥かに高いと思うけど」

「………」

兄がハッと息を呑《の》み、その顔は幾分冷静になった。

陸斗は子供の頃から頭がよかった。喧嘩《けんか》しても、口喧嘩ではかなわないぐらいに彼の言葉には妙な説得力がある。

陸斗はそれから、少し顔を背けて続けた。

「こっちに戻ってきたのは不本意かもしれないけど、俺は、郁兄が生きてたってことが分かった時、今までの人生で一番嬉しかった。……だから、そんなに嫌がらないで、もうちょっとだけ、一緒に居てくれよ」

兄は瞳を揺らして両手で顔を覆うと、「ごめん」と絞り出すように言った。

その「ごめん」は何度も繰り返され、彼は長いこと泣いていた。

「ごめん」は一体、なんの「ごめん」だったのだろうか。
長いこと行方《ゆくえ》知れずだったことへの謝罪か。
取り乱したことへの謝罪か。
いつの日か再び自分たちを置いていくことへの謝罪か。
家族よりも自分の想《おも》いを優先してしまうことへの謝罪か。
違う世界に置いて来てしまった、彼の想い人への謝罪か。
あるいはそのどれもだったのかもしれない。

4．兄の背中

――一カ月後。

アルバイトから帰ってくると、いい匂《にお》いが鼻先を掠めた。兄がキッチンに立って夕飯の支度をしている。

――兄はあれ以来一度も取り乱していない。

異世界のことも口にしなくなり、次の仕事が決まるまでと在宅のバイトをかけもちで始めた。空き時間には家事をこなし、自分たちには学生生活を優先させるよう気遣ってくれ、すっかり元の兄に戻ったようだ。

まるであの日のことが全《すべ》て、夏の暑さが見せた蜃気楼《しんきろう》だったのではないかとさえ思ったが、八月の終わりにカレンダーを捲《めく》る兄の手は震えていて、その横顔は見ているこちらが辛くなるほど苦しそうだった。

コートを脱いでキッチンを覗《のぞ》くと、それに気づいた陸斗が鍋《なべ》をかき混ぜる手を止めて言った。

「バイトお疲れ、優兄」

兄がハンバーグを焼いている横で、陸斗はスープを作っているようだった。最近は、優斗も陸斗もバイトがない時は必ず、家事を一通り手伝い、教えて貰《もら》っている。

「味どう思う？」

「うーん、ちょっと塩が足りないかもな。気持ち足した方が美味《おい》しくなると思う」

「気持ちって？」

「一摘《つま》み」

「一摘みって？」

「親指と人差し指と中指で挟んだ……これぐらい」

「分かんない」

陸斗は文句を言いながらも、兄に言われた通り塩を足し、もう一度味見をして「美味《うま》い！」と言って満足気に笑った。

「うわ、エビフライまで載ってる……お子様定食じゃん」

手を洗って配膳《はいぜん》を手伝っていると、メインディッシュのプレートを見て思わず喜びの声を上げた。

すると兄はスープをよそうのを陸斗に任せて手を止めて、引き出しの中から百貨店の包装紙の細長い箱を取り出し、黙って差し出してきた。

何だろうと開けてみると、中にはずっと欲しいと思っていた腕時計が入っていた。

「え……これ」

「随分遅くなったけど、今日は優斗の内定祝いだ。ＡＳホールディングスなんて大手企業、すごいじゃないか。頑張ったな」

途中から失踪《しっそう》した兄を探しながらとなった就職活動は、精神的にかなり厳しかったので、他でもない兄に褒められたことで、瞼《まぶた》が熱くなった。

誤魔化《ごまか》すようにテーブルに出された料理を一口食べると、久しぶりに食べた兄のハンバーグの懐かしさに、さらに涙が溢《あふ》れそうになる。

「……美味しいか？」

恐る恐る不安げに、郁実《いくみ》が聞いてきた。

優斗と陸斗は一瞬押し黙った。

反抗期の頃《ころ》、そう聞かれる度に、素直に頷《うなず》くのが恥ずかしくて、マズイとかもっと違うのが食べたいとか意味もなく悪態を吐《つ》いていた。その時の後悔が胸を締め付けて、一瞬、声を出すことが出来なかった。だが、今度こそもう後悔はしたくない。

「「美味しい。すごく」」

弟と同時に声を揃えて言った。

正直、照れくさかったが、郁実は目を細めると、少し安堵《あんど》したように笑った。

バイト先のことや、就職先の雰囲気などを話していると、会話の切れ目でふと、兄が言った。

「そういえば優斗。お前、彼女とはどうなんだ？」

優斗は思わずスープを噴き出しかけた。

兄は昔から、優斗と陸斗の恋愛事情に興味津々だった。バレンタインにチョコレートを貰ってくると、物凄《ものすご》く喜び、張り切ってホワイトデーのお返しを選びに行った。

反抗期になってからは何も聞かれなくなったが、歴代彼女も最新彼女もしっかり覚えていたようだ。

「あー……そろそろ別れるかも」

「え、なんで別れるんだ？　もしかして、忙しくて全然会えてなかったのか？」

兄が申し訳なさそうに言ったので、慌てて首を横に振った。

「いや、違う。向こうもまだ就活で忙しいし。別れたいのは、〝同棲《どうせい》しよう〟って言われてたから」

すると、陸斗がすぐ、何かに気づいたというように「ああ」と苦い顔で頷いた。

これはきっと、陸斗にしか理解できない問題だと思う。

兄は案の定、分からないというように首を傾《かし》げていた。

「いいじゃないか。一緒に住めば。あ、俺のことは気にすんな。……黒沢も……何もないし」

探偵に黒沢の動向を見張って貰っているが、調査を辞めると言い出した時以来、彼の行方は分からなくなっているらしい。

最後に目撃されたのは地方行きの新幹線の中で、それきりこちらに戻ってきたという情報はないらしい。兄が外に出るのは日中の内だけにしているが、今のところ背後からつけられているような気配は感じないと言う。

もう、諦《あきら》めたのだろうか。

「別に、そういう理由で同棲しない訳じゃないんだ」

「じゃあ、なんでなんだ……？」

「なんだっていいだろ。別に」

すると兄は、まだ納得できないというように首を傾げながらも、それ以上しつこく追及することもなく、違う話題へと移った。


その晩、なんとなく眠れず、リビングでぼんやりとスマホを弄《いじ》っていると、不意に眼前に缶チューハイが差し出された。

「うわっ」

「飲むか？　そういえば、成人のお祝いもまともに出来てなかったなって……」

兄は嬉《うれ》しそうに言った。以前、成人祝いに飲みに行こうと誘われたのも、断っていた。

「お前と酒飲むの、ちょっと楽しみだったんだ。陸斗は……また来年だな」

残念だと言いながら、郁実が自分の缶チューハイのプルタブを開けた。

ずっと、バイトに明け暮れていたから、成人したと言っても、酒など飲む暇はなかった。

そういえばもう、飲めるようになったんだなと思いながら渡されたチューハイを口にする。

「……なあ。なんで彼女と別れるんだ？」

「まだその話してんのかよ」

「だって気になるだろ」

「…………」

黙り込んでしまったが、兄は部屋を出ていくつもりはないようだ。手持《ても》ち無沙汰《ぶさた》にチューハイを繰り返し呷《あお》っていると、次第に頬が熱くなってきて、頭が少しふわふわしてきた。

　酒を飲むと、理性が溶かされていくような気がする。

「……郁兄は俺たちと父さん違うから分かんないだろうけど、俺と陸斗は、あのやべーＤＶ親父《おやじ》の血が流れてるんだぞ。怖いじゃん。もし一緒に暮らして、彼女殴っちゃったら」

　そう吐露すると、郁実はひどく驚いた顔をして、言葉を失っていた。

　しばらく缶を握りしめたまま何か考えていたが、やがて微笑《ほほえ》みを浮かべて言った。

「大丈夫だ。優斗はそんなこと、絶対しないから」

「なんだよその適当な〝絶対しない〟は」

　分かんないだろと言うと、郁実は「分かるよ」と真剣な顔で続けた。

「暴力って血で受け継がれるものじゃないんだよ。感染《うつ》るもんなんだ。母さんも再婚するまで、すごく優しかったし。俺は……母さんには、父さんの暴力が感染ったんだと思う」

　優斗が物心ついたとき、母は時折、兄を激しく殴っていた。

「……じゃあ郁兄は俺たちのこと、殴りたいって思ったことはなかったのか？」

「何言ってんだ。何回もあったぞ」

「…………」

　兄にしてきたことを思うと心当たりがありすぎて何も言えず、気まずく思いながら俯《うつむ》いた。

「でも俺は暴力だけは絶対にしなかった。感染るってわかってたし……俺は強いからな。優斗が作文に書いてくれただろ」

「郁兄……」

兄の顔は幾分赤くなっていた。あまり、酒に強い方ではないのだろう。

「まあそれは半分冗談なんだけど……断ち切りたかったんだ。暴力は感染るから。俺は一回も、お前らを殴ったことないだろ？　だから大丈夫。ちゃんと、俺が断ち切ったから、もう感染ることはない。お前らを育てたのは父さんでも母さんでもなくて、全部俺なんだ。頼りない兄ちゃんだったけど、そこだけは大丈夫だぞ。安心して好きな人と愛し合って、幸せになってくれ。俺は、お前らは絶対大丈夫だって信じてるから。……まだ色々、教えたいことはあるけど、最近は家のこともよく出来るようになったし、将来は有望なエリートだし、もうどこに出しても恥ずかしくない」

兄が酔っ払いながら言ったその言葉に、優斗は瞼が熱を持つのを感じて必死で堪《こら》えようと俯いた。

ずっと恐ろしかった。自分もいつか、父のようになるのではないかと。

だが、父が母を殴っている場面より、兄が自分たちを守ろうと包み込んでくれた温かい腕のことの方がよく記憶に残っている。

「……やっぱ、郁兄は強いな」

そう言って涙を堪えて笑うと、兄は優斗の頭を優しくぽんぽんと撫《な》で、「今まで気づかないでいてごめんな」と言った。

兄が再び消えたのは、その静かな深夜の飲み会から三カ月後のことだった。

消え方は本当に突然で、誘拐だとか家出だとかそういう〝失踪〟ではなく、まさに消えたとしか言いようのないものだった。

その日優斗はバイトが休みで、在宅で仕事をしていた兄に代わって夕食を作った。

兄から教わったハンバーグだった。

兄は優斗が作ったハンバーグに大げさなぐらいに喜んで、何度もスマホで写真を撮っていた。

ちょうどその時、陸斗がバイトから帰ってきた。

スマホでの撮影に夢中になっている兄を残して玄関まで陸斗を出迎えに行き、一緒にダイニングに戻ってくると——。

その一瞬の間に、兄は消えた。

床の上には兄のスマホが転がっていて、今まさに撮っていた料理の写真が表示されていた。

最初はトイレにでも行っているのかと思った。兄がずっと、〝向こうの世界〟に帰りたがっていたことを忘れていた。いや、忘れたかったのだ。

だが、家中を探してもどこにもいないと分かると、不思議なほどストンと状況が飲み込めた。

兄は、再び戻ったのだ。彼が帰るべき場所に。

途端に大きな喪失感と、寂しさがこみ上げて陸斗の肩を抱いて長いこと泣いていた。警察には念のため捜索願を出したが、探偵は雇わなかった。

どれだけ探しても、兄はきっと、帰ってこないだろうと思ったからだ。

そして本当に、彼はその日を最後に、二度と戻ってくることはなかった。

それから二十年経《た》った今、優斗は家庭を持ち、二人の子宝に恵まれた。

子供はすでに十三歳と十五歳になる。

時折、仕事で疲れが溜《た》まっている時に、些細《ささい》なことで妻と喧嘩《けんか》をすることはあるし、子供の反抗期に苛立《いらだ》つこともある。

だがもちろん、手を上げたことは一度もない。

それを「当たり前」にして家庭を築けたのは、間違いなく兄のおかげだ。

自分にとっての親の背中というのは、兄だった。

今はもういなくなってしまった強くて優しい兄の背中を追いかけているうちに、愛のある温かい家庭に恵まれた。

結婚したとき、子供が出来たとき、一番見せたい人がいないことを思い出しては、どうしようもなく寂しくなって瞼が熱を持つ。彼が自分にくれた愛情はあまりに大きく、結局ひとかけらも返せないままだった。

兄が消えた後、向こうの世界でどうなっただろうか。

大事な人と再会して、幸せになってくれただろうか。

もう二度と会えない今、違う世界から兄の幸せを願うばかりだった。

兄には、両手からこぼれるぐらいの幸せを摑《つか》んで欲しかった。

——ただ一つだけ。

一つだけ心配なのは、黒沢のことだった。

兄が二度目の失踪をしてから少し経った頃《ころ》、その後連絡を取っていなかった探偵から連絡が入った。

「不謹慎だけれど、あなた方にとっては朗報だ」と前置きして、彼は言った。

『黒沢……行方《ゆくえ》不明だって言ってたじゃないですか？　死んでたんですよ、あいつ。それも半年前に。わざわざ樹海に行って首吊《つ》って発見が遅れたみたいで。よかったですね。お兄さん、もうストーカーに悩むことはないですよ』

兄がこちらの世界にいれば、それは間違いなく朗報だっただろう。

だが、兄はもう、この世界にはいない。

あの邪悪な執着心が、どこまでも兄を追いかけていないことを、強く、強く願うばかりだ。

Ruby collection

異世界《いせかい》で半魔《はんま》の子供《こども》を育《そだ》てたら ヤンデレに育《そだ》った　上

2023年3月31日　初版発行

著者　福澤ゆき
©Yuki Fukuzawa 2023

発行者　山下直久

発行　株式会社KADOKAWA
〒102-8177
東京都千代田区富士見2-13-3
電話：0570-002-301（ナビダイヤル）
https://www.kadokawa.co.jp/

印刷所　株式会社暁印刷

製本所　本間製本株式会社

デザインフォーマット　内川たくや（UCHIKAWADESIGN Inc.）

イラスト　鳥梅 丸

初出：本作品は「ムーンライトノベルズ」(https://mnlt.syosetu.com/)
掲載の作品を加筆修正したものです。

●お問い合わせ
https://www.kadokawa.co.jp/（「商品お問い合わせ」へお進みください）
※内容によっては、お答えできない場合があります。
※サポートは日本国内のみとさせていただきます。
※Japanese text only

ISBN 978-4-04-113548-8　C0093　Printed in Japan